有爱的青春陪伴者

同学录

云枝柚 著

贵州出版集团
贵州人民出版社

图书在版编目（ＣＩＰ）数据

同学录 / 云枝柚著. — 贵阳：贵州人民出版社，
2023.10
ISBN 978-7-221-17849-7

Ⅰ．①同… Ⅱ．①云… Ⅲ．①长篇小说 – 中国 – 当代
Ⅳ．①I247.5

中国国家版本馆CIP数据核字(2023)第160722号

同学录
TONGXUELU

云枝柚/ 著

出 版 人：朱文迅
责 任 编 辑：徐　晶
特 约 编 辑：周　贝
装 帧 设 计：孙欣瑞　唐卉婷
封 面 绘 制：白子沐

出 版 发 行：贵州出版集团　贵州人民出版社
地　　　址：贵阳市观山湖区会展东路SOHO办公区A座
印　　　刷：长沙鸿发印务实业有限公司
版　　　次：2023年10月第1版
印　　　次：2023年10月第1次印刷
开　　　本：880毫米×1230毫米　1/32
印　　　张：9
字　　　数：260千字
书　　　号：ISBN 978-7-221-17849-7
定　　　价：39.80元

贵州人民出版社微信

CONTENTS

目 录

CONTENTS

目 录

第一章

楼不闻车鸣

夜晚，风静，树影在婆娑。

天台上，楼茗脚踩在栏杆边，这是在教学楼的露天平层，夹在两栋教学楼中间的学生天台，此刻空无一人。

欢呼声聚集在操场，喧嚣漫天，不断传来气氛活跃的歌声。

学校的体艺节，楼茗逃了文艺晚会。原因是考砸了的期中考试，年级2000名学生，楼茗排名第740，可能这成绩的确也没有垫底，但对于曾经是优等生的楼茗来说，像心上压了一块石头。

成绩总是青春无解的命题。

考上奉城中学以后，陌生的环境，不熟悉的同学，听不懂的数学课，甚至连夜晚睡不着时耳边的蚊蝇，都让人想要逃离。

楼茗的脚步又往前迈了一步。

"十。"

"九。"

…………

"三。"

"二——"

"喂，我到教学楼了，除了荧光棒，还需要拿别的吗？"

突然传来人声，在楼茗即将数到最后一秒的时候，一个男生陡然从天台经过，往高一教学楼的方向走去。

楼茗听见动静，回头望过去。

车闻似乎没想到这角落里还有个人，拿手机的动作一顿，短暂地和楼茗对视一眼。

八点左右的光景，奉城的天早已黑透，教学楼人迹寥落，没有亮灯。

黑幕里，本来他们都该看不清对方的样子。但可能是男生举着的手机离脸太近，楼茗的视力刚好，她看清了对方的脸。

不认识的生面孔，但很帅。

不过还来不及看清对方的眉眼，男生就迈着步子走开了，楼茗的视线跟着他移开，见男生转过拐角，去到五楼。

上面是高一（1）班到高一（4）班的教室。

楼茗收回视线，脚步重新迈回栏杆边，一阵夜风吹过，她被吹得眯了下眼睛。

刚才那一眼其实并没有产生太多别样的情绪，却着实让她高度紧绷的神经松弛了点。因冲动而聚集的一时脑热退潮一般不再往复。

做什么都不能冲动。

楼茗垂了下眼，去小卖部买了一罐橘子汽水打开，回寝室的路上很安静，头顶的月亮温和，楼茗走进了奉城一中女生寝室。

寝室几人都没回来，楼茗开灯进去，拿了睡衣洗完澡出来，接到家里打来的电话，讨论分科的事情。

楼茗很迷茫。

她的文科成绩很好，即使数学没有及格，也排到了年级前两百名，而理科……现实的利弊摊开在她面前，更广阔的就业面和看似光明的未来，都好像在说"快选我"。

楼茗有些不知所措，她的脑门磕在桌子上轻轻摇摆，最后提笔在选科意向单上写下"理科"。

终于解决这桩大事。

再睁眼好像只是一瞬间，2018年3月，奉城遍地皆春。

楼茗裹着羽绒服下公交车，抬头盯着奉城一中的校门看了会儿，点开了相机。

高一下学期伊始，奉城中学高一新生分科结束。

楼茗去到高一（9）班，遇见了她的朋友们，还有车闻。

一个故事开始的地方。

一中教学楼前有很长的一段楼梯，楼茗爬上去以后到水景广场，一个寒假不见，广场中央的小喷泉时断时续。

楼茗看不下去，偏头看着教学楼前人挤着人看分班名单的家长和学生。

方向一转，上了四楼。

早在来的路上，楼茗就被以前的同学告知分到了九班，说来也巧，这正是她分科以前的班级。

这般想着，楼茗已经走到高一（9）班门口。

班牌还是之前的那块没换，教室里的桌椅还算整洁，班主任已经提前找人打扫过。楼茗步子往前迈，现在教室里已经来了二十几个人，抬眼扫过去都是生面孔……哦，不，有个眼熟的。

杨黎。

之前微信上通知楼茗分班情况的女生，楼茗朝着她走过去。

杨黎起身让出过道："快进去，我提前给你留了位置。"

"谢谢。"

"你来多久了？"楼茗问她。

"上午就来了。走读嘛，离得近就过来了。"杨黎和她说完，目光又定格在角落里坐着的一个女生身上。她头发很长，扎着马尾，人坐在凳子上，也不和人讲话，给人的第一印象很文静。

当然也只是第一印象。

她叫孙浅，眼下楼茗还不知道这人的本性。

杨黎戳了戳孙浅的肩："同学，同学。"

女生闻言转过头，看她一眼："干什么？"

"你以前是几班的？"

"一班的。"孙浅答完，又问，"你们呢？"

"我叫杨黎，她叫楼茗，我们原来都是九班的。"

"哦，我叫孙浅。"

突然没话了，女生说完又转了回去。

杨黎撑着下巴，凑到楼茗耳边小声说："怎么感觉她好内向啊，都不知道怎么交流。"

"'社恐'吧，第一次见面都这样。"

"也对哦……"杨黎嘴里絮叨着。

楼茗没怎么听，视线在教室里一一扫过，从前门到窗边，再到后门，突然怔住。

彼时风静，她看见了一个熟悉的人。

不，也不算认识，只是一张熟悉的脸。关于那晚天台的记忆，按理说是很久以前的事，至少也过去了好几个月，楼茗却不知道为什么，明明没有用心去记过的事，偏偏在这一刻，无比清晰地复刻在眼前。

这张脸……

楼茗视线凝固。

可能是察觉到旁边的人迟迟没有回应，杨黎转过头看楼茗一眼："楼茗？"

"嗯？"楼茗回神。

"你在看什么？"

"没。"话虽这样说，楼茗的视线却没怎么往回收。

杨黎循着她看的方向望过去，整个人也是一惊，抓着她的胳膊忙拍了下："哇！他怎么也在我们班？"

"谁？"

"车闻啊，你没听说吗？四班长得贼好看的那个。"杨黎说着，积极地给她科普，"之前我有同学在四班，说她们班有个长得巨帅的男生，就是他，楼上还蛮出名的。没想到分到我们班来了！"

"他很出名吗？"楼茗略有不解。

杨黎抿了下唇："这个不清楚，但长得好看嘛，关注总会多一些。"

倒也是这个理。

楼茗这般想着，又听见对方问："不过你刚才老盯着他看干什么？"

"觉得有些眼熟，多看看。"楼茗解释说。

杨黎半信半疑又看她一眼，好在没再追问了。

聊天的时间总是过得很快，不到半小时，教室里的人就慢慢多了起来，零零散散将空旷的教室填满。一个身高近一米八的女生扎着羊尾辫，从教室前门进来，脚下步伐生风。

前桌的孙浅见状，忍不住转头对她们说了句："她好高。"

后桌两人附和地点点头，又往女生的方向看了眼。"羊尾辫"坐在窗边，手拿着笔正目不转睛地写着什么。距离太远，看不太清，班里依旧嘈杂。

楼茗往那边扫了一眼后又收回目光，拿出包里的速写本。

2018年3月7日，晴，是一群人的春天。

楼茗提笔画了起来。

宽阔又拥挤的教室跃然纸上。不多时，楼茗勾勒完最后一笔，班牌的位置写上——高一（9）班。铅笔往下，她在画卷右下角署上自己的名字。

伴随着高跟鞋点着地面的声音，一位年轻的女人走进来，脸上表情严肃。

这是胡琴，高一（9）班的班主任。

胡琴的视线来回扫视一圈，教室里很快安静下来。在说完惯例的开场白和自我介绍以后，她开始说明各项事宜，随即将目光放在了眼前的表格上。

胡琴："同学们，我现在点一下名，叫到名字的同学上来做一下自我介绍。"

胡琴："第一个，冯久阳。"

身量娇小的女生很快走了上去，姿态从容，看着台下笑容明媚地开口："大家好，我叫冯久阳，之所以叫这个名字，是因为我的家人希望我活得像太阳一样，阳光明媚。"

"冯久阳同学说得很好，很阳光。"胡琴说着，视线又在教室里环绕一圈，"大家要向她学习。"

话音落地，底下响起一片掌声。

待安静以后，胡琴又重新开始点名："下一个，楼茗。"

楼茗闻言走上讲台，拿起一支粉笔写下自己的名字。

看清是哪两个字后，底下讨论声渐增。原因很显然，她这个姓并不常见。

"大家好，我叫楼茗。楼不闻车鸣，仍在梦中。"

这是楼茗某次在书上看到的话，记不清出处，但印象挺深，索性在这会儿拿来用了。不曾想话出口以后，有一小部分人往后门边的方向看了过去。

才组建的班级还不太受管制，有人起哄说了一句："闻哥，楼茗的名字和你挺有缘！"

被叫"闻哥"的人笑着往讲台的方向抬了下头，很短暂地扫了楼茗一眼，很快又重新低下头去给每本教材签名。

起哄的陈空见车闻没反应，嘿嘿笑了两声，讪讪闭了嘴。

班级里又重新寂静下来。

"名字挺好听。"胡琴点评了一句。

楼茗抿唇说了声"谢谢"，迈步回到自己的位置。

"下一位……"

陆陆续续不同的人走上讲台，楼茗忙着给画稿涂鸦上色，都没太仔细听，直到之前脚底生风的高个子女生走上去。

杨黎忙拐拐她胳膊："来了来了。"

楼茗："什么？"

"那个女生啊。"杨黎说着，语气激动，"到她了。"

楼茗闻言明白过来，也跟着抬头看过去。

女生站在讲台上，是真的很高，但声音却有点意料之外的好听："大家好，我叫吴倾予，从今以后和大家都是同学了，希望我们能一起进步。"

"嗯，吴倾予同学的身高让人很有安全感。"

……………

又过了许久，胡琴将点名册翻了一页："最后一个，车闻。"

车闻走上台。

他身量很高，在讲桌前站定，修长的手指从盒子里勾了根粉笔。少年转过身，背后的黑板其实已经被大片的名字写得密密麻麻。他随意找了个位置写下自己的名字——车闻。

好巧不巧，正上面一点的地方就是"楼茗"。

楼茗见状，握笔的动作微顿，视线一时被他的动作定住。

男生写完，转回头去扬了下唇，冲底下的人说道："大家好，我是车闻。"

简简单单的一句话，车闻说完便走了下去。

楼茗却迟迟没再下笔。

没想到他的声音是这样的，低沉中微微一点清冽。

随着车闻走下台，自我介绍环节到此结束，胡琴最后做了下总结，随即提出了选班委的问题。

"刚刚的介绍，同学们也都大致有了印象，对于名字没记全的，也别担心，后续我们还有两年半的时间可以相互了解。那介绍环节就到此结束，现在我们来说一下选班委的事情。"胡琴说着，视线又往底下扫了一圈，"首先是班长，有自荐的吗？"

"老师，我想试试。"

是一道女声。

此话一出，全班的目光都纷纷望了过去，本来想举手的杨黎也顿了一下，小声呢喃："是她呢。"

楼茗也跟着看了过去。

原来是吴倾予，那个高个子女生。

"胡老师，我以前在十六班当过副班长，在这方面有过实践经验。"

"那好，班长就这么定了。副班长呢？"

…………

最后一名生活委员确认完毕，楼茗转了下头，看向一旁的杨黎："怎么不举手？"

"突然觉得有点麻烦，还是算了。"

"好吧。其实当个平头小百姓也挺好的。"

"嗯，我也这么觉得。"

两人正说着，台上的胡琴又发话了："哦，对了，还有一个问题，你们现在都分寝室了吗？"

底下的学生都摇摇头。

"还没有啊？"胡琴拿出寝室分配表，"那先分一下。"

"先来男生的吧。嗯……"胡琴说着，又看了眼，"我们班住校生还不少呢。"

"第一个，男生 B 栋 407，是哪四位？站起来。"

话音落下以后，后排的凳子挪动一声。

楼茗正要寻声去看，杨黎已经在她耳边说开了："哇，是车闻，他也住校啊。"

奉城一中在奉城靠近郊区的位置，地处偏僻，学业压力紧张，住校可以比走读睡更长的时间，且学校住宿条件优越，这样一来，住校的学生其实很多。

车闻第一个站了起来，随后便是之前起哄的那个男生，楼茗隐约对他有点印象，好像叫陈空。

…………

寝室分完以后，班上的同学开始自习。楼茗翻开新发的教材，给每一本书署上名，做完以后翻开语文书看，正好翻到朱自清先生的《荷塘月色》——

"曲曲折折的荷塘上面，弥望的是田田的叶子，叶子出水很高，像亭亭的舞女的裙……"

上一代文人的风骨自有吸引人的地方，楼茗看得聚精会神，不知不觉听到下课铃响，旁边的杨黎起来收拾书包回家，冲她摆摆手。

楼茗笑了下，抬头望见教室外面的月亮，清润，但也恼人。

今晚要搬寝室，楼茗原来住在一楼，现在分去了5017号室，就在E栋女生院走廊的一角。寝室空间宽阔，阳台外树影婆娑，下午的时候，依稀有阳光照进室内，比她原来住的地方，采光好太多。

只是搬迁的过程实在太累，楼茗上上下下跑了许多趟，最后一次把所有书都抱上去后，人差点累倒在椅子上。

一中的寝室都是上床下桌，楼茗在底下的桌子上趴着，眼睛一闭，想着就这么睡过去也好，前提是第二天她不在乎脖子脱臼的话。

挣扎了半天，楼茗还是爬起来先把床铺了，东西简单收拾一遍，随即拿着睡衣进了卫生间。

热水淋下来滑过脖颈，楼茗背靠着墙壁，垂着眼皮，脑子里正神游，思绪被门外的动静打断，有水桶滚过来撞到了卫生间的门。楼茗抬眼一看，听见门外的人声："对不起，东西太多了，没拿稳。"

女生说着又道了两声歉，楼茗关了水阀拿浴巾："没事。"

外面的声音跟着停止，又去阳台挂东西。

楼茗洗完从浴室出来，看清了对方的样子。

是那个高个女生。

对方见她出来，先是怔了一下，随即弯了下唇，对她伸出手："你好，我叫吴倾予。"

"我记得你，班长。"楼茗说着，看她一眼，"楼茗。"

"我也有印象，你是那个'楼不闻车鸣'？"

楼茗笑了下，点头，从阳台外进来。

室内也同样忙碌，她的床位在门边第一个，孙浅在她旁边，此刻正弯腰一本本理着书，书封一角必须理成直线，孙浅恐怕有轻微的强迫症。

楼茗看了一会儿，随即移开目光。一中在很多方面管理严苛，寝室里没有充电插头，手机到周末才会发下来，能充电的地方只有学校楼下的水果店和理发铺，租用充电宝。

换言之，还存在一个不合理的地方——不能用吹风机。

学校教学安排紧密，高中生的时间每分每秒都很珍贵，有时候楼茗都不禁想，那几年，是不是因为湿着头发睡觉的日子比较多，所以对夜晚的记忆尤为深刻，她会常常在深夜有情绪上的波动，又在第二天醒来后什么都不记得。

楼茗笑了一声，拿毛巾在发尾摩擦，沥干净水，走到桌边拉开椅子。速写本摊开在桌面上，灵感呼之欲出，却又每每摸不到苗头。

楼茗想了想，提笔在纸上画了道线，刚要打底稿，身后就是一声响动，紧接着椅子被人撞了下。楼茗转头，见郭柠捂着胸口站在自己旁边，表情惊愕。

"怎么了？"

"我桌子底下有蜈蚣。"

楼茗闻言看她一眼，见郭柠眉心拧得跟毛毛虫似的，不由得弯了下唇，抄了只拖鞋过去："哪儿呢？"

"就在桌子底下。"郭柠说着，又往后缩了缩，"你把椅子挪开应该就能看到了。"

话音刚落，孙浅闻言也转过了头，循着话音走了过来。拉开椅子后，赫然见到一条食指左右长的蜈蚣，楼茗表情冷淡地拍下拖鞋，动作利落干脆。

站在后面见证全程的孙浅，怕没死透，又跟着补了一脚。两人处理完，用纸巾裹着扔进垃圾桶。

室内俱惊。

郭柠捂着胸口在原地站了半晌才走回去。

楼茗喷完消毒液，又去洗了手，回来后一气呵成爬上床，脑袋埋在枕头里，盯着天花板发呆。

5017的动静渐渐停了。

搬寝室带来的疲惫太大，几人都没怎么说话。

第二天早上，楼茗枕边的闹钟响了。她手伸出被子外按停，闭着眼睛下床洗漱，推开玻璃门，熹微的晨光刺激眼睛，楼茗抬眼看见操场上有人在晨练。

冷风吹过阳台，打在脸上使人清醒。楼茗揉了下眼睛，去挤牙膏，看见柜台上整齐摆放好的置物栏。东西收拾得干净整齐，楼茗不由得又往里看了一眼。

吴倾予刚从床上下来。

牙膏在口腔里打出泡沫，楼茗眼睛眨了下。

她性子向来有些散漫，且有的磨。

楼茗洗漱完，随意将挎包搭在肩上。孙浅见状也起了身，彼此之间还不算熟稔，她们还在特殊的过渡期里。

这时门外站了一个女生，是孙浅以前的同学，对方冲她笑了一下，打招呼离开。

楼茗点了下头，叼着紫米面包去教室。临走前，余光瞥见对面的郭柠刚从床上下来，不由得开口提醒了下："快点啊，七点过了。"

郭柠闻言，动作略显仓促。

楼茗笑了一声。

去食堂的路上，楼茗在食堂门口遇见了提着小笼包的谢芳。谢芳原来也是九班的，和杨黎关系很好，只是因为住校，两个人这会儿要走得近一点。

谢芳脸上还有婴儿肥，一见她过来，就先扬眉笑了下，给楼茗递来半格小笼包。

"谢谢。"楼茗说了一声接过来，两人往教室的方向走。谢芳在十班，教室就在九班隔壁，这会儿两人聊着对方的班主任和昨晚分班的事。

谢芳咬着包子感叹："我们班感觉还不错，就是班上的男生太可惜了，一个帅哥都没有。对了，楼茗，你们班呢？有没有长得好看的？"

"有。"楼茗咬着包子回应。

"谁啊？"

"车闻。"

话音刚落，后面突然传来一声轻笑。

两人齐齐回头，见后面台阶上不知何时站了个人。男生见她们望过来，眼中笑意散开，嘴角的笑容弧度扩大，清晰到能看见露出的一点虎牙，阳光中带着一点可爱，还有点轻微的厌世感。

楼茗几乎是一瞬间在脑子里飘出这些词，手下动作稍顿。听见对方笑着冲自己说了声："谢谢啊。"

那一刻，楼茗不禁庆幸，还好她没有背后说人坏话的习惯，同时又有一点尴尬。

车闻说完这话就直接迈着步子离开了，留下她和谢芳站在原地愣了会儿神，谢芳忍不住开口问她："楼茗，刚才那个不会就是……"

"嗯，是他。"楼茗点了下头，揉着塑料袋扔进垃圾桶。

她与谢芳分别，进入教室。

和车闻的交集只此一次，这之后时间飞逝，眨眼就到了月考前夕。

一个月来，许多关系都在潜移默化中被改变。楼茗与孙浅的作息时间高度吻合，磨合期平稳度过，寝室门外已经没有等着她的外班女生，楼茗也不再吃谢芳递来的半格小笼包。

时间莺飞草长，有些陪伴注定短暂，公交车驶向下一站。

和孙浅一起去教室的路上，她提起了这次的月考。

"我在十三考场，楼茗，你在哪儿考？"

"在你楼下。"楼茗说着给她递了一瓶酸奶，"十七考场。"

"十七考场？那儿是不是没我们班的人啊。我感觉问了这么多，就只听你说过一次十七考场。"

楼茗闻言微微沉默，又咬了一下吸管："有的。"

"谁啊？"

"车闻。"

"他也在啊，那你们还挺巧的。让我想想，有哪些是和我一起的，郭柠和吴倾予都去楼上了……"

月考来得很快，最后一天课上完，孙浅被留下来打扫考场。楼茗在走廊外等她，整整齐齐的桌椅被翻上去，教室里宽敞明亮。

楼茗不知怎的，突然就想把这一幕画下来。

窗外夕阳微沉，浅红色一片聚集的火烧云挂在窗边，像画又不是画。

这种晚霞其实楼茗以前在老家的时候见过，乡下的氛围宁静，田埂上最适合看落日夕阳，却怎么也比不上学校里的有韵味。

楼茗这般想着，拿出笔开始勾线。

她就站在教室门外，在后门靠近走廊的位置。车闻提着拖把出来，人往后门边一靠，对着她打了个响指："同学，写生呢？"

楼茗抬头，视线在触及他时，笔下的线条稍稍歪了一下。

"有事吗？"

"听说你画画挺好的，看我这个样子，能不能帮我描一张，为人民服务？"

楼茗没想到他会突然和自己搭话，有些意料之外的慌张，刚想开口说点什么，身后突然传来一声："车闻，干吗呢？哥几个在这边兢兢业业打扫，你找人女同学聊什么天？快过来拖地！"

男生闻言"嘁"了一声，扬眉轻笑道："害不害臊，不就多拖了两下……"

对方被他气得又要说话，车闻见状没再多留，提着拖把进了，留下门外的楼茗在原地怔了许久，她耳边的发丝被吹散。

2018 年 4 月 13 日。

楼茗在自己的桌子上打开台灯，寝室里叽里呱啦地聊着天，都是在聊追星的话题，孙浅和吴倾予在分享照片。

她没参与，打开速写本在上面填色。

过了许久，彩铅停笔。

画面是教室的后门，男生手里提着拖把，重心微微靠着门沿，脸上表情散漫，唇边笑意轻浅。

有时候，楼茗庆幸于自己的记忆还算不错，对画面的细节能精确描绘到那人的眉眼，以及他根根分明的睫毛。

楼茗停笔，盖上画册，在留白的位置写下三个字——同学录。

肩上被人拍了一下，女生问她："你在干什么呀？"

楼茗回头，见是对面寝室的冯久阳。

冯久阳站在她桌边，脸上笑意正浓："我们寝室想玩狼人杀，其他寝室想玩的都来了，你们要过去吗？"

楼茗闻言转过头，冲阳台外的三人问了声："对面寝室玩游戏，你们去吗？"

话音刚落，阳台外一个刷鞋的一个搓袜子的，都跟着转过头："你先去吧，我们弄完了就过来。"

"孙浅呢？"

孙浅说："我洗澡呢，等会儿就出来。"

楼茗闻言点头应下："我先和你过去吧，她们一会儿就来。"

"好。"

冯久阳带着她去到5016，推门进去，见寝室里已经围了一大圈人，看这架势是把女生寝室能叫的都抓过来了。

"你们准备玩什么？"楼茗进来带上门，先问了一句。

这架势看起来不像是要玩狼人杀。

话音刚落，旁边的一个女生回应："本来是要玩狼人杀，但有些人不会，现在准备玩真心话大冒险了，简单又刺激。"

楼茗看了她一眼，说话的女生叫魏宜念。

游戏正式开始，地上的荧光笔转动，笔头的位置慢慢悬停，停在了冯久阳脚边。她表情愣了一下，随即弯下唇："到我了吗？"

"嗯！"人群中有人发问，"真心话还是大冒险？"

"真心话吧。"

"喜欢的明星是谁？"

冯久阳："我不追星。"

"那有没有长在你审美点上的人？男女不限。"

"我发小那样的吧。"冯久阳说着，唇角浅浅勾了下，"你们想看照片吗？我这里有。"

冯久阳掏出手机点开相册，房间里的女生纷纷凑了过去。照片上是个头发有些自然卷的男生，皮肤白皙，瞳仁偏向琥珀色。

有人看到了不禁感叹："天啊，久阳，你发小是外国人吗？"

"不是。"冯久阳摇摇头，指尖放大男生的眼睛，"这是我给他戴的美瞳，是不是很漂亮？"

"你们关系好好啊，他还愿意配合你戴美瞳。"

"从小一起长大的，关系确实比较深厚吧。"

"哇！青梅竹马啊！太让人羡慕了吧……"

冯久阳闻言又笑笑："好了，你们别讨论我了，还玩不玩呢。"

荧光棒在她的指尖转了起来，悬在地面打转，被十多双眼睛盯着，最后笔头指向楼茗。

楼茗本来是抱着凑热闹的心态，没想到还能转到自己身上，她随即也站了起来，想到之前冯久阳选的真心话，于是挑了个大冒险。

向她提问的人是魏宜念，魏宜念手里拿了一张大冒险制作的卡片，大声念出上面的字："喝一杯黑暗料理，15毫升柠檬汁、雪碧，以及白醋混合的饮料。"

魏宜念说完，不禁抿了下唇："这都谁写的啊，感觉好变态，寝室里面有白醋吗？"

"有的。"角落里的一个女生举起手，"我平时吃饺子爱放醋，就自己带了一瓶。"

就这样，最后东拼西凑地，楼茗喝了一杯黑暗料理。可能是她喝下去时的表情太过平静，大家以为不会太难喝，后面有陆续中招的女生都跟着试了试，无一不被酸得皱眉头，抗议是楼茗拉她们下坑。

楼茗笑笑，但没说话。

一行人玩到很晚，快凌晨的时候才散场，回来后直接钻进了被窝睡觉。

第二天，寝室里的起床铃一响，四个姑娘迷蒙着睡眼起床，阳台上并不宽敞，洗漱台前装了一面镜子，镜子里面四个白胡子站在一起，彼此的肩膀挨着肩膀。

十几岁的时候，楼茗有许多好朋友，二十几岁亦是。

一行人终于大剌剌地出门，在食堂里浩浩荡荡地去买早餐。

楼茗解决掉最后一个蒸饺，抬眼见孙浅在看语文默写诗词，人差点一噎。一旁的郭柠忙拍楼茗的背："你吃这么急干什么？"

"不是。"楼茗说着抬头看过去，"见到太阳从西边出来了。"

"有意见吗？我这是给你们看看本人对学习的热爱。"孙浅嘀咕着，瞟了楼茗一眼。

吴倾予："你好努力。"

"我这叫对知识的热爱。"

几人都没说话了，孙浅学得有模有样的同时还不忘看她们几眼："你们吃完了没，吃完了和我一起看，咱们一起做胡女士嘴里的那匹黑马。"

楼茗："吃饭中，勿扰。"

郭柠拨浪鼓般地摇头。

"你呢？吴倾予？"孙浅说着，把目光转移到最后一位身上，"身为一班之长，你总该做个表率吧？"

吴倾予："做不到。"

就这样，"好学生"孙浅扔掉她们走了，一个人英勇无畏去了考场，考完去第三食堂吃砂锅都没应，显然不想与她们这群"乌合之众"同流合污。

几人对此哭笑不得，剩下她们三个彼此面面相觑，到教学楼的时候挥手说再见，楼茗转身去了第十七考场，她的位置在靠墙边倒数第三个。

进去坐下以后，楼茗在位置上发了会儿呆。想起早上在食堂受到的震撼，出于良心的谴责，楼茗也拿出语文书翻了翻，不想翻页的时候，笔袋被她推掉在地上。楼茗把书放好，刚要弯腰去捡，手掌触碰着摸到另一个人的指尖。

楼茗微怔，抬起眼，看见车闻。

"你……"她一时怔住。

"是你的吗？"

听出他话里的惊讶，楼茗这才想起笔袋里放着她的准考证，上面的照片还是用的以前初中时拍的寸照，那时候她的发型还是个假小子。

楼茗一时难掩耳热，刚想伸手把笔袋拿回来，男生已经拿着放到了她桌子上："发型还挺帅的。"

那一瞬间，楼茗有那么一股冲动，她想起身离开这个考场。但理智还是让她坐着没动，好在车闻说完那句话就坐回了自己的位置，楼茗这才注意到，两人的座位其实离得很近，车闻就坐在她斜前方。

之前知道自己和他一个考场，楼茗说不出来是什么心情，只知道本来还有些紧张的考试，好像隐隐轻松了一点，但也没想到一上来就整这么一出。

假小子什么的，真的很……

楼茗把自己的脸埋在课桌上，手臂垫着发丝轻微遮挡。

车闻找不到橡皮，转过身来找她借，看见的就是这么一幅画面。女生安静地趴在课桌上，露出的半边脸颊肤色白皙，她长着一双狐狸眼，睫毛轻微地垂落下来，遮住眼帘。

车闻稍稍怔了下，他维持着半转过身的动作有好几秒，见她睡着，便又将视线收了回去。

他没再转过来。

考试结束。

两天时间考完所有科目，楼茗早早等在年级办公室门口，等室友们下来。

孙浅过来一看见她，表情就耷拉着，扯着她的胳膊乱晃："我的茗儿啊，我的命好苦啊……"

"你怎么了？"

"英语真不是人学的啊！"孙浅哀号着，"楼茗，我可能做不成黑马了。"

"没事，你本来也挺白的。"

"你知道我不是那个意思。"

"我知道。"楼茗笑，"所以我在哄你。"

"女人，你这招撩到了我的心坎上。"两人正说着，顶楼的两位也下来了。

四人集合去了食堂吃饭，期间都难保吐槽了一下第一次月考的变态程度。

孙浅嘴里鼓鼓囊囊但又骂骂咧咧："而且你们不知道，考英语的时候，我旁边那哥们儿直接进考场就睡了，简直震惊我了。考完一问，对方说没带铅笔，反正也考不了几分，干脆就睡觉了……"

"所以你想说什么？"楼茗抬眼看她。

孙浅又往嘴里扒了口饭："所以我想说，我成为不了黑马是有原因的，外界影响太强了，我免除不了。"

郭柠问："他就没想到去借吗？"

"开什么玩笑，正常学渣谁能想到这个？"孙浅吸溜面条道。

大家听了一致无语。

楼茗不禁想到考语文那天，车闻也是忘了带文具，最后举手找监考老师解决了。这样想来，他应该不是学渣吧？

然而这个问题，楼茗暂时也不知道答案。

四人在食堂吃完晚饭后，回教室的路上，孙浅看操场上的落日好看，非吵着要过去转转，权当考完试后的散心。吴倾予和郭柠听后都没意见，跟着去了操场。

楼茗胃不太舒服，正好晚上都要回教室集中自习，她索性先回了教学楼。

上完厕所出来，楼茗擦干净手，看见教室里的座位横七竖八摆了一堆。教室里有小部分人回来了，此刻正在认领自己被布置考场打乱的课桌。

人影乱晃，教室外的走廊里堆了多余的桌子，楼茗没有进去。因为她的课桌也在走廊外面，只是被一张张的桌子包围到了最里面，不太好搬。

楼茗想着，在原地略踌躇了会儿，刚走过去要搬课桌，抬眼看见教室里一堆人聚在一起，目光时不时地往她这边望。

楼茗不禁有些蒙，有些状况外地眨眨眼，直到旁边又走过来一个人。

男生身上的气息很淡，闻上去有一点薄荷糖味的微凉。

楼茗抬眸。

车闻去走廊外的垃圾箱扔了个脉动的矿泉水，随即转身往回走，视线在教室里扫了一圈，却在她旁边停下来，问："搬桌子？"

楼茗点点头，还是没想到他要干什么，却见车闻将卫衣袖口翻到手肘，腕上青筋明显，皮肤很白，伸手过来移开她眼前的两张桌子，在她的课桌上拍了拍："这张？"

"嗯。"楼茗点点头。

"楼茗。"他又叫她。

"什么？"

"帮个忙。"

她没动。

车闻冲她勾勾手："过来点。"说完又似想到什么，忍不住笑了，"靠近点又不会吃了你。"

楼茗靠过去，男生身上的气息也传过来。

一时之间，两人都没再说话，楼茗正想问他到底要做什么，余光瞥见后门边走来一个女生，在见到他们这番"景象"后，一抬掌心便捂着脸离开了。

楼茗好像懂了，但又不是很懂。她只知道女生离开后，车闻拍了一下她的肩："谢了啊，我帮你把桌子搬进去。"说完就抬着她的课桌轻车熟路地进去了。

楼茗愣了一下，忙搬上凳子，跟在后面也走了进去。

车闻把她的桌子摆在墙边放好，楼茗说了声谢谢，后者点了下头就离开了。

旁边的杨黎看着怔了下，拉住楼茗的袖子问她："车闻为什么帮你搬桌子？"

"外面只有他一个男生。"楼茗说。

杨黎盯着她看了会儿，说："他还挺乐于助人的。"

"嗯。"

楼茗没再说话了，坐下来收拾桌膛里的东西。

晚自习预备铃打响后，寝室三人终于卡着生死时速飞了回来。孙浅一到位置上坐下就连喘了好半天，跑得差点一口气没匀上来。缓下来后，拧开楼茗桌上的矿泉水就往嘴里灌，她想阻止都来不及。

孙浅直接"咕噜噜"下去半瓶。

楼茗想了想，还是告诉她："那个……这水是三天前的。"

孙浅看着楼茗，表情明显有些微妙。顿了一会儿，她最后抬手抹了下唇："没事，喝不死。"

听到这话的楼茗和杨黎都看向她。

孙浅揉了揉肚子，无奈道："不然还能怎么办，喝都喝了。"

"正好你俩都没事。"孙浅说着，冲她和杨黎招招手，"来，刚在回来的路上听到个大新闻。"

杨黎问："什么？"

"我刚听人说，有人玩真心话大冒险要来找车闻……"

"真的假的？"

"当然是真的！骗你干吗。"孙浅说着，又一拍大腿，"可惜我回来晚了，不知道开没开始，要是有意思的话我可不能错过……"

"没有。"楼茗闻言插了一句。

孙浅瞪着她:"什么没有?没人来找他吗?"

话音刚落,楼茗才反应过来自己刚才说了什么,事实如何没有人比她更心知肚明,但此刻楼茗没准备说,只简明扼要解释了句:"我回来得早,没看见教室里有谁……"

"哦,那应该就是没有了,哈哈哈,我还可以再期待一下……"

然而一直到最后一节晚自习,孙浅都没有见证到所谓脑子里期待的名场面,不由得叹了口气。

杨黎在旁边安慰她:"可能不会了吧,毕竟只是个游戏,开玩笑也说不定。"

"好吧,白期待一场了。"

孙浅又叹了声气。

楼茗起身出教室,临走前勾了一把孙浅的书包带子:"走了。"

车闻从教室出来,看见的就是楼茗拐着孙浅下楼的样子,书包规规矩矩地背在身后。

看着像个听话的乖学生,却又不是。乖学生哪会初中的时候那副样子,一头凌厉又酷爽的短发。

车闻想着,唇角不由得勾了一下,视线一直跟到楼茗转过拐角才收回。

晚上楼茗回去的时候,寝室氛围还挺松散,吴倾予趴在床上看小说,剩下两位去隔壁寝室玩游戏了。

楼茗则待在桌子上写写画画,添补同学录的内容。

2018 年 4 月 16 日,阴天。

走廊外课桌层次堆叠,少年与女孩站在后门边,画面安静。

"楼茗。"

楼茗闻言手下动作一顿,差点戳出一道口子。吴倾予躺在床上,看不清她在做什么，只知道她在画画。

吴倾予今天来了生理期，这会儿肚子不太舒服，看了两篇文章精神有些不济，吴倾予于是偏过头来问她："怎么不过去一起玩？"

"今天想画画。"楼茗闻言冲吴倾予解释，又抬眼看她，"你感觉好些了吗？"

吴倾予点点头。

楼茗推开椅子站起来，冲她伸出手："你的小热水袋呢，我去帮你换一下。"

"我找找。"吴倾予说着翻出热水袋递给楼茗，楼茗接过，对方冲她飞了个吻。

楼茗嘴角抽了下，跑过去把热水袋换好后，又在位置上坐了会儿，把《同学录》合上。

第三幅了。

那以后……会有更多吗？

楼茗这般想着，将画册盖在脸颊上，轻轻弯了下唇。

第二天，一中给放了一天调休。

四人睡到日上三竿，还是窗户外照进来的烈阳刺激得人眯眼。

时钟走到十一点，楼茗索性也没再睡回去，爬起来洗漱的工夫，再回来时，寝室里的懒虫都起了。

郭柠还裹着被子像蚕蛹，问她起这么早干吗，楼茗闻言给她指下自己的表："十一点了美女，再过一会儿您又可以睡午觉了。"

郭柠眼珠转了转，重新把脸埋进被子里。

楼茗带上门出去。她走出校门，来到公交站，上了去市中心新世纪书城的车。她在那里买了两套数学试卷，然后走到文学作品区，拿起一本杨绛女士的《我们仨》去阅览室。

纸媒逐渐没落的年代，电子书迅速崛起，其中便利不必多说，但楼茗还是更喜欢纸质书捧在手里阅读的感觉。

时间一分一秒地流逝，楼茗是被窗外的雨声唤回思绪的，她看书入了迷，再反应过来已是下午，手机里好几个室友打来的电话，她都没接到。

外面雨势渐大。

楼茗没忍住蹙了一下眉，她出门之前忘了看天气，没有带伞，也没有料到这会儿会下这么大的雨。明明出门的时候，还有太阳。

楼茗抿了下唇，到服务台还书。

书城附近有个商场，楼茗走进去买了把伞，纯白的伞面，透明到可以看清对面电影院里走出来的人，雨雾茫茫，隔绝着眼前的世界。

可即便是如此，楼茗还是清楚地认出了对面打伞的人是车闻，只是视线再往旁边移，有一瞬间的凝固，他旁边还站了一个女生。

两人打着同一把伞，姿态算不上亲昵，甚至彼此之间还有一点嫌弃。但毋庸置疑的是，他们的确共用了同一把伞。

楼茗的指尖没忍住紧了下，帆布鞋边落下一朵小小的水花，打在她的鞋面上。雨水渗进布面滑过脚趾，冰凉的触感，让楼茗不禁瑟缩了下。

她抬头望，雨水隔着伞面滴落下来。

第二章

他是阳光，是永不放弃

傍晚回学校的时候，雨势变得更大，楼茗推开寝室门，在外面抖落伞面的水珠，肩膀湿了大半。

孙浅见状，吃薯片的动作一顿，站起来问她："你没带伞？"

"嗯，忘了。"楼茗说着，把伞撑开搁在阳台，"在便利店买了一把，但没想到雨这么大。"

郭柠说："那你赶紧去洗澡吧，这么大雨，别淋感冒了。"

楼茗点头，拿上衣服去卫生间，热水兜头浇在脖颈，她靠着墙壁缓缓下滑，突然心情有点不好，可能是因为那场雨，又可能是别的什么。

她不再深想，从浴室出来以后，发现孙浅和吴倾予放了雨伞进来，手里拿着食堂打包的烧烤。

郭柠又从柜子里拿出四听可乐。

这世间让人沮丧的因子有很多，但都抵不过一群人的陪伴。雨天，桌上的烧烤，冒着气泡的可乐，孙浅弹的吉他，吴倾予放的伴奏。

她们合唱的那首好听的《致爱》——

世界变化不停
人潮川流不息
我只想每个落日
身边都有你

....

雨天过去，眨眼过完调休日。

对于女生寝室来说，可能彻夜长谈已经变成了家常便饭，昨天撸着烤串过雨天的寝室里，女孩子们的话题转移到回忆往事环节。之前其实也或多或少谈到过，但都没有像彼时这样认真，昨晚楼茗仰头喝着可乐，听吴倾予讲她以前的同桌。

对方姓王，叫王临，是吴倾予的初中同学。两人都是本部直升上来的，本来都在实验班，后来因为分科的原因，王临留在了实验班，吴倾予则来了九班，两人隔了一个楼层。

寝室几人都没怎么见过王临，只有郭柠隐约有点印象，因为原来两人同班。郭柠见过那个男孩子。听描述是一个身高一米八往上的男生，比吴倾予还高一点，脾气很温和。

一讲就及至深夜，饮料罐里的饮料早就见底，但谁也没有提出睡觉，就这么静静地听着吴倾予述说的声音。

楼茗有点羡慕，但她什么也没说，只是仰头继续喝可乐。

孙浅抱着印有某位明星帅脸的枕头叹了声气："分班之后，以前交好的同学也会渐渐疏远吗？"

"不知道。"郭柠摇摇头。

四个女孩就这样撑着下巴，揉揉脸，各有所思。

到第二天起床铃响时，她们才后悔熬得太晚，这会儿是真起不来，所有人又多睡了五分钟。

孙浅在被子里号了一句："不起床吗？"

郭柠："你起我就起。"

吴倾予："你先示范一下。"

楼茗叹了声气，一下吸引了所有人的注意，但她只是裹着被子翻了个身。

孙浅见状又感叹了下："我还以为茗儿出息了。"

"下辈子吧。"楼茗闷在被子里说，"再给我五分钟。"

"那我也……"

话到一半，寝室门突然被人叩了两下。

"谁啊？"三人齐齐伸出脑袋，楼茗的脸还埋在被子里。

隔着门板，听见外面传来一道女声："快迟到了，你们寝室还不起床吗？"

这声音听着耳熟，楼茗在被子里想，好像是魏宜念。

听出来的不止她一个，郭柠支吾了一声："好像是魏宜念。浅儿，快下去开门。"

"为啥是我？"

吴倾予："一室之长的担当。"

说是这样说，孙浅还是没在床上耽搁，爬起来把门开了。

魏宜念站在外面："刚路过你们寝室见没人起床，还以为怎么了。"

"没事，就是昨晚睡太晚了，马上就起了。"孙浅回应着说。

"那你们快点，时间不早了，早上是胡老师的英语自习。"

孙浅闻言，登时瞌睡都吓跑了一半："我记得不是语文吗？"

"语文是昨天的，但调休跳过去了，你记混了。"

"知道了，谢谢你啊。"孙浅说着，又揉揉眼睛，"我马上叫她们起来。"

魏宜念点点头，又往里面看了一眼，眼底略有些羡慕闪过，但最终还是沉默着走了。

将人送走，孙浅开灯把她们闹起来。四人照例挤在阳台上拐着胳膊刷牙。眼神迷蒙地出门，跟蚂蚁排队似的去教室。

楼茗一路如一具行尸走肉一般，到教室时，头一磕，直接趴在桌子上睡了。

杨黎在旁边戳戳她的胳膊："怎么了？"

"困，让我睡会儿，老师来了叫我。"

"行，那你赶紧眯会儿吧。"杨黎说着手撑下巴，表情略有些惆怅，"一会儿胡老师过来，可能就睡不着了。"

"为什么？"楼茗听见这话，强撑着意识回了句。

杨黎闻言抿抿唇："还能为什么，今天出成绩啊。"

这话刚说完，教室前门就传来一声轻响，胡琴踩着高跟鞋走了进来。她的步子雷厉风行，手上还拿着一沓英语试卷和答题卡，最上面附了一张 A4 纸，明眼人都知道那是什么。

几乎是一瞬间，教室里的"游魂野鬼"都不困了，都不用招呼，一个个齐刷刷抬起了头，目光炯炯地盯着讲台。

楼茗也不例外。毕竟是分班以来第一次考试，大多数人给人的第一印象也是这会儿留下的，难免关注度高。

看着一双双眼睛都看了过来，胡琴弯了下唇，拿着成绩单什么也没说，先是念了十个人的名字。

楼茗冷不丁听见自己的名字被念到了。

因为分班时的成绩没有公开过，在座的学生也还没有意识到，这十个人的名字有什么别的含义。

是倒数还是……

本来楼茗的第一反应是这次又考砸了，但她注意到，十个人中有另外两个名字她耳熟。

一个是郭柠，她从实验班下来的。

一个是车闻，之前和她一个考场。

被念到的名字里车闻在第九，郭柠第六。

楼茗自己在第七，睫毛忍不住眨了下。听见胡琴继续说："好奇吗？刚才我念的那些名字？"

底下一阵议论声，因为离得近，杨黎和孙浅都转过来看她："楼茗你……"

"我也不清楚。"楼茗指尖蜷了下，听见讲台上的胡琴没再卖关子。

"刚才念到的十个人是这次我们班的班级前十，按名次排序。"说着，她又拿起那份成绩单晃了晃，"这份成绩单我复印了两份，这份是空白的，另一份我做了标记，和你们分科的成绩单放在一起。"

"如今一看，你们永远不要低估自己的潜力。三年说长不长，说短也不短，也许一次考试代表不了什么，但至少说明了，你们中的有些人，在分科后——"胡琴说到这里又停顿，视线几乎向墙边的方向移了下。那一刻，楼茗撞上她的视线，也听见她说的话——"会成为黑马。"

楼茗的心脏微跳。

胡琴说完这些，又对吴倾予招了下手。

她身兼数职，不仅是班长，英语成绩这块也是一骑绝尘，是胡琴的课代表。

见胡琴对自己招手，吴倾予走了上去，拿起那沓英语试卷刚要往下发，胡琴突然附在她耳边说了句什么。然后便见吴倾予表情沉了一下，唇线微抿。试卷发完以后，成绩单被暂时扣在了讲台上，胡琴开始评讲这次的月考试卷。

一节自习过去，楼茗看见吴倾予站起身，出了教室。视线跟着移去，刚看见她进办公室，就被旁边的人拍了下桌子。

杨黎看到成绩单表情愣了下，随即激动地晃着楼茗的胳膊："楼茗，楼茗，你班级第 7 名，年级第 323 名！"

"啊？"楼茗闻言，注意力也被拉了回来，看着成绩单上自己的分数。

人有些怔，分科以后，理科总人数 1154。

在此之前，楼茗没想过自己会考成这样。

这次月考整体难度偏难，他们一共考五门，三门主课外加物理和化学。楼茗的语文和英语都考得很好，不过更重要的是，她这次数学及格了。然而还没来得及高兴，前排突然传来一份物理试卷。

楼茗看着试卷上赫然的"58"，人有一瞬间的惆怅。

这是什么让人抑郁的分数。果然在拿到物理卷子以后，班上的脸色都不算好看，孙浅直接趴在桌子上自闭了，看着她就是一句撒泼打滚美女哀号："啊！我分科前就是因为物理最好才选的，这次我竟然没及格，58 分啊！这是造了什么孽啊！"

楼茗闻言，眼皮轻轻跳了下："你也 58 分？"

"怎么？"孙浅闻言，抬头看她，"你也？"

楼茗点下头："还有杨黎。"

"合着我们是不及格三人组呗。"孙浅说着揉揉脸，"好像突然就没那么难过了。来，58二号，击个掌。"

"谁要和你击掌。"楼茗笑着逗她，"我下次可是要及格的人。"

"及格？物理这么变态谁能及格啊？就这神仙题目，我们班及格的人有我十根手指多吗？"

"你想什么呢。"她旁边的男生闻言开口，"我都及格了，这次及格的人不少，听说我们班物理平均分还排在平行班前三呢。"

"真的假的？你蒙我呢吧？"

"你那智商还需要我蒙？"男生说着，又撇撇嘴，往后指了个方向，"看到没，后门边那个，车闻，隐藏的大佬，人家物理考了106分！"

"多少？满分110他考多少？"

"106。我说你这怎么脑子不好使，耳朵也背呢。"

"彭桥，你再说一遍？"

"我才不，是你自己没听见。"

孙浅开始拧他耳朵，男生干号一声誓死不屈，前桌战况激烈。

楼茗收回视线没再去看，而是转头往后门边的方向瞥去一眼，未承想这一眼刚好撞见对方抬起了眸。

两人猝不及防撞上视线，彼此都怔了一下。还是车闻先反应过来，对她笑了一下，露出两颗浅浅的虎牙。

楼茗轻轻抿了下唇，表情波澜不惊地转回去。

上午的课被数理占据，最后一节是体育，基本下课就能直接去食堂吃饭。

一行人集合过后，男生占了场子打球。

孙浅去小卖部提了一袋草莓碎棒冰，给楼茗和杨黎都分了一个。楼茗刚叼了一个喂嘴里，抬眼看见魏宜念迈着步子过来，又拐了一下孙浅的胳膊。

孙浅立马又扒了一根递过去，魏宜念却摇头："我感冒了，不吃这个。不过你们快去看看班长吧，我刚上厕所回来就看见她在洗手池那边哭，问她怎么了也不说。你们要不要过去看看？"

"她现在还在那儿？"楼茗问。

"应该是。"魏宜念抿下唇，"我刚从那边过来的，应该还在。"

"过去看看。"

到了操场公用厕所，几人却没在洗手台边见到人。

魏宜念摸了摸头："刚刚还在这儿的呀，去哪儿了？"

正念叨着，郭柠从远处跑过来："看见吴倾予了吗？"

几人都摇摇头。

"要不都分开找找吧，我上午看见她被叫去办公室了，可能是没考好心情不太好。"楼茗说。

"我也是担心这个，她从回来情绪就不太对。"郭柠表情焦急。

"那到处看看，这会儿还没集合，她应该不会回教室。可能就在哪处树荫底下坐着也不一定。"

"好。"

几人说着分开去行动。

楼茗和孙浅去了南边的出口，那儿比较安静。两人小跑着赶过去，便看见不远处树荫下的空地上，一男一女面对面站着，是吴倾予，对面那个身高挺拔的男生，应该就是她之前聊过的那个同桌。

两人看着像是在说些什么，吴倾予表情不太好。

"他们干吗呢？"

"嘘。"楼茗闻言捂住了孙浅的嘴，眉心略皱了下，"我们还是先过去吧，就告诉她人找到了。"

"别啊。"孙浅支吾着，"我还没见过这种场面呢。"

"走啦。"

"哎呀，看看嘛。"

"不太好。"

"有什么不好的，万一他俩要是吵起来了，我们在这儿还能冲上去帮她。"

楼茗嘴角微抽："你这什么歪理。"

"哎呀，你别想那么多，正好这儿有单杠架，我爬上去看看。"

"你别摔了。"

"不会，我身手好着呢。"还没等楼茗反应过来，孙浅就手脚并用爬了上去，坐稳后还在上面晃了晃，"怎么样，姐的身手不是吹的吧。"

"你小心点。"

"知道了，你别说话，我看看。"孙浅说着，手比在眼睛前做了个望远镜，盯着目标看了会儿，然后压着声惊呼一声，低下头对楼茗说，"天啊茗儿！那男生哭了！吴倾予说什么了？"

"你说什么？"

"哎，给你讲不清楚，你快上来看，看他眼泪珠子掉。"

青春期的少年意气总是如墙边的爬山虎，郁郁蓊蓊，容易好奇，也经不起别人的怂恿。楼茗在孙浅的再三催促下，也跟着爬上了单杠架，找地方坐好后，视线也跟着移了过去。

然后，她愣住了。

树荫下的两个人相对而立，单杠上的楼茗被风吹得头发飘起。片刻出神的工夫，孙浅又拐了下她的胳膊："怎么回事啊，那男生怎么还走了？"

"他们这就说完了吗？"孙浅语气急吼吼，显然有点想不通，嘴里念叨着就要往下跳。

楼茗见状赶紧抓了她一把："你慢点。"

不过到底还是慢了一步，孙浅下去的动作太快，脚下没踩稳步子一滑，楼茗赶紧拽着她胳膊往旁边带。这样下来孙浅的体位算是摆正，但同时因为惯性，楼茗被带着摔了下来，脚重重崴了下。

楼茗疼得眼泪一下子涌出来，孙浅在另一边也摔了，但没这么严重，见状赶紧爬起来扶她："没事吧？"

"疼。"楼茗拧着眉心，感觉脚踝处的疼一阵一阵的，不知道是不是骨头错位了。

孙浅闻言当即就不敢动了，在原地急得转了一圈："那你现在还能站起来吗，我试着背你去医——"

"怎么了？"孙浅话到一半，突然又插进来一道男声。

两人闻言微愣，车闻把水丢给陈空，快步跑过来，看见摔在地上的是楼茗，下意识敛了下眉，问道："怎么摔了？"

"从上面下来的时候没站稳。"

"摔哪儿了？我看看。"

"腿。"楼茗说着，疼得又是一缩，"不知道是不是骨头错位了。"

"先别动。"车闻表情严肃，在她踝骨处按了按，确认骨头没问题后松了眉心，"应该只是崴到了，骨头没事。"

车闻把袖子往上卷到手肘："我送你去医务室。"

随即不待楼茗反应过来，他的手臂直接从她膝盖下穿过，搂着她的腰腾空而起。

楼茗从来没有想象过，这种只在电视剧里看到的情节发生在自己身上。

男生宽厚的胸膛几乎就在她脸侧，耳畔贴得太近，以至于让楼茗产生一种能听见他心跳的错觉，不由得把距离拉远了些。结果脑袋刚动一下，便听见头顶传来的声音："别动。"

楼茗动作僵住，鼻息间弥漫开一股浅淡的薄荷味道，像沐浴露，抑或者，就是像夏天。

具体像什么，楼茗也不知道。

车闻送楼茗到了医务室，校医检查是软组织挫伤后，开了药，拿来冰袋让楼茗按在脚踝处敷着。

她听后点点头，刚要接过冰袋，车闻就抢先过来拿走了，他手长，长臂一伸她连开口的余地都没有，只怔怔地看了他一眼才说："我自己来。"

"不嫌腿酸？"

车闻斜睨她一眼，不由分说将冰袋放在她脚踝上贴着，手掌也跟着压过来。男生指腹有一点薄薄的茧，贴在脚踝上的触感十分明显。

楼茗差点没忍住弹起来，又听他笑一声："怕痒吗？"

楼茗摇摇头，她不怕痒，只是刚刚事发突然，她一下没有准备罢了。

车闻见她偏过头，也没再逗她，清了下嗓："你怎么弄伤的？"

"不小心摔了。"

车闻另一只手撑着下巴，趴在床尾看她："厉害啊。"

楼茗发窘。

两人之间氛围轻松，车闻看着她又低下头，唇边噙着笑，刚要开口，奈何门外的声音更为响亮。

"楼茗！"

紧接着是医务室的门被推开，孙浅一溜烟闪进来，后门跟着一群人，几双眼面面相觑。

孙浅满脑子都是楼茗的伤，一个箭步过来移到床边，视线直接定格在车闻按着的冰袋上，表情一沉："楼茗你没事吧？"

"她没事，就是部分软组织挫伤。"车闻说完，见孙浅的视线还盯在自己手上，楼茗在这时也看了他一眼。他的动作稍顿了下，缓缓将手收了回来。

楼茗这几天成了寝室的重点关注对象，可能是一屋子的神经都比较粗，对于那天在医务室遇到车闻的事，孙浅只简单评价了五个字："他是个好人。"

大概又过了三天，周三的最后一节是语文课，一中校外小吃街上新开了一家麻辣烫。最近在开业大酬宾，孙浅一听就激动得不行，招呼大家说要去尝个鲜。

几人都没意见。

奈何最后一节撞上语文课，半百之龄的男老师讲课声音缓慢，一字一句或温和或抑扬顿挫，仍旧听得底下的人昏昏欲睡。但因为这几节课都在讲月考的试卷，底下睡觉的人要相对少一点，最后翻到作文的时候，语文老师指挥课代表开了展示台。

楼茗手撑着脸还在发呆，抬眼看见语文老师向她这边走过来，起初她没太在意，直到语文老师温和的笑出现在她眼前，顺便伸手拿走了她桌上的答题卡。

楼茗的眼皮这才倏地一眨，她直接吓到掐了掐脸。

优秀作文展示，九班老师的讲课风格都有点类似，把展示台的作用发挥得淋漓尽致。

这次考试作文的题目是写书籍读后感，楼茗写的是《云边有个小卖部》，那时候还没有出版，但楼茗对此感触颇深。

她的作文题目是《临窗话文》，得了这次的年级最高分——满分。

清秀的字体被投屏放映到大屏幕上，语文老师手撑着纸，一字一句地评讲，到结尾段的时候，提笔划出了一行句子："摘自引用——希望和悲伤，都是一缕光。

"初读此句时，微怔，思绪百转千回，在想为什么呢？希望成为光是必然的，那悲伤呢？悲伤为什么也可以，世人都对悲伤唯恐避之不及，我读不懂，但耳朵好像又听了进去。

"去云边。那里有个小卖部。

"去看这本书。"

这几句话被红笔圈了起来，语文老师开始滔滔不绝地讲解，展现出他应有的博学。

楼茗只是垂了下眼。希望和悲伤，都是一缕光。

车闻的胳膊被人推了推，陈空在他耳边小声说："哥们醒了，快来听听咱班大才女写的作文。人家一个作文得满分，再随便加点，都够你及格了。"

"一边儿去啊。"车闻说着，往后耙了耙头发，被这么一闹也没再睡，头抬起来往黑板上一瞧。

《云边有个小卖部》，喜欢这样的书吗？

他撑着脸，弯了下眼睛。

下课铃响，语文课终于结束，老师照例又拖了两分钟做总结，最后大手一挥终于放人。

孙浅直接飞出去，拐着杨黎的胳膊往外跑。

郭柠、魏宜念几人并排。

楼茗这几天腿恢复得不错，但速度上肯定要慢上许多，吴倾予个子高，跟她们几个并排像白雪公主和海绵宝宝，索性放慢步子和楼茗走在后面。

小吃街外，女孩们支棱着拐进了麻辣烫店面，楼茗在街头站了会儿，见旁边的人没有动作，不由得抬头问了一句："不进去吗？"

吴倾予摇头："我和你一起，麻辣烫味道太重了，想吃点清淡的。"

"行。"楼茗点头，"那去喝粥？"

"可以。"

两人进了粥铺，吴倾予点了一份海鲜粥。楼茗扒拉着碗里的鸡丝，正等着它一点点变凉，突然听吴倾予开口："楼茗。"

"嗯？"

"我最近……"吴倾予酝酿着要说的话，落寞地垂下视线，"心情不太好。"

"因为月考？"

吴倾予点点头："有这方面，但不全是。"

她继续喝着粥。

楼茗放下汤匙，双唇抿了下："有什么事不要憋在心里。"

"王临的表哥在夜市开了一家烧烤，原本这周末说好一起过去吃东西，给他哥哥捧场的，但你也知道，我这次月考的成绩……我妈给我报了一个补习班，我不知道该怎么和他讲。他会不会以为我是去了新的班级，认识别的好朋友就和他关系疏远了？"

吴倾予抬眼看楼茗。

楼茗想了想，认真思索道："我建议你和他讲清楚吧，补习还是挺重要的，烧烤可以再约个时间一起去，到时候还可以多叫几个朋友。"

"这样吗？"

"我的建议是这样。"

"那好吧，谢谢你啊，楼茗，我现在心里好受多了，食言的感觉太难受了。"

"哈哈，下次不要这样了。"

新的一周下了场雨，奉城一中迎来了年级篮球赛。

楼茗站在看台上，因为腿伤没有报名。篮球赛由男子组和女子组合并组合而成，郭柠和吴倾予都报名参加了。

女生这边其实不算专业，很多属于娱乐性质，看着这会儿几个姑娘扭在一起死抱着球不放的场面，楼茗感觉裁判的嘴角都抽了两下。最后打打闹闹，九班第一场对战八班，对方因为犯规，九班获得两次投篮机会，吴倾予手长，踮着脚一球过去，竟然误打误撞进了框。

场上顿时爆发出一阵掌声。

有了两分的优势后，后面女子组没再激起什么水花，很快就结束了比赛，压力直接给到了后面上场的男生身上。

孙浅在她旁边叹了口气，楼茗偏头看她："怎么了？"

"愁啊。"孙浅手指了一个方向给她看，"那边那个大高个，彭桥告诉我他是校队的，扣球特别猛。"

"这么厉害？"

"嗯。"孙浅说着人趴在栏杆上，"还是黄税那个手气太臭了，一上来就碰个硬钉子。"

楼茗没再说话了。

比赛正式开场的时候，那个被指到的大高个也没辜负他在校队的名声，开场就猛压线连着暴扣了两次，又配合着进了几个球，比分一下就被拉开了。

九班这边叫了暂停，这次组队是在班里随便拉的人，彼此间虽然都会打篮球，但没怎么练过配合，毕竟班级也算组建不久，许多方面都配合得有些生疏，打法不一。

体委黄税眼看着局势危急，奈何他是高度近视，平时打球没那么激烈，不摘眼镜也可以上场，这会儿正式比赛，黄税上去只能当个半瞎。

不过纵使不能上场，黄税人还是跟着一样着急，脸上表情也生动："哥几个都出出主意啊，咱班女生可都没拉后腿的，这还是初赛呢，要就这么折了，太跌份了吧。"

"就是，那传出去腰杆都直不起来了！"

"快点出个主意吧。"

一时间众说纷纭，又都没有说到点子上的人。

就这么干着急了一会儿，拎着矿泉水的车闻扒拉着头发走过来，他手上戴着一个白色护腕，脸上表情略散漫。随着他走来，众人的视线都跟着移过去落在他身上。

黄税一见他过来，眼睛都亮了一下："快快快，闻哥，有什么主意没有？"

"你想要什么主意？"

"就那种一击即中，反败为胜的！"

"那没有。"车闻说着又笑笑。从这个角度，楼茗刚好可以看到他的后脑勺，注意到他的右耳耳骨上有一颗红色的小痣，阳光一照，分外惹眼。

楼茗迅速偏了下头，再转回来时，车闻已经开口："一步登天的方法没有，不过把比分追上来倒是可以试试。我三分比较准，陈空，平炀，一会儿你俩配合传球，另外的人守篮板。"

"行，那就先这么来。"

"都注意点，一会儿给车闻喂球啊，成不成都尽力。"

"行！加油！"

下半场开始，九班做了战略调整后，整体状态要比之前好很多，彼此间的配合也更熟练。

稳了两分钟，虽然没有拿到分，但八班同样也没摸到篮板。

与此同时，他们自己打法越来越稳，八班却有些稳不住，乱了节奏。先前作为全场焦点的校队选手被车闻一连防了几次，失手后开始强攻。车闻见状，立马给陈空递了个眼神。

陈空忙和平炀同时上前补位，车闻则迅速到侧边瞬移走位，平炀一个拦截，卡住高个儿的进攻，陈空从另一边成功偷球，转身对着车闻就是一声："车闻！"

"这儿！"

车闻伸手接过，然后原地起跳，掌心与小臂肌肉同步发力，篮球在空中划出一道完美的抛物线后，精准落入篮筐。

"哐啷"一声，全场沸腾。

孙浅号得嗓子都哑了，楼茗也跟着叫出了声。

人潮中，不知谁先出口喊了句"厉害"，紧跟着一拨接一拨被点燃的女生，铺天盖地的呼啸中热血未平。有了这个球，九班气势一浪高过一浪，车闻后来的手感也越来越顺，连着投进四个三分以后，比分直接追平，甚至还压了两分。

全场又是一次沸腾。

同前次略显不同的是，楼茗也跟着人潮喊了一声"厉害"，音量不大不小，压在喧嚣的人群中并不突兀，然而楼茗喊完，动作却突然僵住。

视线在下一刻撞上车闻转头，往她所在的方向看了一眼，他轻挑眉梢，意味不明地笑。

楼茗怔在原地，好久都没有动，直到对面叫了暂停，九班再次聚拢过来集中，楼茗才略有些慌乱地往后退了两步。

孙浅被她这动静惊扰，回头看她："茗儿，你干吗呢？"

"我……我有点渴了，去小卖部买水，你要喝什么？"

"那帮我带一瓶橙汁吧。"孙浅说着，又看了一眼某个方向，"再加一瓶矿泉水。"

"行。"楼茗说完迅速转身，离开人群去了小卖部。

殊不知在她跑开的下一秒，有一道视线紧跟着追了过来，唇角浅浅勾了一下。

跑什么？

楼茗在超市买了两瓶矿泉水和一瓶橙汁，结完账出来往回走，到看台的时候没想到人这么多，围了满满几圈，她想挤回原来的位置都不行。而且一时半会儿还找不到孙浅在哪儿，楼茗在外面走了几步，刚要继续往前，被旁边一道声音叫住。

"同学。"

楼茗转身，看到向自己走来的女生，一时微怔。是上次电影院门口和车闻一起打伞的女生。

楼茗眨了下眼睛："你是在叫我吗？"

"是的。"车诗怡点点头，脸上笑意明媚，"同学你好，我们是校报记者团的，想采访一下你对此次篮球赛的看法。"

"现在吗？"楼茗说。

"可以吗？"

楼茗点点头。

车诗怡于是招呼她后面的男同学过来，对方扛着相机，开始 VCR 模式，楼茗还有些蒙，没想到一中的学生校报团体如此完善。

正不着边际地想着，便听见对方开始采访："请问针对这次比赛，有什么让你印象深刻的事情吗？"

"有。"楼茗闻言点了下头，"我们班男生打比赛很团结。"

"可以具体一点吗？"

"哪方面？"

"比如你是如何得出他们很团结这个结论的？"

"嗯，体委组织到位，场上防守各有专攻，最重要的是，这次比分追得很快。"

"是因为那个车闻吗？"

当听到他的名字时，楼茗先是顿了下，随即又见车诗怡笑笑："别太意外，你不是我们采访的第一个同学，之前有好几个女生提到了这个名字，不过评价都比较偏向一致。听你之前的发言比较理性，我们想听听，你对车闻会有什么评价。"

"我的评价？"

车诗怡点头："是的，你的评价。"

"我觉得他像 desire。"

"desire？是希望的意思？"

"是的，但也不全是。"楼茗说着，唇边浅浅染上一点笑意，"也是阳光和永不放弃，理想主义的 desire。"

采访结束以后，楼茗继续在人群中寻找孙浅。

望着楼茗走远的方向，一同拍摄的男生放下相机，拿着成像给车诗怡看："副编，你这可有点滥用职权了啊，哪有人搞采访光问你哥的，私心太大了吧。"

"别乱说，这可都是她们主动提的，我就是配合一下而已。"

"可刚才……"

"刚才只是做个总结，毕竟前面几个女生都说得那么天马行空，采访稿你来写？"

"那也不用随便找个人再问一次吧。"后面这句话，男生在车诗怡的威压下没说出口。

楼茗终于在人群中找到孙浅，把橙汁和矿泉水递给她。孙浅接过说了声谢谢，拧开喝了一口，又抬眼在人群中找人。

不到一会儿，孙浅的视线在某处停下，眼眸稍弯："彭桥。"

混在人群中的男生抬头，往这边看了一眼："叫我？"

"不然叫鬼吗？"孙浅说着白他一眼，继续问，"喝水吗？给你扔下来。"

"成。"彭桥应着也笑笑，手臂一扬。

孙浅把水扔下去，男生接住拧开喝了一口，仰着脖子冲她笑："可以啊，孙小浅，今天太阳打西边出来了？"

"本小姐心情好你管得着吗！"

"是，管不着。"彭桥一鼓作气喝完半瓶，拧紧瓶盖晃了晃，"谢了啊。"

孙浅："嗯。"

楼茗在旁边弯弯唇角。

篮球比赛的最终结果是，九班杀进了决赛，虽然在最后一场惜败，但虽败犹荣，亚军也很好。

胡琴领到奖状那天心情很好，指挥黄税把奖状贴在后黑板那块墙上。

贴完之后，突然拍手在讲台上放话："这样，都起来，我们去后面拍个照，也算是庆祝我们班成立以来第一个集体奖项。吴倾予，组织一下，让他们都站好。"

话音落下以后，班上的人逐渐往后靠拢，胡琴站在讲台上调整位置。

"这样，冯久阳个子小，站最中间。嗯……杨黎往中间来一点，然后——"胡琴说着，视线一点点扫过一张张脸，最后停在楼茗这里。

"楼茗，你往左边站一点，别把车闻挡住了。"

"哦，好。"楼茗步子有点慌张地往旁边挪了挪。挪完以后，鬼使神差往后看了一眼，想看看现在有没有挡住他，没想到下一秒直接听见了相机按快门的声音。

几乎是同时，她转过去的视线也撞上了车闻的目光。

画面定格，意料之外又好像命中注定，少女回眸，少年垂首。

她在看他，他也在看她。

第三章
青春万岁

　　篮球赛结束以后，日子逐渐趋于平淡。高中的课程密集又紧张，黑板上的电路图，桌面上的化学方程式，都是忙碌的代名词。

　　体育课是高中时代最期待的。

　　楼茗在小卖部柱子后躲阴，手里撕开一盒老酸奶，浅浅的气泡沾湿在手心。她眯眼打量阳光，后方孙浅出来拍了下她胳膊："茗儿，你就吃这个吗？"

　　楼茗闻言回首，见孙浅手里拿了两个抹茶冰激凌。

　　楼茗咬着板签，看她一眼："吃这么多凉的，不怕闹肚子？"

　　"哎呀，闹就闹吧，反正现在我吃着开心就行了，大不了就是多跑两趟厕所，早都习惯了。"

　　"还真是今朝有酒今朝醉啊。"

　　"那是，仙女的快乐就是这么浅薄！"

　　"行吧，那浅薄的仙女下一步要去干吗？"

　　"当然是去篮球场看球了！"

　　话一出口，旁边的杨黎看她一眼："可是今天太阳这么大，会不会很晒……"

　　"哎呀，这点太阳算什么。"孙浅一把拐住杨黎的胳膊，"我刚看过了，黄税也在。"

　　令楼茗意外的是，她们过去的时候，看台处还围了不少人。自从上次篮球赛以后，班上男生之间的配合都挺不错。

这次体育课恰好撞到了十三班，九班上次就是打赢了十三班才进的决赛。

两个班之间的氛围还不错，彼此都有认识的熟人，不知道是怎么聊的，到最后竟然约着再来一局。

九班自然不怕战，所以这会儿本来是平常的体育课，也被他们搞得气氛如火如荼，楼茗远看见车闻拍着球在地上"砰砰"作响。男生一袭蓝白校服气场张扬，闪身的动作飞快，腕骨上惯常戴着一个白色护腕。

楼茗不禁匆匆移开眼。

她在看台边缘徘徊了会儿，最后还是走到一旁的树荫下坐下，这边相对没什么人，只坐了几个下象棋的男生。

楼茗走过来，刚准备找地方盘腿，侧眼随意一掀，看见了梧桐树后的吴倾予。

楼茗找的这块地方，虽然离球场比较远，但因为地势比较高，所以只要视力稍微好点，便可以看清球场上的动向，相反，球场上的人却不行。

楼茗猝不及防与吴倾予撞上视线，两人都愣了下，后者有些尴尬："楼……楼茗你什么时候过来的？"

"刚刚，过来躲太阳。"

见她没追问，对方不禁松了口气，看她一眼又笑笑："正好我在这边练听力也累了，我们一起过去找个凉快点的地方吧。"

"嗯。"楼茗说着又看她一眼，递给她一个青苹果果冻，又往球场的方向看了一眼。

球场上人声喧闹，十三班最高的男生踮脚进球，是王临。

楼茗陪着吴倾予在树荫下聊了会儿天，再回去时，球场上的人已经散去大半，十三班的男生不见人影，吴倾予没跟她一起过来。

楼茗在看台边找到孙浅。

孙浅手里的冰激凌吃得只剩下一个蛋皮，旁边站着彭桥，两人不知道发生了什么，孙浅这会儿又在拧彭桥的耳朵。

楼茗看了一眼，转身换了个方向准备去找杨黎，没想到天降篮球，直接横飞过来砸在她肩膀上。突如其来的力道砸得楼茗向旁边猛地一偏，好在她及时抓住了栏杆才稳住没摔。

楼茗这边将将儿稳住重心，另一边球场上安静一瞬，马上传来声音，楼茗余光瞥见有人向她的方向跑过来，还有几道声音响在耳侧："对不住啊，同学，我球扔歪了真是不好意思，你没事吧？"

楼茗摇摇头："没事。"

"要不还是去医务室看看吧。"陈空说着眉头皱了一下，正想再说些什么。

一道声音传过来打断他："我带她过去吧。"

是车闻。

楼茗随即抬眼，捂着肩膀摇了下头："真的不用。"

"那不去医务室，清理一下也好。"男生说着，指指自己的肩，"你校服这里，脏了。"

楼道洗手池。

楼茗借着水搓了搓肩上的校服，篮球上沾的灰不多，她肩上那块砸得偏，这会儿倒是一点感觉都没有了。只是水渍控制不好面积，肩上那块隐隐有些凉。

楼茗关掉水龙头，往身上看了眼，见差不多都处理干净了。正想回头对车闻说"可以回去了"的时候，他拿着校服走过来，轻轻搭在她肩上。

楼茗动作稍怔。

"衣服。"他的话语简洁。

楼茗闻言，又低下头看了一眼，这才发现不妥的地方在那里。

一中的夏季校服布料偏薄，被水沾湿后很容易透，此刻她肩膀的位置隐约……

楼茗耳朵一红，拢了拢身上的校服外套："谢谢。"

"嗯。"车闻声音淡定，视线却盯着墙面，"先下去集合吧。"

"好。"

两人从教学楼下去，走到一半，楼茗突然叫住他："车闻。"

车闻应声回头。

楼茗下意识抿了下唇，指了指自己身上的校服："衣服我洗干净了还你。"

车闻扬唇笑笑："不急。"

"嗯。"

两人并肩走向操场。

体育老师简单集中，一群人"呼啦啦"凑在一起清点人数，随即便解散了队伍，也没太有人注意到楼茗的方向，注意她身上披着的校服。

回教室的路上，陈空挂在车闻胳膊上："老闻，人姑娘没事吧？"

车闻闻言略一挑眉："能有什么事？"

"嘿哟，你这语气——"都是穿一条裤子长大的兄弟，陈空最是清楚车闻什么样儿。

听他这样说，也知道楼茗应该是没什么问题，但还是忍不住"啧啧"了两声："那好歹也是我的过失，关心两句怎么了，你这护犊子呢？"

"护什么？"话落车闻脚下动作一顿，眉眼难得有些疑惑，不知是因为陈空的话还是什么。

"没什么。"

陈空一噎，拎着矿泉水走了，留下车闻在原地站了会儿，伸手扒了扒头发，也往教室走。

周五的自习结束，车闻骑着小电驴回家，写完作业收拾完十二点刚过，他埋进被子里睡觉。

他睡眠质量一向很好，一般沾枕头一睡到天亮，唯独这晚，算个例外。

车闻做了个梦。

梦里隐隐有潺潺的流水，他走在教学楼里，脚步逐渐被水声吸引，一点点绕过拐角，看到了楼道尽头的洗手池。

再然后，梦醒了，抬头是公交车外正在倒退的风景，车闻下车后，在校门外站了半天才感觉回魂，在车上他抵着窗户吹了一路，终于把脸上的温度降了下去。他随即扯了下书包带子，抬腿往里走。

四楼没两步就到了，车闻从楼梯口上来，和几个同学打了招呼，眼皮耷拉着，思绪仍旧不怎么集中，脑子里还是有些信马由缰。脚下踩着的步子只感觉落在云上，正漂浮不定的时候，突然传来的声音让车闻动作陡然一顿。

楼茗今天起得挺早，寝室三人组还在睡，她去食堂带了早饭，背着单词顺便出来接热水。恰好这个点班上陆陆续续来了些人，楼茗一一回应了跟她打招呼的同学，抬眼拧好热水瓶，不想碰见了车闻。

他的眼皮轻垂着，好像没太睡醒的样子，表情略有些散漫。

楼茗犹豫了一会儿，还是开口叫住了他。

"车闻。"

无论怎么说，车闻开学以来也算帮了她好几次，如果就这么看着对方过来也装没看见的话，楼茗觉得还是不太好。但是没想到车闻听见她这声后，好像有些被吓到。

"干什么？"

车闻反应过来，往她的方向看了一眼，还没等楼茗反应过来怎么了，他直接甩下一句"早上好"之后，人迅速溜进了教室。

楼茗在原地呆了呆，她还没和他打招呼啊……

想到这儿，楼茗不禁抿了下唇，等下次吧。

车闻一进教室，把书包往桌膛里一塞，就抬手趴在桌子上捂起了耳朵，脑子里的画面因为见到楼茗而复现，车闻捧着脑袋在桌面上磕了起来。

陈空进来见到的就是这番景象，在旁边叫了他几声都没反应。等过了一会儿，车闻才撑着脑袋抬眼看陈空："干什么？"

"没，我还想问你干什么呢。"陈空说着，拉开凳子坐下，"大早上的练铁头功呢，数学作业借我抄抄。"

"桌上，自己拿。"车闻说完这句，又把头偏过去靠着墙，思绪游移。

语文自习结束，第一节课是英语。

戴着眼镜的胡琴讲完最后一个同位语，趁打铃前强调："现在已经是五月份了，篮球赛这样那样的活动应该都玩尽兴了，也是时候该收心了。看你们最近一个两个的，思绪都有些飘，在这儿给提个醒，离期中考试没多久了。考试完都知道吧，一中惯例家长会，不想回去挨骂的，这段时间就认真一点儿，听到没有？"

"听到了。"

下面一片叫苦连天。

孙浅要死不死地瘫在桌子上，拿书盖上脸。

中午去吃饭的时候，她都还在一路聊这个事。第一食堂里，五人面前一人一碗粉或面地摆着，孙浅边往嘴里塞着豌豆，一边哀号："哎呀，胡女士怎么老是哪壶不开提哪壶啊，这离考试不是还有几天吗？被她这么一说，我玩的时候都放不开了。"

"那能怎么办，她说的也是事实啊。"吴倾予接着话道。

孙浅叹一声气，视线在她们几人身上扫过，又叹一声气，指指楼茗和郭柠："茗儿和柠檬这两个不是好东西，上次我提前背书你俩还揶揄我，合着就是你俩成了黑马。哦，不对，还有吴倾予，算了不说了，越想越伤心……"

"合着就咱俩同病相怜呗。"等她说完，魏宜念补了一句。

魏宜念因为和寝室里的人闹了矛盾，一直和她们玩在一起。楼茗她们也问过到底是怎么回事，魏宜念说三言两语解释不清，但归根结底也简单得很，三观不合。

无缘的人是你生命中的过客，有缘的才会陪你在路上多走一截，不过是早就定好了的。

话题又回到现在，孙浅听到魏宜念乍然这么一说，忙嚼了两口炸酱面："好像也是。那要不咱俩凑合凑合吧，我们一起偷偷努力，惊艳她们所有人！"

"不用了。"

孙浅一愣："什么意思？"

"我有人陪我学……"魏宜念低着声说。

话一出口，几人皆是一惊："什么？"

"嗯……就是有一个朋友。"

"快快快，给我讲讲！叫什么名字？"

吴倾予唇边溢出一声笑，拿纸巾擦了下嘴："你查户口呢？"

"我这不是好奇嘛。你们看宜念平时不显山不露水的，冷不丁跳出来，那不得好好盘问盘问？"

"说得也是。"楼茗问，"是一中的吗？"

魏宜念摇摇头："不是，在网上认识的，糖果屋。"

"啊？咋还是网……"

郭柠打断："网上认识的怎么了？瞧不起网友？"

"没有没有，我没这个意思。"孙浅忙摆摆手，"不是说网上骗子很多嘛，我怕魏宜念那个脑子和我一样不好使，被骗了……"

"我脑子什么时候和你一样了？"魏宜念冲她鼓了下腮帮子，拿出手机里男生的照片给她们看。

手机在五人手里轮了一圈，脸上表情一般，都憋着没开口。

氛围一时有些安静，还是孙浅率先没忍住："嗯，这长得确实有点朴实……"

"还好吧。"出乎她们的意料，魏宜念听见这话，语气并没有多大的波动，又低下头去吸面，一边说，"我也知道没有很好看，朋友而已，不用看外表。他人挺好的，他在安城，离不下雪的奉城还挺远的，但是去年立冬的时候，他坐了十三个小时的火车过来看我。还给我带了安城那边冬天的雪花，虽然在来的路上化了……"

"行了行了，知道了，哎呀，说得我这鸡皮疙瘩都起来了。"孙浅说着假模假样搓了搓自己的胳膊。

楼茗随即附和："我好像也有点儿。"

魏宜念轻轻翻了一个白眼。

下午的课照常上。

今天的最后一节是物理，物理老师讲一道综合电场的题写了一整块黑板，板书艺术又密集，落在楼茗眼里，多少有些看不懂。

理科不擅长的人选了理科，是真的有些费劲啊。

楼茗感叹着，从头到尾捋着思路，试图用自己的方法把它看懂，在两个看不清字母的公式处卡了半天，一个翻教材的工夫，下课铃响了。

抢饭的"豺狼虎豹"一拥而出，教室门槛踩得"哐哐"直响，楼茗没太在意，手上动作没停，终于找到那个公式去看，蓦地又听前门传来一道男声："车闻，你妹妹过来找你了。"

后排的车闻浅浅伸了下懒腰："干什么？"

"过来送校报，顺便找你吃饭。"

话落只见车闻伸手压了把头发，离开凳子走了出去，楼茗感受到后门边传来的动静，动作一时怔住。

这会儿教室里剩下的人不多，大多都去食堂吃饭了，剩下的几个都是班上好学的同学。

楼茗在这方面不太紧张，她们寝室的人跑得都不慢，尤其是孙浅那个腿，倒腾起来谁也赶不上，一般都会飞进食堂的时候顺便帮她也打一份。所以原本楼茗的打算是把现在这个公式誊抄完，就直接去食堂和她们会合，但她现在突然改主意了。

她放下笔，从位置上站起来，眼皮一垂，看见桌子上半空的水杯，端起来拿在手里走了出去，步伐淡定如常，并不奇怪，她只是出来接个热水。

楼茗自我安慰着，向热水池的方向走，那里靠近九班的后门，一男一女正站在那儿。

楼茗唇微抿，面不改色地飘过去，余光打量着女生的背影。

车闻手里拿着校园报纸，没怎么在意周围，耳边被车诗怡叨叨着，去看关于他的专栏特辑——

你认为本次比赛，九班的车闻表现如何？

后面跟着的回答是一圈路人的采访，都用了 ABC 代替人称，不知署名。

车闻大概扫了眼，见清一色都是什么"很厉害""觉得很帅"的话，不甚在意地准备收回视线，目光却在扫过最后一排时顿了下。

那末尾有两句话。

"你认为球场上的车闻像什么？"

"像……理想主义的 desire。"

"这谁说的？"车闻指尖落在最后一排问。

车诗怡摇摇头："不知道名字，比赛那天随意找人采访的，我怎么知道是谁？"

车闻闻言，顶了一下舌腔："长什么样也不记得？"

"嗯……"车诗怡说着，开始比画，"皮肤挺好的、眼睛大，身高跟我差不多，头发看着挺软……只记得这些了。"

"指望不了你。"车闻收起报纸，放在了九班的讲台上，出来弹了下他妹的脑门，"吃饭去。"

"吃什么啊？"

"下街那家寿司好像还不错……"

身影渐渐走远，楼茗指尖被溢出来的热水烫到才回神，急忙关了水阀。拧好杯盖又冲走廊拐角的方向看了眼，唇角微不可察地弯了下。

原来是妹妹啊。

晚自习下课，楼茗咬着铅笔在画坐标系，"砰"的一声，寝室门被人撞开，孙浅和郭柠抱着一大堆零食进来，美其名曰为寝室的期中复习做战时储备粮。

能不能学好暂且另说，亏待什么也不能亏待了胃。

两人提着大包小包塞进寝室的大纸箱，四人寝的中间置放了一张小方桌，是上一届学生留下来的，也不知道原来是干什么用的，但是到她们这里，倒是利用得很到位。

烧烤，学习，啃泡面三不误。

这会儿照常又架了出来，楼茗正摊着卷子在上面写题，吴倾予在旁边写化学合成的分析，魏宜念……自从和寝室闹矛盾后，基本在5017安营扎寨，行李零零散散放在她们四个人的桌上，原来的寝室只回去睡个觉。

要不是打地铺的滋味实在太过勉强，魏宜念真想直接拖家带口地搬过来，不过这会儿魏宜念正趴在桌子上和人发短信。

另外两人收拾完，扔了几包薯片过来，楼茗扔了笔，拆了包黄瓜味的往嘴里丢，看着她俩也拿了作业过来。

吴倾予也停了笔，拿出迷你闹钟晃了晃："五分钟后刷数学，都抓紧点吃啊。"

"不是吧五分钟……"

吴倾予："现在四分四十七秒。"

大家闻言都清一色往嘴里倒薯片。

十一点四十分，几人收了桌子。

孙浅困得眼皮都睁不开，难得的是团体的效率确实要高很多，至少今天的所有作业都写完了。孙浅收好卷子，往书包里扔的时候都在感叹："跟做梦似的，我居然把作业写完了。而且竟然没过十二点。"

郭柠说："所以知道你原来有多磨叽了吧，写个作业吃个橘子都能把上面的纹路数清楚了……"

孙浅眨眨眼："有吗？"

"有没有你自己不知道？"吴倾予说着，敲了下孙浅的脑袋瓜，"行了，收拾收拾赶紧洗澡，一会儿该熄灯了。"

话音刚落，四只手齐刷刷地举起来："我先洗！"

最后以划拳的方式决定好洗澡的顺序。

楼茗速度快，第一个洗完出来，用毛巾擦着头发。

吴倾予和魏宜念正在外面刷牙，见她出来指了指晾衣杆问她："楼茗，这衣服是你的吗？刚问了一圈她们都说不知道，是不是取错了。"

女生院楼下有一小片绿化带，栽了些不算高的树和矮的灌木，晴天最适合晒被子和衣服。

吴倾予以为是拿错了。

楼茗随即仰头，看见车闻的校服晾在阳台上面，擦头发的动作愣了一下，她怎么把这件事给忘了！

她便点了点头："是我拿错了。"

"那明天别忘了挂回去。"

"嗯。"楼茗点点头，将衣服收了下来。第二天一早上课的时候，几人去教室思绪都还神游着。唯有楼茗眼珠子滴溜转着往四处看了一圈，发现车闻还没来。

刚准备收回视线的时候，楼茗陡然看见后门边厚厚的一摞书堆里冒出来的几根呆毛，歪歪扭扭在空气里晃了晃。

楼茗一脸疑惑，再仔细一看，哦，原来他是在睡觉。

楼茗于是向后门的方向走去，在车闻的课桌前停下脚步，看着他的睡颜，又看了眼自己手上拿着的校服，在选择要不要叫醒他之间纠结了一阵，看见他桌子上的便笺纸。

楼茗俯身刚准备拿过来撕一张写个便笺，没想到这人睡梦中反应也不慢，她手刚一过去就被抓住了。

车闻的手指握上她手腕。

楼茗怔了怔，想挣脱出来，但力道不够，被他牢牢抓住纹丝不动，待车闻抬起头睁开眼，入目就是女生略蹙的眉。

就这么一瞬间，车闻差点以为自己没醒过来，视线落在楼茗脸上半天没动，手上的动作自然也是一样没松。

他这反应让楼茗自己都怔住了，还以为是脸上有什么东西，以至于车闻醒过来第一眼不是放开她的手，而是盯着她的脸看。

"那个……我脸上有东西吗？"

"什么？"车闻愣了一下，听见声音后知后觉地醍醐灌顶，又看到自己迷糊中抓着人姑娘的手不放，耳朵跟着就是一红，迅速松开对楼茗手腕的桎梏，"对不起，我刚醒。"

"没事。"

车闻又看她一眼："我抓了多久？"

楼茗："没多久。"

"疼不疼？"

楼茗摇摇头。

车闻没忍住偏过头去抿了下唇，再回来时表情淡定许多，只是对她的语气依旧温和："你过来干吗呢？"

"哦，这个。"楼茗把手上的校服递给他，"之前谢谢你，我回去洗过以后晾在阳台上忘了，不好意思。"

"没事。"车闻接过校服外套，见她踌躇着一时没有离开的意思，又愣了下，刚想问她"还有什么事"，就见楼茗手一伸，从兜里掏了根青苹果味的真知棒。

这个年纪的女生普遍脸皮薄，楼茗这会儿也是，把糖递过去的时候，虽然她脸上看着波澜不惊，但耳朵已经红得再明显不过。

"这是什么？"

"谢礼。"楼茗说完实在待不下去，把真知棒放在他桌子上就转身回了位置，好在同时教室里响起上课铃，不然楼茗真不知道该怎么应付。

刚才一时冲动萌发的勇气，回到位置后像泄了气的皮球，楼茗重重呼出一口气，伸手在脸上拍了拍，看向一旁的杨黎："黎黎，我脸红吗？"

"不红啊，白里透光的，干吗突然问这个？"

"哦，就是觉得有些热。"

"热吗？"杨黎摸摸额头，"好像是有点热啊，毕竟奉城都五月了，再过几天该入夏了吧。"

楼茗闻言眼睛眨了下。

是啊，夏天要来了呢。

在夏天之前，先来的是期中考试。

收卷的铃声响起，楼茗从考场出来，照例在年级办公室前和朋友们会合。

孙浅一路蔫儿得像"霜打的茄子"，回寝室放完东西出来，在小卖部拿到"肥宅快乐水"的瞬间，终于又活过来了。

考试调休是一中的惯例，虽然时间不长，或者半天，或者一天，但就是这样的时段，是最令人放松的时刻，不管多么重要的作业还没写，学生都不会去管。

此时此刻，几个女孩只想去操场溜达溜达。

手机已经发了下来，她们几人人手一杯在校内奶茶店买的兑粉牛奶，不知道为什么就是觉得味道不比外面卖的差。可能就是一堆人在一起的时候，连发呆都是比打游戏还快乐的事情，至少楼茗是这么认为的。

她们从小卖部出来，往操场走的时候，隔着老远就看见了悬挂在天边的火烧云。

杨黎步子一顿，突然开口说了句："我们以后会怀念现在吗？"

孙浅说："当然会啊，哪里的夕阳有学校的好看？"

"说得对，我们以后一定不会忘记这天。"魏宜念扶着栏杆，"只是到时候希望我们怀念的不只是夕阳，还有当初站在一起吹风的我们。"

"魏宜念，你进化了啊，这什么文采！"

"就有感而发，你们说是吧。"

"嗯。"楼茗随即弯了下唇，"我们以后一定会怀念现在的。"

"一定。"

吴倾予跟着吼了一声："奉城一中万岁！"

"不是，要不要这么中二啊，哈哈哈……"

"你这个年纪都不中二，还想八十岁的时候再来二？"

"说的也是，那我也来。"郭柠随即也跟着吼了句，"青春万岁！"

"我也来！我也来！"孙浅拍拍栏杆，"我以后要当富婆！百万富婆！千万富婆！亿——万富婆！"

吴倾予："庸俗。"

郭柠："肤浅。"

魏宣念："没有追求。"

孙浅随即扬声假哭，晃着楼茗的胳膊呜咽："楼茗你来，她们几个都欺负我……快来吼一句给我撑腰！"

话音落地，大家视线都落在她身上。

楼茗笑笑："真的要说吗？"

"土拨鼠"们齐齐点头。

楼茗脸上的笑意加深，双手扩音做喇叭状，对着日暮西沉许愿："那就祝我们永远不为生活低头。即便事与愿违也要永远自由。

"祝我的好朋友全都得偿所愿。"

一中出成绩的效率一向首屈一指，考试完第二天下午就出了各科分数，到今天直接连年级大榜都贴了在公告栏上。

几人还是去上早自习的路上才知道，彼时孙浅包子都不啃了，拽着郭柠去看成绩，楼茗也跟着过去。她这次考得也还行，虽然班级排名掉到了十一，但年级排名没怎么变，唯一有点郁闷的是，郭柠又比她多一分。

"有毒？"楼茗啃着包子斜睨她。

郭柠笑得停不下来："哈哈哈哈哈哈哈哈。"

"你俩别打岔，我正看着呢。"孙浅转头睨她俩一眼，又回头去看榜上的成绩，在第470名的位置看到吴倾予的名字，孙浅直接喊了一句，"倾予，470！班排第18！"

"啊？"吴倾予本来一直站在远处等她们，闻言动作一顿，视线往这边看了过来。几人都转过头去回看吴倾予一眼，楼茗笑笑，点了下头，对着吴倾予比了个大拇指。

吴倾予唇角向上弯起。

几人回到教室，今天的早读是英语，铃声一响，胡琴女士直接踩着步子走进来。她的手里又是一张 A4 纸，放在讲台上拍了拍，清了下嗓，瞬间吸引全班的注意望过去："这次的成绩，大榜上的都看到了。当然没在榜上的也别灰心，下次努力。

"这次考试的成绩有多重要，之前也都告诉过你们了，开家长会。别指望我会给你们家长说什么客套话，考得好的同学自己就会给自己争面子，但也不是说，考得差的同学就一定要挨批评。

"考得好与差都是相对于你们之前的几次成绩而言，并不单是指你们这一次的成绩。关于分科以来的这几次考试，我都会做成PPT的形式，在开会时放给你们家长看。"胡琴说到这里，又叹一声气，"觉得想找我或者其他科任老师分析的同学，下课都可以来办公室，办公室的门从来没给你们关过。

"批评的话不多说，人多的地方还是表扬一些人。

"九班惯例，上榜的同学有小红包和棒棒糖，进步最大的同学，男生送游戏皮肤，女生绝版联名手账和金属限定徽章，都是我自掏腰包，可别说亏待你们。"

此话一出，底下一阵接一阵地沸腾起来，虽然这个奖励在第一次实施的时候就大大激励了班上同学的斗志，但毕竟男女生之间，进步最大的同学都只有一个，因此班上的学风自分科以后直接在平行班里一骑绝尘。

现在眼看着又到了考试后的奖励环节，班上崽子们一个比一个坐得端正，连平时最爱在后排睡觉的几个都支棱了脑袋起来看热闹。

这认真的模样不禁把胡琴逗笑，她弯了下唇，先给上榜的同学发了小红包，大梯队的表扬结束后，才卖着关子在教室里扫视一圈，最后把视线定格在后门边："本次男生中进步最大的是——

"车闻。

"车闻同学上次月考没写作文，态度极其不端正，这点我已经批评过他了。但这次他表现良好，听你们语文老师说，他不仅写了作文，人家还学会在句子里加引用了——"

"胡老师，要不咱还是直接进正题吧！"

胡琴话到一半，底下传来一道男声，楼茗笔尖微顿，是车闻。

被这么一打岔，胡琴想了想也觉得有道理，没再继续念叨车闻的作文，开始发奖励……

晚自习结束以后，男生寝室 B 栋 407。

卫生间的淋浴开着，陈空游魂一般飘到阳台外说了一声："哎，闻儿给我看下你数学卷子，后面那道大题老王讲得我没听懂。"

"在我包里，你自己拿。"

"得嘞。"陈空应完，趿拉着拖鞋去车闻的桌子上拿书包，拉链拉开，一眼看见满分的数学卷，整个人不由得就是一愣，手伸进去一拿，不料一并带出来一张纸。背面折叠着，陈空以为是草稿，没怎么在意地打开一看，才发现是期中考试的作文答题卡。

陈空没有窥探别人隐私的习惯，本来看一眼就准备叠好了重新给他放回去，不想这一眼入目就是一句"想带她去云边，看看那个小卖部"。

他整个人跟着就是一顿，总觉得这话有些耳熟，好像在哪里听过。

陈空这样想着，终于记起来这似曾相识的熟悉感来自那里，之前月考语文老师讲的楼茗的作文！

陈空不由得回头又往阳台的方向看了一眼，车闻洗澡还没出来，他又收回视线，再看了一遍答题卡。最后叠好原位放进书包，只拿了数学卷子回去改错题，只是笔尖转着，没忍住摇了下头。

另一边的女生寝室 E 栋，四人围在桌子前玩谁是大富翁，刚考完试的氛围总是比较轻松，孙浅扔着点数随意一抛，又给楼茗喂了两千交易币。

魏宜念终于没忍住在旁边打起了哈欠，低头看了眼表，小声嘀咕："都快关门禁了，吴倾予怎么还没回来？"

孙浅问："她今晚上哪儿去了？"

这话对着郭柠，奈何她也是摇摇头："不知道，她第二节晚自习就说了放学有事，让我先回来。"

"那是干吗去了？"

几人正疑惑着，寝室门紧跟着被人推开。

众人纷纷回头望去，只见吴倾予推门进来。

"怎么回这么晚？"楼茗问。

"家里人送东西，耽误了。"吴倾予把一个保温桶放在桌子边，"我妈炖的鸽子汤，尝尝。"

"哇！倾予你妈妈也太好了吧，又给你炖汤！"

"现在喝吗？我给你们拿碗，正好还是热的。"吴倾予说着也笑笑，转身去拿小陶瓷碗。

几人见状迅速把桌上收拾好，舀了汤喝，也没多想。只是楼茗在拿勺子的时候又看了吴倾予一眼。

家长会在早上十点准时开始。

吴倾予叫上几个主要的班委早早去了教室布置，楼茗因为写字好看，也一并被拽了过去。在教室里困到眯眼，楼茗写完粉笔字洗手的时候，人都还是困的。

细细的水流打在掌心，她的手指白皙粉嫩，楼茗无意识地摩挲着洗干净粉尘，右手握在水龙头上刚要关水，突然听见旁边的议论声——

"我天！那是谁的家长啊，看着好漂亮！"

"戴着雪花流苏耳坠的那个吗？我也注意到了。阿姨好漂亮啊，也难怪车闻长得那么好看了……"

"她是车闻的妈妈？"

"对啊，她是车闻的妈妈。我分班之前在楼上，当时他妈妈过来开家长会，好多人都被惊艳到了。"

"这换谁谁不惊艳啊，阿姨的颜也太绝了……"

手下的力道不由得加大，楼茗一个失神，转反了关水的方向，水流簌地一下溅射出来，她身上的校服打湿了一点，赶紧回过神来关掉。

楼茗赶忙擦了擦身上的水渍，不料转过身时，话题中心的女人已经站到了她身后，声音温柔："同学。"

楼茗又是一愣："阿……阿姨。"

"我想问一下高一（9）班怎么走啊？阿姨方向感不太好，你们教学楼的设计有点复杂，你能帮阿姨指一下路吗？"

"可以的。"楼茗迅速调整状态，弯了下唇，"我带您过去吧。"

"啊？"闻言，秦舒雅似是有些没反应过来，"会不会太麻烦你了？"

"不麻烦的，阿姨。"楼茗腼腆地露出一个笑容，"我也是高一（9）班的学生。"

"这么巧啊，那太谢谢你了。"秦舒雅闻言眉眼稍弯。她刚才过来一路上，讨论她的声音不少，但都有些聒噪，她不太喜欢。只有这个洗手池边的小姑娘，看着就安安静静立在一边，给人的感觉很文静。

于是秦舒雅稍加思索过后就朝楼茗走了过来，只是没想到还真问对了人，这小姑娘也是九班的学生，还这么热心。

秦舒雅想着，眼尾弯得更深，这不比自己那臭屁儿子好多了，整天神龙见首不见尾，知道路痴妈妈要过来都不知道来接一下。

秦舒雅默默在心里叹了口气，又看看旁边安静走着的楼茗，越看越觉得这小姑娘合眼缘。

还是生姑娘好啊……

另一边，丝毫不知道已经开始被亲妈吐槽的车闻还在校门口踮着脚望眼欲穿。

期间数次低头看表来回踱步，最后眼看着时间还有不到十分钟，愣是没看见自己家里的车牌。

车闻终于没忍住给他爸打了个电话："爸，你和我妈到哪儿了？"

"啊，爸爸现在回公司了，不是把你妈妈送过去了吗？怎么，你还没接到她？"

"送到了？"车闻听到这话，下意识挑眉又抬起头四处看了两圈，"送哪儿？我在门口等快半小时了，你们不是说九点准时到吗？"

"是九点啊，我还提前两分钟呢，看你妈进校门我才走的。"

"那您没看见我？"

车父："那我哪儿注意啊。"

电话讲到这里，车闻抿了下唇，琢磨出哪儿不对劲："等会儿，你该不会是把我妈送到后校门了吧？"

"对，我想起来了，就是后校门。今天你们学校不是堵车吗？我早料到开家长会人多，直接油门一踩把你妈送后门去了。怎么样儿子，爸爸是不是很聪明？直接把妈妈给你送过来了。"

"是挺聪明的，亲儿子都忘通知了吧。"

车父汗颜，还真是忘了这茬儿。

车闻挂断电话后直接去了学校后门，在那儿没看到人，想了想还是决定先回教室，看看他妈是不是已经过去了。

车闻到四楼的时候微喘着粗气，他人跑得很快，没两分钟上了楼梯，转过拐角刚好看见陈空从教室里走出来，招了招手问："看见我妈没？"

"阿姨不是你去接了吗？怎么？"陈空说着，往他身后打量一眼，见没人，不禁挠了下头，"没接到人？"

"被我爸送后门去了，没告诉我。"

"哈哈哈，是车叔能干出来的事……"陈空笑了两声，见车闻眼神意味深长，立马收敛住，一秒恢复正经，"那阿姨现在人呢？"

"不知道又在哪儿迷路……"车闻说着陡然一顿，陈空顺着他看过去的视线一望，也跟着愣住了。

走廊里，迎面走过来秦舒雅和楼茗？

"这什么情况啊？"陈空反应过来，立马偏头去看车闻，见车闻也愣着，不由得捶了下他的肩膀。

车闻没理会陈空的话，迈步往她们的方向走了过去，开口叫了秦舒雅一声："妈。"

和楼茗说话正开心的秦女士猛地一下被打断，有点不高兴，回头见是她那暗自腹诽的大儿子，更是心头一哽，忍不住沉了沉脸，环臂在胸前："不是说来接我？"

"去了，等您半小时，还放我鸽子。"

秦女士表情茫然："什么情况？"

车闻言简意赅："我在正大门等您。"

"车明崇这个不靠谱的。"秦女士也反应过来了，对着车闻笑了一声，"妈妈回去批评他，辛苦我可爱的闻闻宝贝了。"

车闻的嘴角在看不见的地方浅浅抽了一下。

陈空直接在后面憋不住笑了，楼茗也跟着偏头看他一眼。

车闻没忍住对秦女士递了个眼神，小声提醒："妈，在学校呢，给个面子。"

不料，秦女士完全没买账："学校怎么了，学校不能叫闻闻？"说完还转过去对楼茗说了句，"小茗茗，你来评评理，觉得闻闻好不好听？"

"好听。"

楼茗本来也是在旁边听着他们说话，确实没想到车闻妈妈会叫他这么可爱的称呼，所以会在听到后忍不住朝他的方向看上一眼，但没想到这一眼还被他给抓包了。更没想到"报应"会来得这么快，她上一秒想取笑的"闻闻"，下一秒就被叫了"茗茗。"

听她说好听，车闻唇角微抿，秦女士得到满意的回答后也没再和他俩计较，迈着优雅的步子进教室去了。

楼茗在原地愣了会儿，也跟着抬头看他一眼："我先进去了。"

"嗯。"

听到他回复，楼茗唇角不禁勾起一丝浅浅的小弧度，只是没想到步子往前迈着走了半步，又听见他拖腔带调地补充——

"小茗茗。"

声音很轻，但她听见了。

步子没忍住跟跄了下，楼茗继续若无其事地往前走。

楼茗进去帮着班委给家长倒温水，刚好负责的是秦舒雅这一列。楼茗端着茶杯走过去，彬彬有礼的样子，礼貌地把茶杯放在桌子上，还笑了一下："阿姨，喝茶。"

"哎，好。"秦舒雅闻言又笑笑，抬手端起茶杯喝了一口，水温正好，心情更是舒畅，"小茗茗真乖。"

楼茗只能尴笑。

另一边，正站在门边的陈空拐拐车闻的胳膊："哎，看那边，阿姨好像和楼茗挺聊得来的。"

车闻的视线移过去，掀了下眼皮，双手插进校服侧边口袋："别瞎贫。"说完却仰头看向天花板。

陈空笑着勾住车闻的胳膊，拐人出教室："你是不是偷着乐了？还望天花板，我从小跟你穿一条裤子长大，还不清楚你？你哪次嘲笑我不是仰头偷着乐？"

"知道你还问。"车闻说着扒开他的手笑。

"无耻！"

车闻笑得更开。

家长会期间，所有学生都要离开教室，因为开头是全校广播校长讲话，学生不允许滞留教学楼造成喧闹。

等楼茗和吴倾予一起出来的时候，已经没看见车闻了。走廊外面空荡荡的，就孙浅她们几个人。

见她们出来，孙浅往她们这边一人扔了一根口香糖，孙浅嚼着，吐出一个膨起的泡，啪的一声吹破在嘴角，走过来勾起楼茗的下巴："跟姐姐去操场玩？"

楼茗对此早已见怪不怪，甚至有时候在想孙浅是不是该去走个艺考什么的，毕竟这人飙起戏来天王老子都拦不住。随即也只是浅浅抿了下唇："今天又没吃药？"

几人都摇摇头，郭柠摆手："她哪天吃了？每次发病都怪我这个当院长的拦不住。"

"我精神科副主任医师申请调职。"魏宜念也举手。

孙浅对她们翻了一圈白眼，直接倒头挂在楼茗胳膊上："楼天霸，天凉了，郭氏和魏氏该破产了。"

"行了，别贫了，赶紧去操场吧，再拖胡女士该出来赶人了。"

"也是也是，先去操场再造次。"

说着一行人就开始往下溜。

莫名其妙的氛围，最后几人都跑起来，孙浅直接冲在操场的草坪上躺了下来，魏宜念跟着往下倒，紧跟着是郭柠、杨黎、吴倾予，最后是楼茗。

几个女生把头靠在一起，躺在草坪上闭上眼睛，孙浅抓着楼茗的手晃了晃："这感觉真好，感觉自己回到了十八岁！"

"麻烦你搞搞清楚，女明星。"吴倾予看她，"你现在才十六好吗？"

"也是哦。"

"什么脑子，哈哈哈……"

"那能怪我吗？电视剧不都这么演的吗，年轻的十八岁！"

"年轻的是十八岁吗？"

"不是吗？"孙浅反问。

"不是。"楼茗笑笑，"年轻的是现在的我们。"

"不管是十六、十七，抑或是十八岁，这些都不是衡量青春的标准，最重要的是，知道'青春'这个词汇是动词，是我们一群人的团伙作案！是热烈！"

郭柠："说得对。"

孙浅："鼓掌！"

2018 年 5 月 11 日，晴。

天空从仰视的角度蓝得一望无垠，我眯缝着眼睛，感受到炙热的阳光照在我身上。杨黎和魏宜念压着我的手背，郭柠和吴倾予的发丝绕过耳骨。那天的太阳真的很晒，我们却都跟傻子一样摆了一排。

很幼稚吧，成年后的你，不知道再看到这篇日记，她们还在吗？

日记到这里停笔，下面是六个女生躺在操场上的水彩画。楼茗最后又犹豫了会，抬手撕下画，在背面写了一段——

天下没有不散的宴席，但希望我们的宴席不要散场，要做成年以后也互相挂念的好朋友。

在操场躺了一会儿，条件实在不允许，太阳照得睁不开眼睛，几人才受不了地从草坪上爬起来，在操场上找到树荫坐下。

那边靠近一个跳远的测试点，是之前中考体育时划的跳远线，孙浅一看又来了兴致，蹦过去跃跃欲试，手臂摆动着腾空而起，跳了个一米八八。

孙浅自己都惊了一下，又转过身，冲她们叉胳膊："厉不厉害，我宣布，现在我脚下的这个距离，就是我未来男朋友的身高！"

"做梦呢？照你这么说那我岂不得跳个两米？"吴倾予说着，显摆了下自己那双优越的长腿。

孙浅见状环胸，冲她勾勾手指："来试试？"

吴倾予站了起来。

几人来了兴趣，都跟着凑过去，吴倾予也不负所望，在众人的注视下跳了个二米一。

几人都感叹着摇头，魏宜念看着吴倾予说："二米一，你这是要找个机器人还是孤独终老啊？"

吴倾予闻言，拍了魏宜念一"爪子"："说什么呢，给我收回去。"

魏宜念躲开之后也站上了标准线，摆动手臂跳了出去。

"一米六。"

魏宜念无语。

周遭安静一瞬，几人都愣了两秒，随即整齐笑出声，孙浅直接笑到连腰都直不起来，扒着楼茗直打颤："哈哈哈哈哈哈哈！笑发财了。"

"吴倾予两米一，魏宜念一米六，你俩组队去养老院蹦迪吧，哈哈哈哈哈……"

魏宜念愤愤不平地哼了一声，不服气地又跳了一次，这次好了一点，跳了个一米六三。

"念儿啊，咱别跳了，缘分的事儿咱改变不了，歇歇吧。"孙浅在旁边笑岔了气，断断续续地说。

魏宜念表情一言难尽，看了眼脚下："是这地的问题，这地不平！"

"知道了，快回来吧，咱去小卖部买点东西，吃饱了回来再跳。"郭柠在旁边劝她。

几人擦擦笑出来的眼泪，准备离开操场去小卖部觅食，楼茗抱着膝盖坐在地上摇摇头："帮我带瓶酸奶。"

孙浅问："你不去啊？"

"你们去吧，我在这坐会儿。"

楼茗说完后，孙浅她们也没再说什么，迈着步子往小卖部去了。

一直到几个女孩的身影拐过操场出口再看不见，楼茗才换了姿势站起来，走到标准线前。屈膝，摆手，楼茗闭上眼睛，奋力往前一跳。

脚尖轻轻跃起，感受到稳稳落地以后，楼茗呼了口气，低头看着蓝色帆布鞋面，轻轻挪开了脚背，露出下面踩着的数值——183。

瞳孔随之缩了一下。

以为是眼花，楼茗又蹲下来凑近了看，确认每一个数字都是准确的，高兴得浅浅笑了一声，又回到起点，重复。

183。

…………

183。

…………

183。

183。

楼茗一遍遍重复着起跳的动作，再看到每一个结果时，笑意就加深一分，乐此不疲地重复。

"看什么呢？"一道声音穿插过来，打断了车闻的专注。

他略有些不满地回过神，见陈空支棱着脑袋在自己旁边问："跟个电线杆子似的，杵这儿快十分钟了，操场上什么东西这么好看？"

说着也跟着在操场上睃了一圈，陈空没找到重点，正想再问一遍答案，人已经被车闻一胳膊搭在肩上拍了拍："走了，去打球。"

"哎，你不看了啊？"

车闻摇摇头，嘴角噙着笑："都跳完了。"

后面那句他说得很轻，陈空没听清，就见他已经转过身，手里转着篮球在食指上旋着，去球场了，他也没再问。

家长会结束以后，学生回到教室集中，家长已经离开，但黑板上的PPT还没撤。孙浅眼尖一眼扫过去，发现胡琴做的全是表扬他们的，不由得啧啧摇了摇头："胡女士就是刀子嘴豆腐心啊，你们看，嘴上说要批评我们，背地里还不是把我们夸得跟个宝似的。"

几人都笑笑。

"我看要不这样吧。"孙浅说着又开始提议，"咱们这次考得都还可以，正好明天放假调休，出去玩庆祝一下呗。"

吴倾予问："去哪儿玩？"

"唱歌怎么样？好久没唱歌了，让你们听听我美妙的歌声。"

"可以。"楼茗说，"我没意见。"

郭柠："我也没。"

"行，那就去唱歌。"

她们很快统一战线，吴倾予直接打电话订了第二天上午的包厢。几人又在寝室里溜达着聊了一会儿，随即各自回了家。

吴倾予和郭柠都住奉城，孙浅借住在舅舅家，也回去拿换洗衣服。

回寝室的路上，陡然变成楼茗一个人，还有点不太习惯。

她慢吞吞往寝室的方向走，路过小卖部的时候，在外面的自动售卖机前买了一罐橘子汽水，不想这机器临时故障，吞了币半天不出来。

楼茗在原地等了会儿，见没反应，又伸手拍了它几下，可能是力道太温柔，售卖机依旧有恃无恐。

楼茗又加重力道往上拍，这会儿挺用力，一掌下去手心都红了，但售卖机"宁死不屈"。

"怎么了？"

正恼着，身后突然传来一道声音。楼茗回头，见车闻提着一个塑料袋出来，里面依稀装了两个作业本，一盒晨光黑色签字笔和创可贴，最底下还压着一颗绿色包装的棒棒糖。

那包装楼茗再熟悉不过，青苹果味的。

没想到会在这里碰见他，楼茗愣了一下，随即回应他的话，指了指身后的售卖机："它吞我币。"

声音是楼茗意料之外的软。

不止楼茗，车闻也跟着怔了一下，反应过来不经意勾了下唇，漫不经心地露出两颗虎牙："我看看。"

车闻说着就往这边走了过来，到楼茗旁边，敲了敲售卖机的外壳，在投币口捣鼓了阵。

楼茗垂下视线盯着他的动作。

没过一会儿，就听见"嘭"的一声，有什么东西落下来了，是她的橘子汽水。

车闻微俯下身勾出那罐汽水递给她："是这个吗？"

楼茗点点头，但没有接，在车闻的注视下，又往售卖机里投了两枚币，须臾又是"嘭"的一声，这次她自己勾着拿了出来。

车闻看着又笑了一声："那这罐呢？"

楼茗不说话。

车闻挑了下眉："又是谢礼？"

似乎没想到他还记得这个，楼茗一瞬间抬头看向他。车闻笑着弯了下唇，伸手接过来，晃晃手里的橘子汽水："谢了啊。"

他的身影走远。

楼茗在原地站了半天，才抬腿往寝室走。

第二天一早，楼茗的电话早早被轰炸，寝室群里那几只换着顺序戳她，电话一个接一个，直吵得楼茗脑瓜子"嗡嗡"，真能闹腾。

楼茗裹着被子把自己卷了卷，还想再睡五分钟，昨晚失眠到凌晨，她现在还困，但到底还是被这群姐姐折服，起床接了电话，又开始洗漱收拾。

弄好后她去了公交站到世纪中心，约定的电梯口直达，顺利与5017的人会师，几人去到海洋音乐城。

在点单台点好水果和零食，孙浅已经迫不及待占据高脚凳，手里稳着麦打了个响指："音乐！"

"想唱哪首？"旁边正在点歌的郭柠问她。

"《走马》。"

这歌楼茗也挺喜欢，陈粒的歌总是故事感满满，很浪漫。

女生的声音在包厢里回荡，楼茗也拿了一个麦。

浪漫无处消磨

无聊伴着生活

空荡荡的自我

············

世界孤立我

任它奚落

············

过了很久终于我愿抬头看

你就在对岸走得好慢

过了很久终于我愿抬头看，你就在对岸走得好慢。

很久以后，楼茗不禁感叹潜藏在音乐里的缘。原来很久以前，有些注定的人，就已经走到了对岸，跟着她一步步往前。

后来好像没再发生什么事，时间不紧不慢地往后走，钟表游离了一圈又一圈，转眼就迎来了期末考试。

怎么说呢，一中的运气有点背，这次高中三个年级，就抽到了高一学业水平抽测，全市统考。

宣布这个消息的时候，班里的崽子们一阵叫苦不迭，却都无法反抗，只有加班加点地看书刷题，学业压力紧张。

对于分班后的第一次超级大考，年级重视的程度可见一斑，楼茗这段时间学得有些刻苦，她在理科上下了很大的功夫。物理和数学成绩提升许多，渐入佳境的滋味总是让人着迷不已，虽然听起来可能有点夸张，但楼茗最近是真的挺喜欢刷题。

写得最投入的时候，可以成为教室里最后走的一个。

当然，这样的情况并不算多，几个女孩一般都会一起，孙浅和魏宜念走前都会叫楼茗一声。

今晚可能有点不同。

放学的时候，楼茗正写到数学的一道函数方程题，思路正龙飞凤舞，楼茗写得出神不想就此打断，笔尖"唰唰"在纸面上划着。等再抬起头的时候，整个教学楼已经很安静了。

教室里只有头顶的吊灯还亮着，隔壁办公室里的物理老师出来关门，见楼茗从教室出来，往雨声淅沥的走廊外看了一眼，又对她说："怎么还不回去？"

"要回了。"话落楼茗才注意到走廊外下了很大的雨。

物理老师又往她的方向看了眼，夹了把伞在胳膊肘，瞥了旁边的车闻一眼："下这么大雨，你带伞没有？"

车闻点点头："带了，在桌洞里，刘老师快回去吧。"

"行，这雨还挺大的。"物理老师说着，又拍了拍车闻的肩，往后面的方向看一眼，"你和楼茗一起回去吧，雨下这么大，护着点女生。"

"好的，老师。"

"嗯，那我先走了。"

楼茗也礼貌道别："刘老师再见。"

等刘老师的身影走远后，楼茗才收回视线抬头看他："物理竞赛挺累的吧。"

"是有点。"车闻弯了下唇，说了句"等我一会儿"，便转身迈进教室去拿伞。

楼茗揪着书包带子在外面等他，不多时，车闻便拿了一把伞出来，手里还拿个保温杯递给她。

楼茗怔了下。

车闻又笑："晚上冷，喝点这个，暖暖。"

楼茗："谢谢。"

"嗯。"车闻把热水塞进楼茗手里，温热的杯壁在微凉的掌心存在感强烈，楼茗心里波澜惊起，眼中眸光微闪，偷偷看他一眼。

车闻单手撑开伞，两人从教学楼出来，雨势磅礴，落在伞上"噼啪"作响，楼茗却觉得一切都太安静。

第四章

三山暑假纪事

期末考试结束的那天，楼茗在寝室里收拾了回家要带的东西，装满了一个二十二寸的小行李箱，好在里面大多是一些衣服和习题，提着没有多重。

孙浅在椅子上趴着看她收拾，她每次考完试都要半死不活一阵子，楼茗早已见怪不怪，俯身收拾书架上的东西往书包里放，两本字帖和钱钟书的《围城》……以及那本同学录。

不想被孙浅眼尖地瞥到，睁着眼睛看她："茗儿，你刚装的啥啊，什么时候背着我买的手账？"

"不是。"楼茗犹豫着，还是拉上了书包链，"就是普通画册。"

"是吗？感觉封面还蛮特别的，我能看看吗？"

楼茗看着孙浅。

孙浅最终败下阵来，表情却意味深长，看着她摇了摇头："好啊，楼茗啊楼茗，你现在有事瞒着我了……"

"不知道你在说什么。"楼茗唇角勾了下。

"说！是不是瞒了我什么事？啊？你们一个两个的，最近真是太让我失望了……"孙浅说着就挂在她胳膊上，开始掰着手指算账，"吴倾予最近怪怪的，前两天还专门跑到外面去接电话，回来也是笑得一脸傻样儿。"

"魏宜念我都不想说了，倒是你啊，楼茗，你也要背着我搞小动作？"

"没有。"楼茗说着眼睛眨了一下，转移话题转移得很快，"但你刚才说吴倾予不对劲，是怎么回事？"

"还能怎么回事。"孙被她不着痕迹地带偏，"我猜十有八九是和王临和好了，上次我在食堂碰见他。胡女士期中不是给发了奖嘛，就那个限定联名金属徽章，我当时缠了吴倾予那么久都没到手，你知道那徽章去哪儿了吗？"

楼茗："去哪儿了？"

"还能去哪儿，王临书包上挂着呢！我当时人都傻了，给我气的，你说这好东西能不能给姐妹留着点？不说让给我，上次摸都没让我摸一下，要不是联名限量，那天我在学校，我高低也要给自己书包上挂十个……"

孙浅说着重点逐渐走偏，叽里咕噜说了一堆后，小说一更新又去追连载了。

楼茗没理会她这风一阵雨一阵的样子，唇轻轻抿着，思绪飘到了孙浅之前提到的重点上。

这么说，吴倾予和王临和好了？

但是这个问题毕竟涉及隐私，上次吴倾予愿意主动告诉她，楼茗才能给出意见，而现在……有些事情还是不太好过问。

最后想了想，楼茗还是退出了和吴倾予的聊天框，拖着箱子下楼。

到寝室楼下，行李箱滚过地面的轱辘声不断传来，除高三以外，其他年级的放假时间倒是相差不多，楼茗出来的时候，对面初三的学妹也从寝室楼里走了出来。

楼茗看了一眼刚准备往外走，余光瞥见两道熟悉的身影，是车诗怡和车闻。

车诗怡也不知道她哥今天怎么这么好说话，自己有个好朋友东西太多搬不动，她过来帮忙，走到一半看到陆陆续续有男生往寝室楼的方向走，这才灵光一闪想到她那可以来帮忙的哥。

车诗怡一有想法就往高二教学楼跑，见到她哥以后，扯着衣摆一顿晃，最后还是陈空在旁边补了一句："好像咱们班女生也是一块放来着，你过去说不定碰见了能一块帮个忙什么的。"

然后车诗怡就神奇见证到了，她哥之前纹丝不动得像粘在凳子上的屁股从椅子上挪开了。

也不知是什么缘故，在这来来去去穿梭的人流中，车闻一眼就看到了楼茗。

两人对视上的时候，彼此都是一怔。

车闻率先往前迈了一步。

"要回家了？"

倒是没想到会在这里碰见他，楼茗先是愣了一下，随即反应过来点了点头："嗯，你怎么在这儿？"

"过来帮我妹的同学搬点东西。"车闻说着，伸手自然勾过她小箱子的拉杆，手指在上面点了点，"是这个吗？"

楼茗点点头，意识到他要做什么后手往前伸了一下："这个不重的，我自己……"

"我有说要帮你？"车闻笑着逗她。

楼茗听见这话乍一下愣住，眼里闪过一瞬间的窘迫。还没等想好怎么接话，车闻先忍不住笑了，抬头在她脑袋上敲了下："傻不傻，逗你的，同学之间当然要帮你，走了。"

车闻送楼茗去了车站。

楼茗去售票大厅买了长途客运票，回去的路上又进了一家小卖部，选了一盒苹果醋。楼茗在饮料柜前纠结了会儿，才发现自己竟然不知道车闻喜欢喝什么。她挠挠头，最后抬手拿了罐可乐出来。

回到售票大厅的时候，车闻正低着头坐在凳子上，研究她之前买的长途汽车票。

像是很少见到这种东西，车闻看得格外认真。楼茗抿唇笑了下，向他抬步走过去。

"你在看什么？"

"到你们三山小镇，要坐两个小时的车吗？"

"是呀，不过开得快的话，一个半小时也能到。"

"不会难受？"车闻说着，又看了眼外面车棚里停着的大型客运车，眉心不由得一皱。

这表情落在楼茗眼里，她下意识垂了下眼，随即出声："会有一点儿，但上车后直接睡觉就没什么感觉了。"

话落，她又想了想："车闻，你没有坐过长途客运车吗？"

"没有。"车闻摇摇头，"我妈说我容易晕车，很小的时候好像去姥姥家坐过一回，但下车吐得昏天黑地的，直接就进医院了，后来我妈就没再让我坐过。"

可能是小时候留下来的阴影，车闻看见这样四四方方包得严严实实的车厢，会有些微的不适感，有点头晕。

但是此刻，面对眼前楼茗平淡的答复，车闻眼皮不由得往下垂了片刻，抬头却直接问了楼茗另一个问题："三山好玩吗？"

"挺好的。"楼茗想了想，认真地说，"三山这个季节很凉快，有好吃的糖汁糕，有很多避暑的人去三山乘凉，那边还有座山神庙，据说求财拜缘还挺灵的……真的挺好的。"

楼茗一五一十地说完自己印象里的三山。虽然对于自己从小长大的小镇，楼茗有着很深的感情，会让她的评价不那么客观。但坦白来说，三山这个地方，好像确实山清水秀，三山脚下的洹河环绕整个镇子，勾勒出一幅浅墨山水。

楼茗说完又抱着苹果醋喝了一口，酸甜的口感在舌腔里滚了一圈，让她镇定不少。在睁眼看车闻时，心里那点诡谲的心虚也少了一点。

把三山描绘得近乎江南小镇，无非就是想他能有机会去看看。当然，楼茗也清楚这个想法有点不太切合实际。

因为车闻他……好像对于长途客运很排斥。

楼茗这样想着，眼皮往下敛了下，收好心底的叹息，听见他说："那挺好的，三山是个好地方。"

楼茗心下的石头落地。

中规中矩的回答，没说不去，但仅仅只是评价一个三山的风貌，楼茗就大抵猜到答案了。虽然之前在心里已经做好了准备，但是不得不承认，抱着的那丝渺茫的期许落空了。

楼茗淡淡点了下头，又弯唇笑了下。恰好这时头顶响起广播，楼茗起身想从他手里拉过行李箱。

"给我吧，要上车了。"

车闻侧身躲过："送你。"

楼茗微微愣了会儿，手复又收回，跟他一起向客运车辆走去。

上车点，车闻把行李放进侧车厢，回头看见楼茗背着书包笔直地站在上车点。

天光大亮，云很白。

车闻不知想到什么，收起思绪向她走过去。

他抿了下唇，车上的检票阿姨已经在催，楼茗脚步没动，等他过来才抬手指了指车厢："我先上去了？"

"嗯。"车闻点点头，眼神落在她身上，等楼茗上车坐到位置上冲他摆摆手，车闻都没再开口。

楼茗也干脆就这样趴在车窗上看他，两人视线隔着车窗在空中交汇，片刻，楼茗见车闻举起了手机。

脚下的客运车发动，楼茗的手机响铃。

她抬手接起，视线在他身上没动，听见电话那头传来他的声音。

他叫她名字："楼茗。"

楼茗点头，应了一声："嗯。"

车闻突然问："你说这个暑假，我来三山避暑好吗？"

楼茗不记得自己那天到底是怎么回他的，只感觉整个人都很恍惚，对于细节的记忆就像掺了酒，醉得断片。等再回过神来的时候，暑假已经过了小半个月。

一天，楼茗从楼上下来，三山环境很美，又冬暖夏凉，当地旅游业也发展得红红火火，三山的观光和避暑产业一应俱全。

楼雾女士也顺应时局开了这家"楼雾居"，生意不错。每年旅游旺季都忙得不可开交，随着眼下渐入七月，店里的租房订单越发密集。楼雾女士涂着红色的指甲油，耳朵边夹着手机，走起路来很有味道。明明很忙，但她偏偏还那么游刃有余。

楼茗下楼的动作悄然顿在原地，盯着老槐树下小紫檀木桌上楼雾女士的方向出神。

楼茗一直挺疑惑的。

母亲的长相放在过去是妥妥的港风美人，长相明艳，一颦一笑都让人魂牵梦萦，即便是现在也没在她脸上留下太多痕迹，反而更添两分沉淀下来的韵味。

这样的一个女人，按理说是不该困囿于三山小镇的。

但事实是，楼雾真的留下了，且一过就是十多年，嫁给她爸爸陈礼，一个普通的货车司机。

"杵那儿干吗呢？"

楼茗想着正出神，突然被楼雾的声音拉了回来。

楼雾掌心撑着下巴，眼神落在她脸上："忘了今天要做什么？"

楼茗闻言摇摇头，抿唇："没，下来了。"

"去厨房找你方姨，再过半小时人家该上班了。"

"知道了。"楼茗说完向小厨房的方向走过去。

楼雾居的后厨其实挺大的，毕竟也算是小镇上数一数二的招牌客栈，各方面楼女士都打理得井井有条。听楼茗回来了说要做什么糖汁糕，也没什么意见就让她去做了。

最开始楼茗真没抱什么希望，因为楼女士从没让她进过厨房，家里的饭都是她爸和楼女士换着做，楼茗和弟弟负责吃和洗碗。但现在楼慕礼小朋友要参加绘画大赛培训营，八月中旬才回来，楼雾又忙，干脆就让楼茗在店里吃饭。

那天楼茗也只是随口一说，她回来以后整天闷在家里刷题，人提不起精神，又不太想出门。灵光一闪想到之前跟车闻在车站说过的话，鬼使神差想去做糖汁糕。

没想到的是，楼雾女士当时应得敷衍，事后却直接让后厨的方姨教她，材料工具一应俱全，放了心让楼茗在里面捣鼓。

所谓的糖汁糕其实并不存在，至少在三山是没有。楼茗给方姨描述着，像是类似于糯米糕一样的东西。

因为没有头绪，所以楼茗前几天干脆跟着方姨学了一些常规糕点的做法。

这会儿系着围裙进厨房，楼茗调好水和面的比例，发现厨房里的山楂糖汁用完了。

她解下围裙从小厨房出去，背上自己的小挎包，从客栈小走廊穿过去走正门，那里也是楼雾居的前台，来往登记的旅客正提着行李箱在排队。

楼茗粗略扫了一眼就收回了视线准备出门，不料人刚走到门口，兜里的手机就振动了两下。

车闻来三山了。

两人从车站出来的路上，楼茗跟着车闻往他订的民宿走，方向越拐越觉得熟悉。最后在十字路口拐向楼雾居的时候，楼茗彻底没绷住，回头看他一眼："你订的地方是楼雾居？"

"嗯。"车闻蒙蒙地点点头，"怎么了？"

"没……没有。"楼茗想了想，还是说了出来，"楼雾居是我妈开的。"

"哦，你妈开的啊。"车闻重复着，陡然反应过来，"嗯？"

"嗯。"

"这么巧啊。"车闻应着，嘴上强调着没事，拖着箱子大步往前走时还不忘点开了和陈空的聊天框。想了想觉得自己想得有点多，最后还是深吸口气，冲楼茗招了下手。

楼茗见状走过去。

"你妈妈她……平时忙吗？"

"你说现在吗？"

车闻点点头。

"现在还好，人流量不算多，店里的客不多，偶尔碰巧的话还能在前台见到她。"

车闻问："前台就能见到？"

楼茗："嗯。"

车闻不说话了。

两人向着楼雾居的方向走去，车闻在前台办理了入住，两人没碰到楼女士。楼茗带着他去等电梯。

绕过长廊的时候，车闻问她："你住哪里？"

楼茗抬手给他指了个方向。

车闻顺着望过去，跟着反应过来："咱俩斜对角？"

楼茗笑笑，过了会儿，抿唇压下笑意问他："怎么想到定楼雾居？"

这让车闻想起自己之前定酒店的时候，他其实对住哪儿并不挑，本来准备随便找家条件还不错的地方订好，但打开软件一看见楼雾居，手指不受控制就点了进去。也是底下的评分和评价都还不错，车闻也没怎么多想，就直接下单了。

倒是没想到能这么巧，这是缘分吧？

两人这边正聊着，按好的电梯也到了，电梯门"叮"一声打开。

楼女士踩着高跟鞋脚下生风走出来，手里举着电话正聊着，从楼茗旁边走过，三秒后又折返回来："小茗，在这儿干吗呢？"

"妈。"

楼雾又往旁边看了一眼，见到车闻时，眉梢不经意一挑，问楼茗："这是……"

楼茗："我同学。"

"同学？"

楼茗点点头："他来三山旅游的，我今天出门的时候刚好碰到了。"

"挺好的。"楼雾闻言拍拍楼茗的肩，"带你同学好好玩，想去哪儿提前跟我说。"

"知道了，妈妈。"

楼雾说完也点了下头，视线再次从车闻脸上扫过，随即重新举起电话去了前厅，她的背影渐渐走远。

两人几乎算是同时舒了口气，彼此都有点意外，互相对视着笑了一眼。

他们进到电梯，车闻手敲在行李箱拉杆上，问："接我电话之前，你原本准备出门？"

"嗯。"楼茗说，"本来准备出去买点东西。"

"买什么？"

楼茗不说话了。

车闻歪头看她一眼："秘密啊？"

"没有，就是去买点东西。"楼茗视线偏了偏，电梯门打开，她往廊道左边指了一下，"你房间到了。"

"嗯。"车闻滑着箱子过去，用房卡打开门，进去之后，又从里面探出个脑袋看她，"等我一下。"

楼茗："啊？"

还没反应过来他又进去了。

楼茗于是又在外面转悠着用脚尖画圈圈，好在他动作很快，没一会儿房间门重新打开，车闻拿了两顶帽子出来。一顶已经被他戴在了头上，黑色简约的款式，顶上一个小小的logo，另一顶挂在手腕上，是同系列的白色。

在他转身的时候，他将帽子盖在了楼茗脑袋上。

楼茗在原地呆住，车闻已经大步流星走到电梯前，回头见她还站在原地，冲她招了下手，扬着唇说："陪我去买点东西。"

看他不打算解释帽子的事，楼茗也没追问，免得惹来不必要的尴尬。

楼茗带着车闻去了附近的超市买东西，进去之后却见这人两手空空，不像是来买东西的样子。于是楼茗回头问他："不买东西吗？"

"买。"车闻顺手把手边的一个黑色马克杯放进了购物车。

就这样，两人兜兜转转又买了一点东西，从超市出来的时候，车闻手里已经多了一堆玩意儿。

他确实不是出来买东西的，带的东西把二十六寸行李箱都装满了。车闻在生活方面一向精致，这点倒是不会亏待自己。之所以出来，也不过是想随便逛逛。

两人站在超市门口，三山的建筑鳞次栉比，楼茗抬头望天，还是那般蓝。只是头上的帽子太大，她所及的视线有限，不过也真的很凉快。

车闻见她仰着头，伸手又把帽子往下压了压："之前不是说要买东西，现在去吗？"

车闻问的是之前她说要出去买东西，结果半路被他截和拐去客运中心的事。

楼茗想了想，一时不着急，于是随意扯了个借口："今天太阳还挺大的。"

车闻："还好提前戴了帽子。"

楼茗觉得好笑，原来送她帽子就是为了这个吗？

"要去吗？是要买什么？"

楼茗轻轻磨了下小虎牙尖，等她做好思想斗争，抬腿迈了个方向："跟我来。"

楼茗和车闻去了百岁糖芽街。这一条街街如其名，放眼望去，每家每户都是卖糖的，各种糖果晶莹剔透又香气扑鼻，闻着都能让人心情变好。

楼茗带着车闻从街头走向街尾，一路上给他介绍了许多车闻从前没有听说过的糖。然后在楼茗的介绍下，买了一堆糖揣兜里。楼茗自此之后步子就走得有些快，不知不觉到了车闻前面。

他也不急，就那么不紧不慢地跟在楼茗身后踩着步子，边走边从兜里掏了颗糖，叫住楼茗："要不要吃？"

楼茗摇摇头，表情平淡："你吃吧。"

车闻不疑有他，撕开糖纸就往嘴里扔。然后，在舌尖裹挟糖粒的下一秒，他的表情就有些僵硬。

这是比麦芽糖还甜？牙都快给他酸掉了。

见他表情痛苦，楼茗绷了一会儿终于没绷住，倏地笑了出来，脸上表情生动，看他好半晌才止住声，叫他："车闻。"

"嗯？"

"你是我这么多年，第一个骗到的人。"

"是吗？"车闻也抬起头，表情却认真，丝毫不见被戏弄的恼怒，只是有点无奈，"那还挺荣幸。"

楼茗霎时收了声。

车闻把嘴里的糖"咯吱"咬碎，那清脆的一声落入楼茗耳朵。

晚上两人回到楼雾居，车闻在餐厅吃了饭，楼茗则被楼女士一个电话叫去了后院。难得她妈今日亲自下厨做了清汤面，因为她爸回来了。

父女俩一大一小，各自抱着个碗坐在院子里的槐树下吃面。

陈礼狼吞虎咽，岁月虽然在他的身上留下了许多痕迹，他却仍然眉眼清秀，让人轻易看不出年纪。四十多岁的男人，没有啤酒肚，也没有两鬓斑白，有的只是美满幸福的家庭和一段成为过去的辛酸往事，这是楼茗猜测的。

眼下她爸抱着碗迅速地吸溜面汤，楼雾执着蒲扇轻摇，给丈夫扇风。

楼茗吸溜着面，盯着这对夫妻看了半天，见楼女士丝毫没有关心宝贝女儿的打算。她抿一抿面汤，放下碗走了。

这电灯泡谁爱当谁当去吧，她不干了！

许是她起身的动静闹得太大，这对夫妻终于抬头看了她一眼，楼女士拨弄着手中的蒲扇，冲她扬扬下巴："桌子上有西米露，要喝自己盛。"

哼，一碗西米露就想打发她，看不起谁？

楼茗这般想着，人走到长廊里，手中的西米露已经喝空了一半。

楼茗又舀了一勺进嘴里，这时肩膀突然被人拍了一下："吃什么呢？这么香。"

"你怎么在这儿？"楼茗闻言回头看他，见车闻头发上还滴着水。

"洗完澡睡不着，就出来逛逛。"车闻说完又看她一眼，开口直接挑明话题，"你明天有时间吗？"

楼茗下意识就想说话，临门一脚想起自己还要学糖汁糕的做法，趁现在方姨有时间还能多学一点，说不定东拼西凑能让她做出来。要是偷懒的话，等客栈后面忙起来，她都不知道去哪儿学了。

楼茗直接改了口风："可能不行，我明天有点儿事。"

车闻问："一整天都没空？"

"晚上有。"楼茗问，"你要干什么？"

"想去兜兜风，租了山地自行车。"车闻冲她晃了晃手机页面。

楼茗了然，三山镇最东边有条盘山路，依山而上风景绝美，年年都是自行车比赛路线的必经路段。倒是没想到车闻这么有想法，一来就想去盘山路看看，应该是提前做好了攻略。

楼茗心底又开始动摇，车闻刚才晃过的是日程表，楼茗看见他标记得很满，应该是提前计划好的，自己如果光在厨房里和面……

她还是想出去玩！

楼茗不由得抿了下唇，刚想说其实自己还是有可能挤挤时间去的，一个电话横插进来，打断她开口的机会。

楼茗低头一看，滑过按键接了起来，是孙浅打来的。

楼茗有些奇怪。虽然放假后室友之间的联系还是非常频繁，天天一小会儿就能消息轰炸，但电话却是没怎么打过。尤其是晚上七八点的时候，一般都不会联系。

楼茗把手机贴在耳边，等了一会儿，听见那边传来声音："楼茗儿？"

楼茗回答："在的。"

"哦——"又等了一会儿，没有声音。楼茗刚想问孙浅那边怎么了，突然听见耳朵边传来一阵洪亮的嗓门，"哈哈哈哈哈，我来三山了！就问你惊不惊喜！意不意外！是不是已经高兴得话都说不出来了啊？

哈哈哈哈……"

高不高兴楼茗不清楚，她只觉得自己耳朵快聋了。

楼茗把手机拿开，缓了缓耳朵，车闻直接给她开了免提。楼茗说了声谢谢，随后把手机放在栏杆上，问："你刚才说什么？"

孙浅："我说我到三山了，快点来接我！"

楼茗："你来三山干吗？"

孙浅："我不能来？"

楼茗一噎："可以。"

"可以你还不来接我。"孙浅在那边号着，给楼茗报了一串地址。

楼茗挂断电话，回头见旁边的人一直没出声，这才发现自己接电话的时候，不知怎么就顺手把那杯西米露放进了车闻手里。

车闻见她回头，伸手给她递回来。

楼茗有些窘，接过来又扒拉了一口才出声："我等会儿要出去一趟。"

"听到了，吃完了一起。"车闻说。

"哦。"

两人到了孙浅手机上给的定位，他们走得不算慢，但可能因为孙浅下车的地址实在有些偏，到的时候某人已经把周围的蚊子都喂饱了。

孙浅满腿的小疙瘩，见到楼茗时差点没忍住哭出来，抱着她就是一阵号："我的茗儿啊，你可算来了，你再不来我就要失血过多休克了。你看这群蚊子肚子鼓的，全是我的血……它们吃人啊！"

"回去我给你搽点药。"楼茗从包里拿了件外套给孙浅披着，这人一天到晚没心没肺，大晚上穿个清凉夏装杵路灯下，蚊子不咬她能咬谁？

成功与小姐妹会师以后，孙浅终于恢复活力，一路上都在跟楼茗讲自己这一天来的神奇事迹，以及暑假过后的各种新闻，正唾沫星子满天飞的时候，突然噤了声。

楼茗步子跟着她一顿："怎么了？"

孙浅立马扒住她胳膊小声说："茗儿，你有没有发现，我们后面好像跟了个人！不知道从哪儿冒出来的，但我几次转头都还在。"孙浅说着又裹紧了外套，"我们现在报警还……"

"不用。"楼茗打断她，向后看了一眼，"后面是车闻，我还以为你知道。"

"车闻？"孙浅听到这个名字转头看了一下，果然看见踩在楼茗影子上的男生，正低头百无聊赖地玩着消消乐。

听见自己的名字被叫，车闻抬头看她们一眼："怎么了？"

"没、没事。"孙浅迅速转过头，又看了楼茗一眼，"他怎么在这儿？"

"他一直都在啊，跟我一起过来的。"楼茗跟着解释。

孙浅闻言呆在原地："跟你一起过来的？我怎么没看见？"

"因为你当时眼睛一闭就抱着我开始表演了，一直到现在。"楼茗看孙浅一眼，眼神略显无奈，"劳烦大仙女好好回忆一下，你刚才有给我超过五句的说话机会吗？"

孙浅："好像也是哦。"

"但是……"孙浅又回头看了车闻一眼，他仍旧不紧不慢地迈着步子，踩在楼茗的影子上。楼茗发尾往右摆起的时候，车闻的脚步也刚好落下去。

孙浅注意到后，微微抿了下唇。

楼茗感受到右边的胳膊突然加重了力道，视线往旁边一偏，不解地看她一眼："干吗？"

孙浅但笑不语，表情变幻莫测。

楼茗被她弄得嘴角实在没忍住抽了一下："您能正常点吗？"

孙浅摇摇头："不能。"

又往前走了好一段路，期间孙浅一直挂在她胳膊上，笑得意味深长，楼茗也没说什么。

直到回到楼雾居，车闻在大厅和她们分开。

回到房间，孙浅就开始逼问她："说，车闻怎么会来三山镇？"

"他来避暑。"

"那为什么别的地方不去，偏偏来三山镇避暑？"孙浅不依不饶。

楼茗淡淡反问："你不也来了吗？"

"我和他能一样吗？"孙浅下意识说，却又陡然发现，楼茗好像在避实就虚，就是不正面回答她的问题。

孙浅叹了口气，忽然说："楼茗，你其实挺难懂的。"

她有时会觉得，楼茗是她最好的朋友，心贴着心，什么话都能说，但偶尔有些时候，她又觉得楼茗其实离她们都挺远。在她心里，有一块秘密的区域，是不允许任何人涉足的。

楼茗睡前还在脑子里回想孙浅的这句话，她以前的性格其实不是这样子的。

很久以前，楼茗的确也是一路在乖乖女的模子里长大的，直到后来楼雾居开张，从巷子里搬家的时候，自己无意间在箱底发现的那本笔记本改变了她。

楼茗的亲生父亲并不是陈礼，而是笔记本扉页里夹着的照片主角。照片的边角早就泛了黄，却并未老化男人的眉眼，那一双清晰的远山眉，和楼茗的一模一样。

很久以前，楼茗就觉得楼雾不该困囿于三山，母亲容貌昳丽，或许适合更大的世界。

可现实是她生下了楼茗，还嫁给了陈礼。

日记中关于所谓生父的描述写了厚厚的一沓，十四岁的楼茗一页一页翻过，每一个字都看得极为认真，既是读父辈的故事，也是读自己的出生。

生父在母亲的日记里，被称为唐，是一位艺术家，与楼雾、陈礼二人是同学。

在楼茗未经历的那个年代里，学生生活相比于现在要枯燥许多，中途退学是常事，年轻时出去闯荡不算少数。但当时的情况是，楼雾与唐都是家境阔绰的公子、千金，对读书不感兴趣的他们因为游手好闲而聚在一起。

一个爱好跳舞，身形优美，一颦一笑皆是风情；一个手执画笔，天赋异禀，一笔一画全为神韵。

称得上郎才女貌。

而那时自己名义上的父亲陈礼，只在楼雾前期的日记中出现过一次——

今天到教室挺早，本来以为一个人也没有，没想到有人比我还早。好像是班里的那个好学生，貌似是叫陈礼，听说是成绩好推荐进来的……衬衫都洗发白了，还是唐的衣服好看……

日记中更多的是母亲与唐的日常。

毕业以后，家里安排楼雾去银行工作，唐则去了铁路局。变故便是在那儿之后发生的，上班半年以后，唐厌烦了日复一日重复自己不喜欢的工作，辞职的想法愈演愈烈，终于在接到又一个下发的重点项目时爆发了。

他任性地辞掉了铁路局的工作，并说服楼雾与其私奔去北城，因为那里有他的艺术梦。可被现实打磨过的楼雾不太赞成唐莽撞的决定，两人为此闹了很大的分歧。

但最后，楼雾还是妥协了。唐去北城以后，运气很好受到了赏识，在夜市摆摊画画被人看中，不仅给唐提供了住所，还对他大加赞赏和接济，幸运到好像遇上了天降的馅饼。

楼雾一开始觉得不太对劲，但已经被成名梦蒙蔽的唐根本劝不听，而且对方的手段实在过于高明。

唐在往后的半年时间里一直过得顺风顺水，并开始着手准备参加自己人生的第一个画展。

在这个时候，唐又给楼雾写了信。

他说自己现在过得很好，他在信中说等她。

唐以为脱离了现实的枷锁，想给她一个理想国。

就这样，楼雾动摇了，她辞去了银行的工作，只身来到北城。在北城火车站，收到了唐送给她的一束粉色玫瑰。

唐西装革履，又意气风发，让楼雾怎能不着迷呢？于是仅有的理智被抛开，两人一起陷入这场高级的骗局。

转折发生在画展以后。

唐耗费半年之久的画作被选为参展作品，被一位收藏家看中并拍出了百万天价，一时引起领域内的轰动关注。当晚得到这个消息的唐抱着楼雾，七尺男人激动得热泪盈眶。

就当他们以为终于熬过黑夜走向柳暗花明，即将触碰到名利双收的对岸时，脚下的船翻了。

当晚，继唐看见报纸上自己的画被拍出了最高价，唇边的笑意还没收回，就在下一秒直接僵硬在脸上。

因为往下翻，是相关媒体的进一步报道。他们在之后介绍了画作的作者，并不是唐，而是那位欣赏唐的慈善家，他利用了唐的才华，将画占为己有。

艺术沦为工具，梦想被人践踏。美好的，舒适的，看似安稳的生活，都是假的。

事后慈善家还找到唐，想让他继续为自己作画，他可以把拍卖的钱全部让给他，慈善家只要一个天才艺术家的名头。可这恰恰是唐毕生追求的，支撑他来到北城的东西。

哗啦一下，顷刻间，有什么东西轰然倒塌。

是唐的信仰。

拍卖会结束三个月后，唐跳海了。

他最后给楼雾留下了一封信，信中只有一句对不起和一张银行卡，就草草结束了他的一生。

可在那之前，唐跳海的那天，原本他们是要去领证的。

爱情的最后，是她爱的人成为懦夫，明知自己已经成为父亲，却还是抱着他的调色板沉海了。

唐爱她，但也没那么爱她。

楼雾恨他的懦弱，但她更恨自己爱上如此懦弱的人。

可惜命运从来不给人重来的机会。

唐离开以后，楼雾很多次站在他当初跳海的位置，周遭荒无人烟，海浪拍打礁石。楼雾有许多许多次都想从那里跳下去，最后一次，她绝望地迈着步子跨进海里，激起的浪花打在她脚踝，让楼雾倏地惊醒。

她微喘着气退后，低头去看自己的脚尖，当时她怀孕已经有六个月了，低头下去，先是看见了自己隆起的小腹。

楼雾的眼泪突然从眼角滑落。

那一天，楼雾一个人在海边坐了很久，最后直接去了火车站。什么东西也没拿，就那样毫不留恋地离开了北城，离开那个让她痛苦的城市，回到奉城。

那时楼雾从奉城车站出来，一个身怀六甲的孕妇，回到自己的故土，却只是体会到了另一种无奈。

她为了去北城找唐，毅然决然从银行辞职，和家里闹得很僵，几乎算是断绝关系。

如今一无所有地回来，楼雾真的不知道该怎么办。

一向骄傲的女人落魄地坐在公园的长椅上，角落里的路灯下飞着蚊虫，有一些扑火的飞蛾仍旧义无反顾地在撞。

楼雾垂眸拢了拢衣角。

到晚上，她终于还是撑不住从长椅上站了起来，到商店要了一桶泡面。开水的热气蒸腾出来的同时，店外却飘起了雨丝。

门口的风铃扑簌作响。

楼雾怎么也想不到，会在那一天遇见陈礼。

…………

日记本中间有很大的一段空白，最后一页只写了这样一段话——

今天我想去打掉这个孩子，但医生说月份太大会很危险，陈礼也劝我留下来。我问他为什么，难道不会介意？陈礼只说："你的小孩就是我的小孩。"

所以，楼茗，妈妈决定留下你了。

你本来是不被期待降生的，但现在妈妈改变想法了，我会和爸爸一起爱你。

你是我们俩的小孩儿。

最后一排字被眼泪洇开过多次。在此之前，楼茗从来没有怀疑过自己的身世，从小到大，陈礼都对她很好，即便后来生了弟弟楼慕礼，两个孩子得到的爱也是不分伯仲，甚至更多时候，陈礼要更偏爱她一点。

不只是因为她是女孩子，更因为在某个瞬间，因为楼茗的存在，救下了他的妻子。

原来世间也会有这样的爱情。

自那之后，楼茗的性格改变了一点，她并没有怀疑父母对自己的爱，她只是对那个所谓的素未谋面的生父——艺术家唐有了一点执念。

楼茗剪了短发，捏碎过几支薄荷糖，也能用五彩缤纷的染料浸湿衣摆，却成为不了艺术家。

不禁庆幸，还好，她和唐不是一类人。她也明白了，所谓真正的艺术，不需要牺牲热烈的爱情。

于是这段记忆又被尘封在岁月里，它们混揉杂乱成现在的楼茗，一个敏感温柔又冷淡浪漫的少女。

很奇怪，一个人的性格是这般的复杂。

左思右想睡不着，楼茗觉得可能是到点了，自己有点情绪上头，翻身时恰好看见月光明亮。想了想，最后还是披着外套出门了。

斜对面的房间已经熄灯了，楼茗看了眼随即收回视线，抬头看天上的月亮。

外套口袋里的手机突然振了两下。

楼茗蒙了两秒，伸手掏出来接起，发现来电是车闻，接通时声音不由得一轻："喂。"

那边闻言回复："楼茗同学，大半夜不睡觉，干吗呢？"

楼茗晃着脑袋四处看了看，没见到人，只听见听筒里传来提醒："看楼顶。"

楼茗这才把视线往上移，一眼看见楼顶上架着微型天文望远镜的车闻。

车闻冲她伸出手晃了晃："看到了？"

楼茗点点头："你在上面干什么？"

"看星星，拍了照片，你睡不着？"

"嗯。"

"那要不要上来看星星？"

楼茗挂断电话，揪着外套衣摆走了上去。

车闻人在楼顶，见她上来，伸了手过来拉她，借着力道让她站稳在望远镜前，调整了一下观察参数。

楼茗低下头去，眼前一片密密麻麻散落的星，繁星满目。

"好漂亮啊。"楼茗感慨。

车闻在旁边笑了一声。

又看了一会儿，楼茗抬起头弯弯唇："好了，下去睡觉吧。"

"再等等。"车闻又开始调整手下的镜头，楼茗盯着他的动作，过了一会儿，见他偏头看了眼表，回头冲她又扬了扬下巴，"再试试。"

楼茗不明所以，重新俯下身去，却不想看见了流星。

"这是……"

"南鱼座流星雨。"车闻问，"要许愿吗？"

"怎么许？"

车闻笑了笑，抬手将掌心覆在她眼睫上："这样。"

手心的温度干燥，楼茗双手合十，虔诚地闭上眼睛许愿。

掌心放下以后，车闻问她："许的什么？"

"说出来就不灵了。"

"也是。"车闻扒扒楼茗身后歪倒的帽子，收好设备，转身打了个哈欠，"走吧，回去睡觉了。"

楼茗跟在他身后迈着小碎步："所以你熬到现在就是为了看流

星雨？"

"嗯。"车闻轻轻点下头，显然已经困得有些神志不清，就这样也没忘了把楼茗送回去。

见他眼皮实在耷拉得厉害，楼茗也加快了步子，面上有些过意不去："那刚才你都让我看了会不会……"

"都一样，风景在于有人欣赏。"

车闻说完这句，显然也没意识到自己说了什么，看楼茗还杵在原地没动，又催了她一句去睡觉，随即自己迈着步子上楼了。

一夜无梦。

第二天一早，楼茗被闹钟吵醒，起床去小厨房做糖汁糕。解下围裙出来，刚好看见车闻叼着瓶纯牛奶在院子里溜达，见她过来，从兜里掏出一瓶新的递给她。

"起这么早？"

"嗯，有点事要做。"

车闻问："忙完了吗？"

"差不……"楼茗话到一半，突然听见有人喊她，两人同时抬头往上看，见孙浅正以飞快的速度奔下来。

车闻脚下的步子不由得一挪，下意识地往楼茗的方向靠了靠。但还是低估了闺蜜的潜力，孙浅一下来，飞扑着把楼茗带出去好远。

孙浅的脸在楼茗脖颈处蹭了蹭："我的茗儿，你好香。"

楼茗不想说话。

日常揩完油的孙浅这才恢复元气，直起脑袋看了楼茗一眼，注意到旁边站着的车闻，抿了下嘴角。

楼茗看见眼皮都跳了两下，生怕这人又说出什么惊掉人下巴的话。

但好在这点分寸孙浅还是有的。

楼茗放下心，又去转头问车闻："你昨天的安排，今天还去吗？"

孙浅问："什么安排？是要出去玩吗？"

"准备去盘山路骑自行车。"车闻问她，"会吗？"

"没问题啊，户外运动我还挺擅长的。"孙浅说着开始扒拉手机，"但能不能让我再拉个人啊。"

孙浅举着手机拨了个电话，那边接得很快，不到一会儿就传来一道男声，只是听着有点迷迷糊糊，应该是刚醒。

"喂。"

孙浅开了外放："彭大桥，你还没起？"

"不是，孙小浅你有病？能不能看看表，现在放假，早上九点，哪个高中生起这么早？"

"我不管，反正你现在也醒了，要不要起床出来玩？"

那边闻言似乎是翻了个身，紧接着是拖鞋趿拉的声音："去哪儿玩？"

"盘山路怎么样？"

"哪个盘山路？"彭桥捧水冲了把脸，一边说，"奉城的盘山路都是高速，你要真想玩，不如来三山，哥带你出去逛逛。"

"行啊，正好我现在人也到三山了，你就说什么时候出来吧。"

"你到三山了？什么时候？"那边似是静了两秒才出声，"你别是迷路了吧，要不要我过去接你？"

"不用了，来接我的人早就到了，给你十分钟，自己收拾好来楼雾居。"

孙浅说完直接撂了电话，又去问车闻租的车是什么型号。

楼茗在旁边撑着下巴听，等两人讨论完，车闻拉开凳子过来坐在她旁边，冲她伸开掌心。

楼茗没懂。

车闻才解释："手机呢，拿出来帮你选选车型。"

楼茗摇头像拨浪鼓："我不会。"

车闻问："不会什么？"

楼茗说："不会骑自行车。"

"自行车你不会？"车闻略有些震惊，"那你平时都骑些什么？"

"小电驴。"

一行人到了盘山路脚下，彭桥也过来了，手上戴了对冰袖，运动套装配老爹鞋，正和孙浅有一搭没一搭地在拌嘴。

孙浅扶扶鼻梁上的超大号墨镜，对着楼茗扒拉了下头发："茗儿，我们是从这儿开始骑吗？"

"嗯。"楼茗点点头，"你们东西都带全了吗？"

"都准备好了，那我先走了。"孙浅一踩脚下的踏板，回头冲彭桥说，"敢不敢来比比谁先到山顶？"

"比就比，怕你不成。"彭桥说着也一蹬踏板追了上去，"到时候输了可别哭鼻子啊。"

"谁输还不一定呢。"

两人背影渐远，原地只剩下她和车闻。楼茗扒拉着自己的小电驴，不是很想离开它。

车闻冲她挑了下眉，拍拍自己的后座："舍不得？"

楼茗抿抿唇："有点。"话落又摸了一把小电驴的车把手。

"刚才怎么说的？"车闻拍拍自己的后座，"上来，教你骑车。"

楼茗终于从电瓶车上下来，把小电驴停进了休息区，人走过来到自行车旁边。车闻本来是租的山地自行车，考虑到她要学，又换成了普通型的两人座。

这会儿见她过来，车闻直接长腿一迈坐到了后面，抬头冲她勾勾手："带我去兜风。"

"可我不会……"

"当我坐这儿是摆设？"车闻的语气不容置喙，"上来。"

楼茗坐上去，手扶着自行车车柄，脚还踩着地面没敢动。

后面又传来声音："踩踏板。"

楼茗犹豫："摔了怎么办？"

"摔了有人给你垫着，怕什么？"

"哦。"

楼茗的脚终于踩在了踏板上，自行车被带着就开始左右摇晃，楼茗一晃，刚想把脚放下来，就感觉到身后传来的稳稳力道，她心下稍定。

十六七岁的年纪学东西很快，楼茗骑了一会儿渐渐找到感觉，车闻也跟着放了点力，跟在她后面小心地护着，一道盘山路被骑得格外漫长。

走到半程，楼茗终于按了刹车停下来，登顶是不太可能的，越到后面消耗越大，楼茗技术还达不到。

她很有自知之明地停下来，后面跟着的车闻见她不动了，问："累了？"

"嗯。"

"下去喝点水？"车闻问她，"还骑得动吗？"

"没问题，下坡没那么累。"

"要不下坡还是我……"

楼茗闻言看他一眼。

车闻见状笑笑，勾唇坐到后座，拍拍垫子："来。"

楼茗坐上去，脚踩着踏板一飞而下，斜坡并不算陡，但一路有吹过的风，夏天的风很清凉。

画面唯美不过三秒，下一秒，自行车拐过一个转弯，遇到的坡有些陡，楼茗一时没反应过来。平衡骤失，自行车歪歪扭扭飞奔而下，后座车闻立马伸手过来稳住车把降下速度，但即便是这样，仍旧没摆脱翻车的命运。

车闻护着楼茗的脑袋，两人一起摔进了路边的草地，楼茗连人带车砸在他身上，只听底下一声闷哼。

"车闻，车闻，你没事吧？"楼茗低头去看身下的人，见车闻闭着眼睛，好半晌没反应，楼茗心急如焚，凑近了去察看。

车闻却突然睁开眼睛，将她吓得不轻。

楼茗认为他是故意装晕，有些生气，听见车闻让她拉他起来，也只小气地给他递了个防晒衣的袖子。

车闻被她直接气笑了，"啧啧"摇了两下头，戏谑地说："没良心。"

楼茗没说话。

　　等两人收拾好回了休息区，检查了自行车没什么损坏。去租车点还完车后，又在休息区等了一会儿，收到孙浅发来的短信，说她和彭桥可能还要一会儿，于是楼茗就先和车闻回去了。

　　回去的路上，接到楼雾女士发来的短信，让楼茗去三鲜鱼庄带几条鲈鱼回来，晚上她爸清蒸。

　　于是他们又改道去了鱼庄。

　　三鲜鱼庄和别的鱼庄有些不一样，这里的鱼都是现捕现卖，有面积很大的一片鱼塘，来来往往不少前来钓鱼的人。

　　恰巧他们过去的时候，鲈鱼已经卖完了，与楼茗相熟的伯伯干脆直接给她递了个鱼竿，让她自己钓。

　　两人便又找了个树荫坐下钓鱼，但可能是今天运气不太好，楼茗等了半天也没有鲈鱼愿者上钩。她没忍住皱了下脸，车闻在旁边笑她。

　　楼茗把鱼竿递给他："你来。"

　　"行啊。"车闻接过鱼竿，娴熟地换上鱼饵，调整姿势作壁上观，乍一看动作还有点帅。

　　楼茗在旁边等动静，头上还戴着他昨天递给自己的那顶鸭舌帽。过了一会儿，见水面仍旧平静，楼茗没注意到车闻的鱼竿动了下。

　　只在下一秒听见车闻喊她："楼茗。"

　　"嗯？"

　　车闻冲她一招手："过来。"

　　2018 年的夏天，楼茗的同学录又添了几幅画。

　　天空蓝得一碧如洗，心情像水井里浸泡过的翠绿西瓜，甜而不腻。

　　2018 年 7 月 13 日，楼茗发了一条朋友圈。配图是一根黑色的鱼竿，以及上午出门的时候，四人凑在一起比耶的自拍。

　　文案——骑行，钓鱼，朋友。

　　动态一发，不到十分钟炸出一群人点赞，还有 5017 的人评论加持。

郭柠在下面盖楼：好想出去玩。

魏宜念：这是孙浅的爪子吧？

吴倾予回复魏宜念：好像还真是。楼茗，你和谁一起呢？

楼茗在底下回复：孙浅来三山了，你们要过来玩吗？现在还挺凉快的。

魏宜念举手：我我我。这几天在家亲情都快处淡了，正好找个机会出来透透气。话说楼茗，你能来车站接我吗？

楼茗：可以啊。

楼茗：另外几位，要来吗？

吴倾予：来不了，外面旅游呢。

杨黎：我也是。

郭柠：我可以，过几天有个亲戚在三山结婚，我要过去玩几天。

楼茗：那行，你们什么时候来，在群里戳我一下就行。

楼茗熄了屏幕，端了两瓣西瓜，和车闻一人一瓣，在老槐树底下啃着，正吃到一半的时候，孙浅和彭桥回来了。

楼茗给他俩一人递了一瓣西瓜，汁水充盈，车闻抽了张纸递过去，楼茗伸手接过，见楼女士端着一大碗西米露过来，放在阴凉桌子上招呼他们过去吃。

楼茗洗干净手过去，见孙浅和她妈聊得很好，不禁佩服这人的社交能力。

她安静地盛了几碗递过去，车闻接过拉开凳子在她旁边坐下，两人同步开喝。没想到冷不丁突然被喊名字，楼茗茫然抬头，听见楼女士对她说："对了，小茗，你方阿姨说那个什么糖汁糕做不出来，给你改配方做了甜糕，味道也不差。"

楼女士："等会儿吃完了拿过来给你同学们尝尝。"

楼茗举着勺子愣在原地，楼女士还没意识到事情的严重性，只拍了拍她的肩说："别忘了啊。"

楼女士走远。

在场另外两位日常开始拌嘴，孙浅问了楼茗一句什么糖汁糕，被她支吾着打发过去，注意力又开始转移到彭桥身上。

这两人吵起来的同时，旁边的人才偏头看她，车闻嘴边噙着笑，眉梢轻挑："糖汁糕？"

楼茗大窘，端着碗溜了。

两天后，郭柠和魏宜念也到了。郭柠先去亲戚家参加了婚礼，完事以后，几人到楼雾居会合，意外看见平炀也跟了过来。

一行人浩浩荡荡去手工艺作坊做陶瓷。

地点离楼雾居不远，天气照常放晴，阳光有些晒。女孩们打着伞走在后面，前面的三个男生身高整齐，正有一搭没一搭地聊着篮球赛和游戏的话题。

三男四女的组合里，魏宜念终于后知后觉提了一句："我怎么感觉不太对？"

"有什么不对的？"孙浅拍拍她的肩，把伞又往魏宜念的方向移了移，"不就是没让你打到伞吗？"

话题终究被带了过去，话出口的瞬间，郭柠和楼茗都不约而同往前看了眼。

那年夏天，她们都踩过男生的影子。

到手工作坊以后，大家做出来的东西千奇百怪。

孙浅做的盘子转到一半变了形，最后干脆直接加工成了一个月亮摆件，看着竟然还不错？

对此彭桥不服气地跟着做了个太阳，要胜她一筹。

其他的都还算安分，楼茗和车闻做了一对青花瓶。郭柠做了个小缸，平炀弄了个大缸来装她的小缸……只有魏宜念老老实实捏了个碗。

虽然最终成品还要经过烧制，但过程中也拍了不少图片，几人发到朋友圈，把远在东北的吴倾予馋得不行，第二天愣是狠下心买了回来的机票，下午就到了三山。

一行人算是圆满。

浩浩荡荡的队伍集结以后，楼女士当晚给他们准备了烧烤，那晚时间过得很慢，天上的星星一闪一闪。吉他乐声伴着蝉鸣，少年们彻夜长谈，聊理想与未来。

青春纯粹，一切都是最好的时候。

关于那天，楼茗真的记了好久。

最后一天以一场露营收尾。

下午三点的时候，陈礼开车把他们送到山顶，临走前又拉着楼茗嘱咐了半天，山顶有信号塔，倒不用担心失联的问题，可陈礼还是有点放不下心："有什么事情一定要给爸爸打电话。"

"好的，知道了。"

"晚上你们几个女孩子，做什么尽量都把他们几个男生叫上，不要单独行动。"

"好……"

老父亲又叮嘱了快十分钟，车闻走过来，冲他笑笑："叔叔放心吧，有我们呢。"

彭桥几人也附和："对啊陈叔，放心吧。"

"那好，有什么问题记得打电话啊。"陈礼说完这才开车走了。

他走后，几人开始着手搭帐篷，弄完的时候已经快到六点，楼茗累到靠着睡袋就是一瘫，车闻见状笑了一下："累了？"

楼茗垂头点点脑袋："有点。"

"那躺一会儿？"

楼茗闭上眼睛，半晌没听到他离开的脚步，又睁开眼看看他："你忙完了吗？"

"差不多了，过来躺会儿。"车闻垂首看她，唇角轻轻往上扬了扬，"晚上外面应该能看见星星。"

"真的吗？"楼茗也不禁期待起来。

她还没有在露营的时候看见过星空。

今天的天气挺好的，如果可以的话，希望天早一点黑。

她看着车闻的侧脸想。

第二天，楼茗在车站与朋友们送别。

楼茗目送他们上了车，车闻排在最后，临上车前，又对她晃晃手机。

楼茗低下头去看消息，车闻给她发了一句：开学见。

她回了个"好"。

暑假的尾巴结束在聒噪的蝉鸣里。

第五章

同桌的你

又是一年开学季，楼茗拉着行李箱从公交亭走出来，再度迈进奉城一中的校门。

2018 年 8 月 31 日，同学录翻到高二这一篇。

楼茗从操场边的楼梯向寝室走去，路上听到操场上新一级高一的学生正在喊"一二一"，满片的"迷彩服"奔跑在阳光下。

又会是怎样的故事呢？

楼茗没去深想这个问题，抬脚往寝室的方向走。

推开 5017 的门，里面安安静静落着灰，只有阳台外隐约传来水声。

楼茗放下东西走过去，见吴倾予在刷阳台，她也拿了帕子进来擦桌子，两人叽叽咕咕聊了一会儿，寝室门又被推开。

孙浅一进来就拧着可乐咕噜噜往嘴里灌，半瓶下去以后才喘过气来："哎呀，可热发财了，空调开了吗？"

"还没，落灰了，可能得清理了才能开。"

"也行。"孙浅又用手扇了扇风，四处看了看，嘀咕了句，"郭柠呢？"

"她一般都下午来。"吴倾予把阳台收拾完进来，几人又仔细打扫了一下室内，弄完的时候，郭柠终于来了，还有魏宜念。

几人一道去校外的鱼粉店吃饭，孙浅点了一份招牌鱼丸，吹凉了正要往嘴里塞，耳边突然一声"嘿"，吓得孙浅手一抖，鱼丸喂给了垃圾桶。

抬头见是彭桥，孙浅当即撂下筷子去打他。

几人对此早已见怪不怪，若无其事继续吃饭，直到大门又被推开一次，门外招牌一闪，"呼啦啦"一群人走了进来，都是班里的男生，陈空手里还抱着个篮球，看样子是才打完出来。

几个男生阵仗不小，跟走秀似的一个个迈进来，平炀向着她们这桌走来，又搬了个凳子过来。

楼茗的视线定在最后进来的那人身上。

车闻照例还戴着一款白色护腕，只是看成色应该是之前没用过的，他应该有一沓同款式的护腕。

他手里拿着湿巾在擦额头，看见她们后，也熟门熟路搬了把凳子，放在楼茗旁边。

这动作一出，桌上所有人的目光都聚集过来，连楼茗也跟着愣了下。

车闻轻车熟路地坐下来，问："不是拼桌？"

在场的人都愣了下，随即反应过来点点头："是是是，坐都坐了，一起吃吧。"

陈空也搬了把椅子过来，一行人把午饭解决了。

外面天太热，还是室内空调吹着凉快，车闻吃完后放下筷子抽了张纸，起身出去买东西。

他帮一行人带了冰饮，除了给楼茗的是常温奶茶，他面不改色地放在她手边。几个大老爷们五大三粗都没怎么注意，对面的几个女生倒是看得清楚。

开学第一天晚上没有正课，但要上晚自习。

一般都是分发一些教材和强调一些开学事宜，讲台上，胡琴把老生常谈的东西讲完以后，拿着 A4 纸在教室里扫视一圈。

"另外，就是关于开学换座的问题，按照你们上学期的成绩和综合表现排了个座位表，现在都出去，等会儿我念一个进来一个，按顺序坐。"

　　教室里瞬间喧闹起来，孙浅拐着楼茗的胳膊："不是吧，茗儿，胡女士这架势，我该不会是被发配边疆了吧。"

　　"应该不会吧。"前方的杨黎安慰她，"教室就这么大的地方，最远不过就是去陪陪垃圾桶吧，一般运气也没那么背的……"

　　"也是。"孙浅听着心下稍安，"我运气这么好……"

　　可事实证明，有的时候话还是不能说太满。当孙浅旁边空无一人，只有左手边一个胖胖的垃圾桶时，她的表情再也绷不住了。

　　几人好笑的同时又都回头去处理自己的事情，不知道胡琴是怎么安排的这次座位，郭柠的后桌是平炀，楼茗的旁边是车闻。

　　"互相帮助啊，同桌。"

　　"好。"

　　回寝室的路上，孙浅哭没了半包纸，几人又心疼又好笑地安慰着她。

　　起初孙浅也觉得自己有点儿背，怎么全班几十个人，就她一个被安排去了"风水宝地"？这倒也不算什么，没有同桌她还能多花点心思在学习上，反正也没人陪她唠嗑。

　　但最让人受不了的是，这个垃圾桶是真的不好闻啊，尤其是现在这个夏天！

　　温度一高，孙浅感觉自己身上浑身都是臭臭的，她要回去洗澡！

　　更可恶的还有那个彭桥！

　　孙浅嘴里又开始唠唠叨叨："不就是有了新同桌吗？何嘉怡成绩那么好，他也不看看自己的分数，他配不配得上，脸都要笑烂了……"

　　一直到回寝室，孙浅情绪都不太高，寝室里啃鸭脖的时候也没吃两块就不动了。

　　晚上睡觉的时候，楼茗起来上厕所，还看见孙浅坐在床上发呆。

　　"睡不着吗？"

　　"楼茗，你还没睡呢。"孙浅转过来看她一眼，点了点头，"有点失眠。"

"为什么失眠？"

"不知道……楼茗，我问你，彭桥和何嘉怡做同桌，今天是不是笑得很开心？"

楼茗眉心略蹙了下，摇了摇头，说："还好吧，感觉和以前没什么差别……"

"我就知道！"孙浅狠狠捶了一下床，"这个没良心的，好歹我们也做了这么久的同桌，他倒好，一换座就把我这个朋友忘了……"

楼茗不知道怎么说，千言万语此刻仿佛在心头梗住了，最后也只拍了拍孙浅的肩说："先睡觉吧。"

第二天一早，六点半的起床铃响，几人迷蒙着眼去到食堂，孙浅眼下两片青色。魏宜念排队的时候回头望，才看清楚，整个人不由得一惊："浅儿，昨晚几点睡的啊，都熬成国宝了！"

"很明显吗？"孙浅说着搓搓脸，"有镜子吗？给我看看。"

郭柠从书包里掏出小镜子递给她，孙浅接过去看了看，人跟着一怔，恰逢此时手里的镜子被人拿走，彭桥凑过来笑了一声："哟，昨晚被人打了这是？整这么大两个黑眼圈呢？"

"还给我！"孙浅说着抢回镜子，偏过头没去看他。

彭桥被这突然一声吼得一愣，把镜子递回去，嘴上呢喃："还给你，大早上吃炸药了，这么凶？"

"就吃炸药了，你管得着吗？"孙浅语气气急败坏，"不想被凶，离远点不就好了。"

"真吃炸药了？"彭桥说着挠了下头发，不解地皱了下眉心，看向其他人，指指一旁的孙浅，"她怎么了？"

几人都沉默不语，孙浅直接扭头走了。

"干吗这么凶？"彭桥把手里的拇指生煎递给楼茗，"等会儿帮我给她啊，凶得我都不敢过去了，母老虎谁敢惹啊。"

孙浅回头："你说谁母老虎！"

彭桥蹿一下溜走了。

到上课的时候，这边的氛围都一直很沉默。期间楼茗看见彭桥两次从后黑板经过，绕好大一个圈子专门去丢个垃圾，孙浅就趴在桌子上装看不见。

也是够别扭的，魏宜念摇着头说。

楼茗抿了下唇，心底很赞同这话。

僵局是在体育课时打破的，因为这学期要开运动会，所以筹备得很早，开学第一堂体育课除了体测以外，成绩好的选手直接就定项目了。

这也是胡琴想出来的绝招，因为年年体育项目的报名其实都还挺难凑齐，干脆一开学就把人拉上了。

这会儿上课铃一响，体育老师就拿着点名册过来了。

第一个项目是女生的 800 米，九班的女生分为两组，四分半及格。

5017 的人都在第二组，除了孙浅因为学号比较靠前，直接分到了第一组。不知道是不是有点儿邪门，她旁边刚好就站着何嘉怡。

何嘉怡此刻正在和好友说笑，脸上笑意明媚："一会儿我一定跑个第一。"

"这么厉害，嘉怡你可以的。"

孙浅听着心里没什么波动，她体测成绩向来一般，每次只要能及格就万事大吉了。今天也是一样，并没有什么特别，还是能及格就好。

体育委员黄税一声喊："预备——跑！"

起跑线上的女生纷纷冲了出去。

孙浅步子不紧不慢，在队伍中间步伐均匀地跑着，旁边有楼茗和魏宜念给她加油的声音，孙浅听着也只是小小加了下步子，速度还是没什么变化。

渐渐跑完第一圈。

何嘉怡之前说的不算大话，开跑以后就一直以一骑绝尘的速度领先，但可能是开始跑太快，后期体力有些跟不上，孙浅与何嘉怡的距离渐渐靠拢。突然听见跑道旁边的男生说："何嘉怡这次不行啊，连孙浅都跑不过。"

说话的声音不小，跑道上的两个女生都听见了。

孙浅瞥了对方一眼，余光瞥见何嘉怡开始加速，一时之间吸引来许多目光都往这边看。

不知道为什么，也许就是那么短暂的瞬间，孙浅心底的胜负欲就被点燃了。

孙浅的步伐像脱缰的野马，她几乎是用了平时最快的速度，所到之处带起一抹剪影。她也说不清自己为什么要那么拼，也许是因为那些无关紧要的议论，又或者是别的什么。

但在最后，这些都变得不重要了，孙浅只知道跨过终点的时候，脑子空白了一下。

她来生理期了。

再醒来，睁眼是白色的天花板。

孙浅转头看了一眼，房间里空荡，只有床边坐着彭桥。

彭桥见她睁眼，不由得问了一句："醒了？"

"我怎么了？"

"好意思问。"彭桥嘴里嘟嘟囔囔，表情有些凶，"不是我说，孙小浅，你脑子里怎么想的？跑个体测整得跟后面有鬼在追似的，就算是为了及格，也不用跑这么快吧。"

孙浅："谁为了及格啊。"

彭桥："那你图什么？"

"不用你管。"孙浅收回视线，拿被子捂住脸，半晌才重新出声，"你送我过来的？"

"那不然呢？沉得跟头猪似的，手都给我搂废了。"

"你再说……"孙浅又准备给他一拳头，被彭桥按着没动，"你悠着点，打着吊瓶呢。"

"谁让你嘴那么欠。"孙浅坚持问，"我哪儿沉了？"

"行行行，不沉，我说错了行吧。"彭桥帮她掖掖被角，外面听见动静的几人也跟着走了进来。

校医过来嘱咐情况，开了一点消肿的药让楼茗去拿，叮嘱孙浅再休息一会儿，应该就没问题了，下次注意不要在生理期的时候这么剧烈地运动，平时要多注意爱惜自己的身体。

孙浅头点得乖巧。

彭桥在旁边看着没忍住出声："你现在倒是听话啊。"

孙浅白他一眼。

晚上，男生寝室 407，几个男生凑在一起打游戏。

彭桥却不怎么在状态，野区被蹲了几波没反应，中途打团还放了几次空炮。

陈空打着游戏，往彭桥的胳膊上拐了拐："干吗呢？魂不守舍的，让我一个脆皮冲在最前面，有你这么玩的吗？"

彭桥回神："没事。"

"还是不是兄弟了。"陈空说，"有什么事就说。"

"就是……"彭桥也叹了声气，揪着脑袋抓了把头发，"哥几个，能不能帮忙出个主意？"

车闻："你先说什么事。"

"怎么给女孩道歉？"

话落几人都默了默。

陈空伸手挠了挠后脑勺："你跟孙浅还在闹别扭啊？你这回是怎么惹到她了？"

"就吵了几句，问你帮不帮吧。"

"那我们也帮不上啊。"陈空说着咂咂嘴，"要不把隔壁的平炀给你请来，他有经验。"

几人又去了隔壁寝室，但是没见到人，因为是周末，应该都出去玩了。

陈空想了想，又拐了一下车闻的胳膊："要不然问下楼茗。"

车闻抬头看他一眼，陈空一噎："你别这么看着我。"

车闻没说话了，低下头去给楼茗打电话。

电话响了几声被接起，只是那边隐隐约约有一点杂音，楼茗正在睡觉，听到电话响没看备注，不怎么清醒就接了起来。

"喂？"

"在睡觉吗？"

他的声音放得很轻，但楼茗还是一下就听了出来，慌得从被子里坐起来："车闻？"

"嗯，吵醒你了？"

"没，睡挺久了。"楼茗说着摇摇头，又想到电话那头的他看不见，随即又问，"有什么事吗？"

"郭柠在寝室吗？"

楼茗："没，她和平炀出去了。"

"有没有说什么时候回来？"

"七点回，应该快了。"楼茗掀开被子下床，去桌子上倒了杯水，"怎么了？"

"没，就找下平炀。"

"他们应该快回来了，你们再等等。"

"从中午睡到现在，你肚子不饿？"

被他这么一说，楼茗往自己的肚子上摸了一下："有点。"

车闻问："出来吃点东西？"

楼茗："哪里？"

"关东煮怎么样？"

"好。"

楼茗挂断电话，去卫生间换了套衣服，出门的时候见车闻等在寝室楼下，过来的时候给她递了盒草莓。两人边吃边往校外的小吃街走，关东煮点了很大一份，车闻几乎没怎么吃，他晚上吃过饭，就在旁边看着。

两人聊了会儿天，楼茗嘴里被鱼丸塞得像个鼓起来的小仓鼠，还不忘问他："对了，你们找平炀做什么啊？"

车闻说："彭桥想找孙浅求和。"

当晚平炀回来以后，几个男生凑在一起合计了大半晚上，终于确定了彭桥的求和大业。

当然，理想有多丰满，现实就有多骨感。

水果、零食、早餐、奶茶，连精致的书包挂件一样都没落下，孙浅却还是感觉恹恹的，甚至还没有从前两人打闹时熟稔。

彭桥愁得头发都开始掉了，兄弟团也没想出到底是哪儿不对，平炀也跟着纳闷，最后得出的结论是——没事千万别惹女孩生气。

前期方案失败以后，陈空抖着腿想了个办法："哥们儿我下星期过生日，千载难逢的机会啊，桥儿，自己抓紧点。"

陈空过生日那天，恰逢第一次月考结束，连着周末放了两天调休。

陈空提前打电话定了包厢，和家里人吃完饭以后就开始出来玩，现场直接贡献给彭桥布置求和现场，看到满场粉红色的气球，陈空终于没忍住眼皮跳了两下，开口吐槽："不是，你这是求和，还是求婚啊？整这出？"

"不合适吗？"彭桥无助地摸摸脑袋，"那要不撤了？"

车闻说："撤了吧。"

"行，那怎么布置啊？"彭桥又往箱子里看了眼，里面装的都是些彩带花球之类的东西。

几人都忍不住扶额，车闻又往下面扒了扒，看见还有浅色系的折纸，"要不折千纸鹤，听楼茗说过孙浅追星，折点讨心意。"

"闻哥，还好有你在，不然我真不知道该怎么办。"

"开始吧。"

几个男生开始动起手来，可真做起手工来实在一言难尽，最后想了想，还是请了外援。

楼茗和吴倾予也过来了，推开房间的门进去，桌上摆了一个鲜花森林蛋糕和一些零食、汽水，厅里放着音乐。

孙浅抬脚往前走了两步，包厢里灯光昏暗，在她走进的那刻，光线一瞬间聚集在高脚台，彭桥手里拿着麦，正认真地在唱那首《psycho》，嗓音温柔。

吴倾予没忍住在后面小声嘟囔了句："彭桥唱歌还挺好听。"

"可不是吗，哥们儿十七岁大寿，他给我献个唱是应该的。"陈空闻言补充。

几人都憋着笑没再说话。

一曲终了，彭桥先是从高脚凳上下来，对着陈空的方向鞠了一躬，陈空晃着手摆了摆，又见彭桥往孙浅的方向走过去，抬起话筒，传出的嗓音低沉："孙浅，我有话想跟你说。"

孙浅点点头，略有些局促地别开眼："什么？"

"对不起。"

彭桥说完，语气渐渐有些紧张："我可能有时候说话不过脑子，你能不能别往心里去，冷战这些天，我还挺不习惯的，咱俩能回到以前那种相处模式吗？"

众人沉默，孙浅抬眼点点头，半晌才说了一句："可以。"

说完才"嘶"一声拍了下胸口："吓发财了我，不就是道个歉吗，我最近可能追剧太迷了，没怎么搭理你。你这阵仗整这么大，我还以为要干什么呢！"

彭桥不解地问："你以为什么？"

这下轮到孙浅噎住了："没什么。"

后来发生的事情，在楼茗的记忆里渐渐模糊了。

同学录精简了许多，再后面出现的事大都一笔带过了，只记得后来一中举办了体艺节，运动会男子长跑3000米比赛上，车闻拿了第一，冲线后先对她问了句："厉不厉害？"

日子总在往前走，奉城转瞬入秋。

这学期过得格外快，也许快乐的时间都是这样，总是一瞬间就从指尖划走了，等反应过来的时候，期末考试都结束了。

楼茗和彭桥坐的同一班回三山的车。

在售票大厅，孙浅和彭桥坐在一起说话，楼茗端着手里的一杯土豆汤，车闻在旁边清了下嗓："寒假去不了三山了。"

楼茗抬头看他一眼："没事。"

车闻嘱咐："到家记得打电话报下平安。"

楼茗又垂脑袋："好。"

见他欲言又止还想再唠叨，楼茗换了个叉子给他块土豆，偏头看他："好吃吗？"

车闻说："有点酸。"

楼茗："那再吃一个。"

慢悠悠喝完一杯土豆汤，头顶广播在响，车次到站。楼茗起身往里走，车闻推着箱子跟在她身后，临上车前，从挎包里掏出顶帽子递给她，再次重复："到家了给我打电话。"

"知道了，你回去也小心点。"

车辆渐行渐远。

三山的冬天很漂亮，四处压着皑皑的雪。白茫茫一片，楼茗拍了照片发朋友圈，底下又是一阵号：啊啊啊啊，好想来三山过年！

楼茗：哈哈哈哈，条件允许吗？

群里跟着来了消息——

魏宜念：虽然咱们过年不能一起跨，但可以视频啊。

孙浅：视频跨年！

郭柠：好主意。

…………

视频跨年得到一致同意，年节的气息也在期待中慢慢到来，到除夕那天，大早上楼茗先是被一阵鞭炮声闹醒。

洗漱完从楼上下来，陈礼和楼女士正在院子里包饺子，楼慕礼小朋友也在旁边凑热闹，他有模有样地往自己面前的盘子里放饺子，动作仪态简直像是翻版的陈礼，就是包出来的饺子质量南辕北辙。

楼茗见状走过去加入，在旁边吓唬小孩："楼慕礼，谁包的饺子谁吃，你的饺子馅都没包进去。"

小家伙闻言小脸皱作一团，表情凝重地去重复加工自己的饺子，奈何手指不听指挥，急得满脑袋汗，楼茗在旁边笑得欢。

楼女士见状睨她一眼："多大的人了，还欺负你弟弟？"

楼茗闻言吐了吐舌："现在不欺负，等以后长大了都欺负不了。"

"坏姐姐！"

"坏姐姐抢了你的饺子。"楼茗从他盘子里扒拉了一个放在自己面前。小家伙"哇"的一声哭出来，追着楼茗在院子里跑了好几圈。

夫妻俩无奈摇摇头。

包完饺子以后，还有许多别的事情要做，准备团圆饭，敬奉当地土地财神、清米酒、枣花糕、样样需要人准备，一忙就忙到春晚开播。

因为家里就他们四口人，楼雾与娘家没有来往，陈礼的家人则早在很久以前就生病离开。即便是这样，楼雾还是准备了许多吃食，把家里布置得热热闹闹的。

父母做饭楼茗没去添乱，早早回了房间看电视，楼慕礼哼哧哼哧爬上来，要听电视里的漂亮姐姐唱歌，葡萄似的大眼睛眨啊眨，等着看春晚。

楼茗把小家伙的照片分享到群里，一溜烟都在等春晚，几个熟悉的主持人登场以后，小家伙高兴得手脚都不知道往哪儿放，嘴里嘀嘀咕咕跟着哼。

楼茗笑得不行，录了个小视频在手机里，想了想，点开与车闻的聊天框，发了过去。

那边秒回：你弟？

楼茗：好笑吗？

车闻：挺可爱的。

车闻又问：在干什么？

楼茗：看春晚，过会儿准备吃年夜饭，你呢？

车闻：陪我妈打牌。

车闻拍了个牌桌的照片发过去。

楼茗看不懂，但还是问他：赢了吗？

车闻：没，压岁钱全赔进去了，手气不好。

楼茗：这么惨？

楼茗说着似是想到什么，"噔噔噔"跑回自己房间，拉开床头柜的抽屉，最里面有个小盒子，一打开，里面是一条四叶草编金手链。

楼茗拍了个照片，发过去：给你借点运气。

车闻看到消息，唇边溢出一丝浅笑，刚想打字回复，那边餐厅里传来秦舒雅的声音："车闻，吃饭啦，还在外面干什么呢？"

"来了。"车闻应着，手下飞快打字：吃饭了，你那边呢？

楼茗回复：快了，楼女士在呼唤我。

刚发完，楼女士跟着又催了一句，楼茗应了一声，牵着弟弟下了楼。

一家四口在堂厅里吃年夜饭，正中央超大屏的液晶电视上当红明星正在唱歌。楼慕礼跟着哼哼唧唧，楼茗给他夹了一块糯米糕，听见外面传来烟花炸响的声音。

小家伙当即抱着碗跑到窗边，黑幕星火璀璨，楼茗激动地直起身："爸！妈！放烟花了，要不要看？"

"吃饭了，看什么烟花。"楼女士往丈夫碗里夹着排骨，"吃完了再带你弟弟出去看，顺便去放花灯。"

"好吧。"楼茗又往嘴里刨了几口饭。太久没看见烟花，她忍不住有些兴奋，吃饭的速度比平时快，影响到小家伙也跟着扒碗里的饭。

陈礼见状，不得不点着桌子说了句："慢点吃，别噎着。"

楼茗随口答应，但还是吃得挺快。

收拾完，楼茗把碗收进厨房，抱着弟弟上楼添了件外套出门。年节，三山镇放眼望去无比喜庆，厚厚的雪堆在房檐上，垂下绵长的冰锥。

天边仍飘落着细小的雪花，纷纷扬扬地降下，远处人流密集的广场上，已经放起了五彩斑斓的花灯，承载着人们新一年的愿望飘向远方。

楼茗的手机振了下，是群里打来的视频电话，她点了加入，抬眼看了下基本都在，除了车闻还没上线，应该是去吃饭了还没回来。

魏宜念在那边问了句："楼茗，你那边在干吗呢？"

"准备去放花灯，你们要看吗？"

楼茗拍了花灯的照片发在群里，小镇的新年总是让人着迷，只可惜弟弟玩了一会儿变得兴致不高，吵着闹着要回去，楼茗无法，只好把他弄回家。

一来一去折腾到十二点，正赶上新一年的倒计时。

国人注重传统习俗，对年节尤为看重，那十声倒数在楼茗耳边一声声响起来——

"十。"

"九。"

"八。"

……………

"三、二、一！"

最后一秒落下的时候，新年的烟花在夜幕中盛开，天际有一瞬间的白。

几乎是同时，楼茗手机振动两下，车闻给她打来视频。

"新年快乐。"他在那边说。

"新年快乐。"楼茗回道，弟弟在旁边拽拽她的衣摆，指向天空，"姐姐抬头！"

楼茗顺着他的动作抬头望，微信界面里顿时出现女生抬头的侧颜，恬静温柔，眸中倒映着烟花的余影。

车诗怡突然从旁边跳出来："哥，你干吗呢？"

"打电话，干什么？"

车诗怡问："和谁打啊？"

"问这么多干吗？"车闻和楼茗随便聊了两句挂断，转而问车诗怡，"叫我干什么？"

"小姨她们过来了，要找你说出国留学的事……"后面的话车诗怡没敢说，话落果然见她哥脸色沉了沉，"我什么时候说要出国了？"

"那不是小姨提的吗？你又不是不知道，小姨她……"

车闻的小姨是普林斯顿大学毕业的高才生，毕业以后直接留在了华尔街做企业高管，事业顺利，连着晋升两级，实打实的精英女强人。

她和姐姐秦舒雅是两个极端，一个专心在家当全职太太，每日最繁忙的工作就是各处看展，和小姨在这方面很没共鸣。偏偏两姐妹的感情还挺好，印象里，小姨回国的次数虽然不多，但车家兄妹俩也是深受其影响。

小姨风格雷厉风行，眼见着现在车闻升了高二，就开始琢磨把他带出去接受国外的教育，趁年纪小出去开开眼界。

车闻对此真是一个头两个大，偏偏他妈这次好像也有点动摇。

国内的高中确实各方面都要辛苦许多，应试教育也更偏向于理论，实践能力培养得不多。

这些方方面面都是秦舒雅动摇的点。

但车闻觉得一中挺好的。应试教育虽然偏僵硬，却是国内最为公平的一次考试，是许多人改变命运的机会，高中的生活虽然枯燥繁忙，但有趣的事也有很多。

热血沸腾的篮球场、真诚仗义的朋友……

"反正我没打算出去，要实在不行……"车闻回头瞥了眼嗑瓜子的妹妹，"您就把车诗怡打包带走吧，反正这丫头前几年一直嚷嚷着要出国去见美国队长。"

车诗怡摇头像拨浪鼓，瞥了眼漫不经心的亲哥，觉得亲情这东西实在是太淡薄了，不禁怼他："妈妈才舍不得放我出去，要流放也是你。"

车闻斜睨她一眼，两兄妹谁也不让谁。

小姨在旁边轻轻垂了下眼。

到最后这件事暂且被搁置，一家人开始聊些别的话题。等守岁以后，车闻回房间，意外发现楼茗竟然给他发了个红包。

车闻发了个问号过去。

楼茗那边还没睡，见状回得很快：怎么了？

车闻：什么意思？

楼茗：不是压岁钱输光了？

车闻看着不禁笑出声，他抬手打字，编辑好的句子想了想还是删掉了。

这边楼茗和车闻聊完天，5017 的人也相继发了消息。

这学期自从换位置以后，杨黎就和黄税成了同桌，今年跨年时，这俩还一起去影院看了宫崎骏的电影，所有人都在好好地过新年。

孙浅来了三山去找彭桥烤兔子，平炀和郭柠在跨江大桥上看了一场烟花，吴倾予和王临约了以前的朋友玩三国杀，魏宜念的网友又来奉城看她。

假期从来都过得快，一眨眼的工夫，又迎来了开学。

楼茗蹲在树荫底下，挠着校园里小橘猫的下巴，车闻在旁边戴着耳机看她："好玩吗？"

楼茗点点头："你要试试吗？摸起来好软的。"

车闻摇摇头，笑："记得洗手。"

楼茗无语。

车闻又往她兜里放了颗糖："吃吗？"

楼茗点头，撕开包装往嘴里放，舌尖清凉，西瓜味的，好甜，一晃就到了另一个夏天。

第六章

无可比拟的夏天

高二正式结束的那个暑假，校园里变得空荡荡。

上一届高考毕业完的学子只留下了各类零星的《古诗词锦集》《5年高考3年模拟·数学》《高考必备3500词》，然后就是后黑板上画着的"申请毕业请假条"。

那么明晰的字迹，却又那么地不真实。

他们高三了啊，楼茗的《同学录》才画到一半呢。

············

准高三备考生需要暑假留校补一个月的课，在这个时候，班级又换了一次座位。

楼茗和车闻仍旧坐在一起，但她左手边的座位隔着一个过道，成了冯久阳。

冯久阳冲她甜甜打了个招呼，楼茗抿唇点点头，继续低头写自己的作业，头与桌面凑得近了，车闻就会抬手敲一下她的桌面，楼茗又坐直起来。

教室前面的黑板已经挂起了倒计时，距离2020年高考，还有——373天。

一轮复习已经开始。

化学仪器的识别课上，楼茗听得昏昏欲睡，眼皮重得直打架。车闻见状在旁边给她贴了份清凉贴，看她困得厉害，便顶了下她的膝盖，说："看旁边。"

楼茗顺着他的话侧头望，一眼看见正在用 MP4 播放动画片《猫和老鼠》的冯久阳，看得十分快乐。

屏幕上不知道放的是哪集，反正杰瑞手里抱着只小鸭子。

"你还看得挺起劲？"车闻笑着敲了下她桌子，"这会儿清醒了？"

楼茗点点头。

"清醒了就好好听讲。"车闻说完，秒变冷酷表情，指指便笺纸上楼茗自己写的目标——"上洲大学。"

"楼茗同学，革命还需努力啊。"

"哦。"

后来楼茗的状态还算不错，除了最下午的一节化学课有点犯困，听得都挺认真。

一个月过得还挺快，回家短暂地休息过一段时间后，楼茗提前一周开学，正式升入高三。

报到的那天，班上来了四个复读生，三男一女，女生的名字叫李乐妍。

5017 的最后一位成员，姗姗来迟。

晚上，女生寝室。

郭柠自从高三以后就搬出了寝室去校外走读，郭母这年放下工作过来照顾她。

新同学刚开始来的时候还很拘谨。

李乐妍原来就读于奉城的一所普通中学，因为高考成绩只能走一所边缘本科，现实的不甘心和家里的情况让李乐妍最终决定来一中复读。

第一晚来 5017 的时候，李乐妍就没怎么说话，除了问她们一些"这个水卡怎么用啊""楼茗，寝室楼里的吹风机在哪儿""啊，没有吹风机啊"这一类的话以外，李乐妍就没再开过口了，还是楼茗主动找她聊天。

吴倾予搬了把椅子过来问她："李乐妍，你以前在哪个学校读啊？"

话匣子这才打开，李乐妍简单介绍了一下自己的情况，又讲起了自己出高考成绩的那段时间，内心的煎熬有多难挨。

去年高考结束的时候，班上第一名是个男孩子，他考上了奉城最好的师范大学——奉城师范，而李乐妍只能在本科线边缘徘徊。

真正决定复读是在那天的傍晚，李乐妍参加了亲戚家孩子办的升学宴，对方春风得意，考上了一所大名鼎鼎的 211 高校。

李乐妍自惭形秽，饭吃到一半如鲠在喉，终于还是决定出来透透气。

天气炎热，虽是傍晚温度也泛着热意，李乐妍在路上漫无目的地走着，被高温天气驱赶，鬼使神差进了一家奶茶店。

然后在奶茶店里，遇见了他们班的第一名——沈诚。

乍然相逢，两人都有些意外，彼时李乐妍怔在原地，还是沈诚率先反应过来，跟她打了个招呼："好久不见。"

"好久不见。"李乐妍问，"你在这里做兼职吗？"

"对，暑假空闲时间比较多，在家太无聊了。"沈诚说着，指指点单牌，"想喝什么？"

"都行。"

沈诚不知为何，突然就被她这样子逗笑了，伸手给她指了一个单品："没想好吗？这个白桃乌龙还挺好喝的，要试试吗？"

李乐妍闻言点点头："嗯。"

就这样，那天李乐妍喝着沈诚亲自调配的奶茶，安静地坐在店里看着窗外。也是凑巧，那天窗外人来人往，不过竟然没有顾客再跨进奶茶店。

店里只剩他们两个人。

沈诚收拾完制作台，见店里迟迟不再进人，而李乐妍又安安静静坐在角落。

他想了想，最后还是从点单台里走了出来，拿着一杯小奶盖坐在她旁边："一个人出来？"

李乐妍闻言摇摇头："不是，和家里人过来送人情。"

"升学宴？"

李乐妍："嗯。"

沈诚："那怎么出来了？"

"里面有些闷。"想到流水席上亲戚不算友好的发言，李乐妍就隐隐有些难受，满腹忧郁无法诉说。或许是旁边的这个人太温柔，李乐妍没忍住对他开了口。

"其实我还挺羡慕他们能办升学宴的，不像自己，明明是同一届高考，偏偏弄成这个样子，感觉有点失落。"

"是觉得不甘心？"

李乐妍咬着奶茶吸管，忽然问道："你说，我现在去复读还来得及吗？"

"复不复读，这个问题对你的影响很大，我不能轻易给出你答案，那样有点轻率。"沈诚酝酿着说辞，随即开口，"但是我觉得，做什么决定之前，一定要问问自己，这样的选择到底是不是你想要的，选择之后又是否会后悔。"

"如果这些都可以承受的话，就大胆去做，反正人生走什么样的路都会忐忑，不如坦率一点，去做你当下最想做的决定。"

然后，李乐妍就到一中来了。

"所以你就这样决定复读了？"

李乐妍点点头："其实这也是我自己想了很久的结果，但是真的觉得他说得好有道理。我们人生下来，不就是去做自己喜欢的事才有意义吗？"

楼茗随即抿抿唇："挺好的，你同学三观好正。"

李乐妍应着，又似想到了什么，视线转向楼茗："还有一个问题，你和你同桌关系很好吧？"

楼茗有些诧异她会问起这个："怎么了？"

李乐妍伸手过来给她比画："我上午在教室外面，看见他帮你搬箱子了，车闻手上戴了一个小皮筋，和你脑袋上这个草莓好像是同款。"

吴倾予闻言捂着肚子笑得不行，凑近李乐妍解释："都是巧合！那估计是他妹妹的。"

"吴倾予！"

"好好好，我闭麦好了吧。"吴倾予说着转了个圈，"洗澡去了。"

她拿着睡衣去洗澡，徒留下李乐妍和楼茗两厢对视，李乐妍也非常识趣地做了个闭麦。

自此，楼茗终于认识到，这位新来的复读生同学，好像也没有表面表现出的那般……文静。

浅显的欢乐之余，高三更多的是试卷堆叠之下的压力。

上午的课间，最后一节课前精神总是容易昏沉，窗外蝉鸣聒噪，头顶风扇轻响。楼茗眼皮又开始打架。

车闻从桌膛里掏了个靠枕递给她："困了就先躺会儿，一会儿上课了叫你。"

楼茗接过他递来的靠枕躺了下去。人本来就困，脑袋一碰到小垫枕，直接就睡了过去，后来只隐约感觉迷糊中被人往眼睛上套了个蒸汽眼罩。

楼茗也没怎么在意，一觉睡醒，精神好了些，认真把剩下的课上完，中午去吃饭的时候，她没和车闻一起。

同行的李乐妍盯着她欲言又止。

楼茗几次注意到她在看自己，起初没怎么在意，被看得多了也难免反问："我脸上有东西吗？"

"没。"李乐妍摇头。

"那为什么总看我？"楼茗问。

"就是……"李乐妍在脑子里组织起措辞，"你和你的同桌关系真好。"

魏宜念没忍住过来拐了拐楼茗的胳膊："人家李乐妍新来的慧眼如炬啊，她都发现了。"

"没有吧。"楼茗被她说得有点怀疑自己，她和车闻的日常相处不就是普通同学模式吗？

李乐妍笑着说："你和车闻有一种彼此很熟悉的感觉。没想到一中这么有意思呢，和我想象中的复读生活完全不一样。哈哈哈，还好当初选择了插班复读，你们真是太有趣了。"

楼茗只能一笑而过。

吃完午饭重新回到教室，楼茗把自己和车闻桌子上的卷子理了理，熟练地把各科目的试卷理整齐，给车闻用小夹子别好。

车闻回到教室，随手放了瓶草莓酸奶在她桌上。

下午的第一节课是化学，这是楼茗最容易犯困的时间，上课前就提前在太阳穴涂了些风油精，但还是收效甚微。楼茗看着满黑板密密匝匝的板书，头一点一点地往下垂，眼皮也渐渐合上。

车闻在旁边见到了，拿笔捅了她一下。

楼茗瞬间清醒，茫然地抬起头。

"中午没午休吗？"车闻问她。

"没。"楼茗趁着讲台上的化学老师没注意，小声回答他，"中午吃太饱了，就下去散了会儿步消食。"

楼茗将目光放向窗外，下午一两点钟的太阳最为毒辣，日光烤晒着香樟树叶，蝉鸣声扯破天际。

她蔫蔫地趴在课桌上，说："天太热了，这种天气就是用来睡觉的啊。"

见了她这副没精打采的样子，车闻忍不住想笑，正要说些什么，就听见后门边传来的一道严肃女声——

"楼茗，车闻，来我办公室。"

霎时间，两人的表情同时一僵。

他们离开后，化学老师继续讲课，可下面的同学们都无心听讲了。

"怎么回事？"陈空一觉睡醒，就看见车闻和楼茗被胡琴叫出了教室，人还有些蒙。

"他俩这是干啥了？怎么胡老师发这么大火，都把他俩叫去办公室了……"彭桥也在旁边问。

李乐妍离他们坐得最近，比较清楚情况，便说："好像是他们讲小话，被胡老师抓到了。"

"啊？那胡老师会怎么处理啊？"

"不知道……"

教室里的猜测纷纭，办公室里的胡琴面如阴雨。

下午胡琴去年级办公室复印了卷子，准备第一节晚课的时候练习，从楼梯间上来正好经过自己班的教室，便在后门边停下来，看看学生们的动向，刚好将在底下讲小话的车闻和楼茗抓了个正着。

"你们自己说说，这像话吗？这么热的天，老师在讲台上，挥汗如雨地讲课，而你们两个，在底下有说有笑地聊天！同学们，请你们告诉我，现在是什么时候？高三！距离高考还有多久？你们还有时间聊天说笑吗？

"这件事性质太恶劣了，我会通知你们的家长，让他们来一趟学校……"

"不用通知。"胡琴话到一半被打断，车闻直起身，面色平静，"是我单方面找楼茗同学聊天，她没搭理我。"

"不是的，胡老师……"楼茗尝试着想解释。

"就是我的问题，胡老师你想怎么处置都行。"

车闻的声音比楼茗大，楼茗几次想反驳都被他不着痕迹压了下去，最终胡琴指尖在桌面上轻敲，开口让楼茗先回去。

办公室的门合上，男生挺拔的身姿被隔断。

胡琴最后没有叫家长，她让车闻去走廊外面罚站，一站就是一整个下午，楼茗几次想出去找他，都被大家拦下了。

陈空劝着她："楼茗，你现在真别去找他，他这么做对你们两个都好。你要是现在去找他，都没有台阶下。"

"可是，"楼茗又往教室外看了一眼，"外面这么热，他会不会……"

"哎呀，你放心，他身体好着呢。以前站军姿我们连那教官贼凶，训我们训得贼狠，我最后都快中暑了，车闻愣是一点儿事没有，你就别操心了。"

"陈空说得有道理，你别去了。"

车闻在走廊外站了一下午，回教室就被胡琴调了位置，车闻被安排去了讲台边的特殊位置，楼茗的新同桌换成了李乐妍。

班上对此都缄默不言，胡琴这招算杀鸡儆猴，威慑了许多平时上课不听讲的学生，只苦了被拿来开刀的车闻和楼茗。

两人自那天起已经好几天没说过话了。

楼茗有感觉到，车闻最近好像在刻意疏远她，平时上课的时候，因为课业紧张，两人的位置又在"天涯海角"，自然没什么接触的机会。可现在就连唯一可以放松的体育课，车闻也会在打球时见她过去就起身离开。

楼茗心里不太好受。

终于等到放假的星期六。

教室里的人陆续收拾东西离开，准备回寝室和回家，孙浅作业没写完，这周准备留寝室，过来拍楼茗的肩："走啊，茗儿，一起回去。"

楼茗抬头往讲台的方向看了眼，陈空正在讲台边问车闻："回去吗，闻儿？"

车闻握笔的动作微滞，偏头看了一眼窗边的方向，和楼茗短暂对上视线又迅速移开："你先走吧，我把这题写完。"

"不是——"陈空说着眉心跟着皱了下，压下身来低声说，"你又没什么事了，一起走呗。"

车闻只是捏了一下鼻梁："一会儿过来找你。"

"行吧。"

陈空说完就大步流星迈着步子走了，楼茗看了一会儿收回目光，车闻还握着笔，楼茗转身对孙浅说："走吧。"

两个女生一起出了教室。

确认外面的脚步声走远，车闻才放下笔起身去收拾东西。在位置上坐了会儿，他从桌洞里掏出一盒西瓜味水果糖，往窗边走，走到楼茗的位置上坐下，把上一盒快要见底的水果糖换掉，随手勾了一颗丢进嘴里。

良久，车闻叹一声气，眼睫低垂着，似是呢喃："说了心情不好就吃糖，怎么还剩这么多。"

他把换掉的那个空盒装进自己包里。

又在位置上坐了会儿，车闻随即起身，抬脚往外走，将教室里的灯关掉，检查完门窗，单肩挎着书包从前门出去，脚步迈出的下一瞬间，被人捶了一下肩膀。

车闻的动作顷刻间顿住。

楼茗盯着他。

彼时风静，走廊里空无一人，不远处树梢上雨滴滑落，静谧的雨声里，两人都没有说话。

不知道过了多久，楼茗才率先开口打破沉默："车闻，我们聊聊，你和胡老师怎么说的？"

车闻沉默了好一会儿，在她的眼神注视下，终于开口："我跟胡老师说好了，她说考进年级前五十就能搬回来，做不到就一直在讲台，还会通知家长。"

"年级前五十吗？"

"嗯。"车闻笑了一声，有点想转移话题，"你别说，这要求还挺高的。"

楼茗点了点头："嗯，我们一起。"

"什么？"车闻怀疑是自己听错了。

"一起考。"楼茗再次重复着，"我也想你搬回来，听你讲题都习惯了。"

"真的？"车闻唇角的笑意扬得更盛，"那一起努力啊，同桌！"

楼茗："嗯。"

　　周一照例的国旗下讲话结束，学生陆续离开操场回教室，楼茗嘴里抿着颗西瓜糖，车闻从她旁边经过，往她手里塞了块雪糕。

　　一旁的孙浅见状停止了絮叨，待人走远后，过来撞撞楼茗的胳膊："和好了？"

　　"嗯。"楼茗咬着雪糕点了下头。

　　孙浅闻言"啧啧"摇了下头："还以为你们好不容易吵个架，能冷战几天呢……"

　　"冷了三天。"

　　孙浅不说话了。

　　李乐妍在旁边笑弯了眼。

　　这段时间大家都挺忙，楼茗下午还是会犯困，不过学会了自己偏头去看一眼冯久阳的《猫和老鼠》提神。

　　抬头时，见黑板上的时间只剩 273 天。

　　时间渐渐临近，越往后，班里的氛围越紧张，很多时候下课再也听不见打闹的声音，疲累的学生抓紧每分每秒的时间补觉，整层教学楼安安静静，只剩下翻书的声音。

　　就这样，在试卷与习题挤满的时间里，考试的时间临近了。

　　这次的考场布置轮到楼茗这组，她留下来扫地，车闻帮忙搬着课桌。最后打扫完出来，两人一起下楼梯，车闻送她到寝室楼下，临分别前，楼茗冲他招招手。

　　"你头低一点。"

　　车闻闻言疑惑，但还是照做着低了下来，微俯下身。

　　楼茗踮起脚尖，伸手轻轻贴了一下他的眉心："你总说运气不好，我把我的分给你。"

　　车闻唇边是忍不住的笑意："管用吗？"

　　"很灵的。"

　　考试结束后，高三的情况略有不同，对比之前高一和高二固有的调休，在高三这里也成了奢望，只有几节没排课的晚自习供学生歇会儿。

英语考完以后，学生们照例回教室集合，楼茗和室友们认领完自己的课桌，出去买章鱼丸子，一路走着回天台边聊天，路上李乐妍叹了口气。

她在一中校园墙上刷到了沈诚的照片，是往届毕业的学姐鼓励高三的学弟学妹——

学弟学妹们，一定要珍惜现在的学习时光啊，只要再熬一熬考上大学，你们就能遇见优秀的学长学姐。还好我那时候熬过来，考上了奉城师范，给大家看看我们现在的校园生活，这个同届的沈诚男神可太好看了！大家一定要努力啊，最后来给我们奉城师范打个广告，欢迎报考哦！

底下一溜烟激动的评论。

李乐妍没忍住咬着竹签叹了声气，孙浅在旁边问她："怎么了？"

"没事。"李乐妍抿唇，"就是感觉一中的题有些难，有点没信心。"

"你这算什么，我在一中待两年多了，从来就没感受到题难不难。和我比，你这该高兴才是啊。"

李乐妍嘴角不着痕迹地抽了一下，看向孙浅，感激地说："谢谢你啊，孙浅，我没想到你人这么好，用自己的伤安慰我。"

孙浅心说，倒也不用这么想。

到最后李乐妍还是被孙浅安慰到了，不管怎么说反正已经考完了，至于结果怎么样，全看天命吧。

到了成绩公布那天，楼茗手里明明握着笔，却有点写不下去。

说不紧张是假的，按理说，以往的那么多次考试早已把人练得心态稳定，都不用说紧张，起码心里的波动已经聊胜于无了。

这一点在孙浅身上体现得可谓淋漓尽致，在知道自己多半又是多科不及格后，孙浅心态倒也稳得住，没办法，已经接受现实了。

楼茗其实也不是担心自己的成绩，她在紧张车闻的。

全年级前五十，放在一中，理科十八个班里，除了并行的十几个平行班以外，还有实力强劲的实验班和最厉害的联盟班。

这几率，楼茗都不敢想。

她没忍住揉了下眼睛，再睁开时，胡琴已经走了进来。她这次手里没拿成绩单，直接食指上挂了个优盘。自从高三以后，每次的成绩分享都很严谨，年级里需要各班主任汇报情况，胡琴干脆把每次的重点率和名校指标做成表格的形式，一目了然。

李乐妍自从来九班后，参加过大大小小的几次考试，但都没有期中考来的正式，这会儿不禁紧张地抓住了楼茗的袖子："楼茗，我有点紧张。"

"没事，不是高考。"

"也对。"楼茗的话起到了一定作用，李乐妍缓了口气，只是视线仍旧不由自主地粘在多媒体上。

过了一会儿，显示屏上放出这次的上线率。九班整体上线人数57，占比全班 92.7%，在平行班里一骑绝尘。

果然，成绩放出来后，班上什么话也没说，先是一阵掌声。

等安静下来后，胡琴才重新开口："都是你们自己考得好，这次奖励翻倍。另外，除了我们班的整体上线率，这次的高分也很多。"

"车闻同学，676 分，年级第 42 名，九班第 1 名。"

话落底下一片掌声。

陈空激动得号了两嗓子："闻哥厉害！"

车闻笑笑。

胡琴示意底下的人都安静，又清了下嗓，唇边也挂着笑："表扬一下。车闻同学确实很棒，但你们都考得很好。我们班的第二名，郭柠同学，这次也同样考进了年级前五十，673 分，年级第 47 名。"

巴掌又开始拍。

胡琴无法，等他们兴奋劲过去了，才接着说："当然，后面的同学都考得很好，在这我不一一说了，像楼茗这次也考了 641 分，年级排名第 187 名。还有的同学后面自己看啊，晚上我再来做总结，不耽误你们上物理课了……"

胡琴说完也没再停留，出去跟物理老师打了个招呼，走出教室。

楼茗目送胡琴走远，见讲台边的车闻回了下头。

少年笑意满眸，眉梢轻轻扬起。

意气风发的十八岁。

晚上全班换座，按名次进来挑选位置。

车闻第一个进来，选了窗边。随后是郭柠，她还是选自己之前坐的位置，右上角的地方贴了一个寒冰射手，很明显不是女生会有的课桌。

那是平炀的，不过他已经转学了。

随后是楼茗，她进来之后，下意识往窗边看了一眼，这一眼惹得胡琴都笑了一声，一瞬间心头浮上一层感慨。

"去吧。"她开口说了一声。

话一出口，楼茗有一瞬的怔愣，抬头见胡琴的视线落在自己身上，点了下头。

那天的画面很美好，从前门到窗边短短的一段距离，楼茗却感觉那么长，脚下的每一步都仿佛很慢。她又回到了自己的位置坐下，窗户不知何时被车闻打开了，有风吹进来，掀起楼茗的发丝绕在耳朵上。

教室前门陆陆续续又有人进来。

楼茗突然想到一首在书上看到的诗——

少年一贯快马扬帆。

道阻且长不转弯。

要盛大，要绚烂，要哗然。

要用理想的泰坦尼克号，去撞现实冰川。

…………

要为了一片海，就肯翻万山。

时间过得很快，关于那年高三的时光，在楼茗的记忆里也开始渐渐模糊了。

她回忆不起太多细节，只知道临近期末的时候，奉城已经入冬，楼茗怕冷，每天裹得像粽子一样蜷缩着。车闻给她带了一条围巾，红色的羊绒围在脖子上，很暖和，但还是很困。

这天，楼茗推导完生物的遗传分析，脑子里关于豌豆杂交的实验反复重演，但眼皮已然千斤般往下沉。魔怔的是，梦里呼唤她的不是周公，而是孟德尔。

老先生戴着草帽在田里摘豌豆花，楼茗撑着下巴坐在田埂上，感觉有些缺氧。

车闻回来就看见楼茗又趴在桌子上睡觉。

他不禁觉得有些好笑，一时间在想楼茗上辈子是不是跟棕熊一家的，一到冬天就犯困。

转瞬不足百日，离高考还有一百天的时候，一中举办了百日誓师大会。

车闻作为学生代表上台发言。国旗下讲话的少年站姿挺拔，楼茗看着他渐渐出了神，不知在想什么。

第二天，一中组织高三年级去了念成寺祈福。

这是一中历来的传统，按班级给每位同学发好许愿牌后，孙浅问楼茗："茗儿，你准备写什么？"

"你想写什么？"

"我想想啊。"孙浅低下头，提笔在红幡上写着，"孙浅浅以后成为大富婆！"

各人有各人的愿望，楼茗四周看了一圈。

李乐妍写了"希望考上奉城师范大学"。吴倾予、魏宜念写的都很简单，写的是"学业有成"。楼茗于是又转头去看郭柠，她抿了下唇，认真在红幡木上写下两个字——"顺利"。

大家都有愿望，那她该写什么呢？

她正想着，见车闻向这边走了过来，楼茗想了想，自己其实并没有什么太强烈的愿望，于是提笔写下一句：

"金榜题名。"

写完停笔，微风轻起，楼茗手里的红幡一时没拿稳，被风吹得挂在了一旁的枯枝上。

她几次想取都拿不到，被车闻从后方伸手，先她一步拿下来，带笑的话音在她耳边落下："金榜题名？那就祝我们得偿所愿。"

车闻问她："帮你再挂高点？"

楼茗点头，看着他把红幡挂在槐树上系紧，楼茗这才开口问他："你的呢？"

"兜里呢，要看？"

楼茗点点头："嗯。"

"自己拿。"车闻正系着绸带，腾不开手。

楼茗顺着他的裤兜摸出来一看，上面写着："得偿所愿。"

"你怎么写这个？"

"不知道写什么，随便写的。"

"车闻。"

"什么？"听她说话带了一点鼻音，车闻一愣，刚准备低下头去看她，却见楼茗突然抬头看向他的眼睛，用词坚定——

"等高考完，我告诉你一个秘密。"

车闻怔愣许久，笑着勾了下唇："好啊，拿我的秘密和你换。"

高考前的准备还有许多。三次大型模拟考试让学生们几乎掉了层皮，随后还有体检和大大小小的周测。当然，这些都还只是楼茗在求知平台上看到的。

2020 年的高考有些特殊。

因为疫情的反复，他们遇到了有史以来高三最长的一次寒假，放了近三个月，相应的，也上了三个月的网课，还遇到了高考延期。

正式开学那天是四月底，因为疫情缘故，学校统一采取小班制教学，楼茗和车闻不在一个班。

仅剩的几个月里，时间安排尤为紧凑。

距离高考快一个月的时候，年级组织拍了毕业照，分班进行，九班穿了统一的校服，班上有同学提前买好了马克笔，让周围的人在自己衬衫上写名字。

此情此景落在李乐妍眼中，难免让她红了眼眶，从前的高中生活很枯燥，尤其是高三那年几乎压得她喘不过气来，但自从来到一中以后，九班的同学都很可爱。

这里虽然也有学业带来的压力，但并不使人喘不过气。早上走廊里飘香的小笼包，用英语试卷骗薯片吃，课间跑操时比谁吹的泡泡糖更大，贴纸糊了满桌子……午休时一带就是一箱的奶茶给一群人。

那些当时看来平平无奇再普通不过的日子，也会走到结尾啊。

上学时疯狂想逃离的学校，终于也成为毕业后最为想念的地方。

2020 年 5 月 26 日。

奉城一中高三（9）班毕业合影，摄影师按下快门。

楼茗把拍立得拿在手上，叫来 5017 的女孩们。一帧帧镜头过去，是一张张尚且青涩的脸。

吴倾予、魏宜念、郭柠、孙浅、杨黎。

还有……她自己。

楼茗最后冲镜头笑了一下，录制结束，几人准备转移场地，去校园其他角落拍照片，未承想转身上楼梯的时候，相机被人撞了一下，好在楼茗抓得紧，没碰到地上。

来人身量很高，发丝微卷，琥珀色的瞳仁脱下美瞳后变成黑色。

这是谢子明，冯久阳的发小。

楼茗怔了下，对方紧跟着说了抱歉，眼神落在她身上："不好意思，你没事吧？"

"没事。"

"相机有没有问题？"

楼茗闻言又低下头去检查了下，虽然刚才撞的力道不小，但因为她抓得牢，倒也没什么事。确认没什么问题后，谢子明才退开，视线不经意落在楼茗的名牌上，动作稍顿："同学，你是高三（9）班的？"

"是的。"注意到他看见自己的名牌，楼茗点点头，"你是来找冯久阳的吗？"

"你认识我？"

"以前听她提过。"楼茗往操场的方向看了圈，"之前看到她在那边，应该还在拍照。"

"好，谢谢啊。"男生闻言大步往操场的方向过去了，结果才下楼梯，就和从公厕出来的冯久阳碰了个正着。

两人凑在一起说了会儿话，楼茗的步子一时没动，孙浅在旁边问："那是冯久阳她发小吗？"

"是吧。"魏宜念说，"不过她发小不是比她大一级吗，怎么……"

"好像是复读了。"吴倾予闻言补充，"我看他刚才过来的方向好像是中层阶梯教室，复读班。"

"这样啊……"

一中的复读有两种模式，一是所有复读的学生统一在中层阶梯教室，那里比较安静，但压力相应也比较大。另一种就是插班，像李乐妍这样的，每个班都有好几个，应届生的活力自然要多一些，但可能相应没那么自律。

总之，各有所长。

反正李乐妍是受不了再来一年生不如死的高三了，和楼茗她们在一起，对她来说更合适一点。

这边几人在一起讨论了下中层阶梯教室，片刻，不远处便有人叫了楼茗的名字。楼茗闻声抬头，见冯久阳冲自己招招手："楼茗，你能过来帮我们拍下照片吗？"

"好。"

楼茗走过去，直接用相机帮他们拍了张照片。冯久阳凑过来看了看，惊喜地说道："楼茗，你拍得好好啊。"

"晚上导出来拿给你。"

"谢谢！"

楼茗晚上回到寝室，用学校照相馆的电脑洗出了照片，厚厚的一沓让她们自己去分，姑娘们凑在小圆桌上叽叽喳喳地挑选，楼茗暂时没参与。

她在整理相机里的备份，到最后，所有的照片都看了一遍，楼茗打开抽屉，把《同学录》拿出来。

她翻开一页，开始画画。

那张她们所有人站在教学楼前的大合影，被楼茗用笔下的线条复刻出来。白纸上，车闻和楼茗站在中间，再过去一点是郭柠，更右边是孙浅拧着彭桥的耳朵，陈空很酷地扬着下巴，吴倾予从后方压着魏宜念的肩。

一张完整的、独属于他们这群人的毕业合影。

落笔以后，楼茗翻到背面的留白写下——

这个世界上有各种各样的人，恰巧，我们成为朋友，这不是缘分。

是因为，我们本就应该是朋友，不会失联的好朋友。

lifelong friendship for you.（给你终身的友谊）

当天晚上还举办了毕业晚会，其实就是把教室里的灯关掉，每个人桌子上摆一些小零食和一块黑森林蛋糕，和以往每次班会一样，又好像哪里都不一样。

教室里只有黑板上的电视点开了网易云，彭桥先前上去弹了首民谣，赵雷的《成都》，几年前的老歌大家都听得很认真。

有人默默红了眼睛，许多人来了又走。

讲台上的歌切了又切，终于轮到车闻，他手里弹着吉他，唱着一首《南下》。

塞北山巅飞雪纯白的她

会不会眷恋江南的花

…………

我去向江南那软语里的家

想带着你南下

感受四季的变化

看着窗前的花静静发芽

…………

远离世俗的嘈杂

想带着你南下

…………

拍完毕业照的第二天，一中给高三年级放了一次调休，因为临近最后一次大型模拟考试，暂时给了一点儿放松的时间，有不少学生都趁这个机会回了趟家。

寝室里一时只剩楼茗和李乐妍，楼茗昨晚刷题有些晚，早上闭着眼睛吃了个面包又去补觉了。

李乐妍睡不着，她家离一中也不算远，但因为是近郊，一来一去车程不多，会耽误许多时间，便也不打算回去，本来上午准备在寝室刷题，但化学工业流程的题绕来绕去看不明白。

她转头想问楼茗，又不好打扰对方休息，李乐妍揉揉眼睛，突然觉得有些挫败。

她上一次模考的成绩不是很好，分数刚过630，这成绩其实相比于她去年已经进步很多。

但李乐妍知道，还是不够，离奉城师范还有点远。

眼泪没忍住掉下来，模糊了视线，李乐妍忍了忍，小幅度吸吸鼻子，整理书包，带上门出了寝室。她在校外的一家奶茶店坐下，戴上耳机开始听网课。

调休的时候，校外的奶茶店生意冷清，连生意最好的哈斯曼也不例外，李乐妍在店里待了半天几乎没什么人，环境倒是安静，更方便了她学习。以至于沈诚推开哈斯曼的店门，看见的就是这样一幅场景——

明净的灯光下，坐在高脚凳上的女孩正思绪专注地在做着眼前的听力题。

沈诚一时间动作怔住，脚步下意识想要放轻，奈何店门口的语音不给面子，直接叮出了一声"欢迎光临"。

下一秒，女生的视线也跟着移过来。

李乐妍略偏过头，一时间撞上沈诚的眸，两人皆是一愣。

李乐妍没想到会在这儿碰上他，沈诚倒是比她要淡定许多。沈诚高三的表弟最近压力有些大，电话里受亲戚嘱托，过来看看表弟，顺便开导一下。

沈诚为此特意抽出了空闲的时间，跑了一趟一中，奉城师范和一中南辕北辙，沈诚过来还带了一沓自己高三用过的笔记，但表弟只挑了一部分。

任务完成，表弟把沈诚送到门口以后就回了教室，沈诚本来准备打车回学校，但可能是今天的气温太过炎热，又或者同寝室一中毕业的室友念叨过几次，一中附近的奶茶很好喝。沈诚就那么鬼使神差地走去了下街，然后凭着记忆，去了室友口中常提到的那家奶茶店，在店里遇见了李乐妍。

两人乍一下对上视线，李乐妍还有些呆，沈诚被她这模样逗笑，索性推开门大步朝她的方向走了过去。

他拉开高脚凳，在她旁边坐下："好久不见。"

"好久不见。"李乐妍终于反应过来，"你怎么在这里……"

"过来给亲戚家的孩子送点东西。"沈诚简单给她解释了下，看见李乐妍面前摆的一堆习题，其中空白的理综卷尤为显眼，不禁轻挑了下眉梢，"在刷题？"

李乐妍回答："嗯，快三模了，有点紧张。"

沈诚问："有不会的吗？"

"有。"李乐妍捞出困扰她快一上午的综合大题，往他的方向挪了挪。这个知识点比较复杂，一中又是自命题，网上找不到同类题，她纠结了好久，但这会儿貌似遇见了救星。

李乐妍听得很认真，沈诚语速很慢，在比较晦涩难懂的地方，还会停下来给她多讲两遍。

慢慢地，一道题的思维路线也渐渐浮出水面。

"懂了吗？"

"懂了。"李乐妍满意地弯起唇角，又看他一眼，"谢谢你啊，沈诚。你们学霸都好厉害啊，不像我，看什么都是天书……"

"你理解能力挺好的，许多地方只是有些思维定式，有些时候可以试试逆推解法。"沈诚把手放在她肩上拍了拍，"不要妄自菲薄。"

"嗯。"李乐妍轻轻点头。

沈诚收回手。

后来他临走前，给了她一份精简的理综笔记，都是他高三那年整理的经典套题，下面还附带了好几种不同的解法，千金难买的学霸笔记。

为表感激，李乐妍开心地请沈诚喝了一杯奶茶，对方把她送回校门口，李乐妍在树荫下冲他挥挥手。

沈诚站在阳光下，夏风很轻地拂过他的眉眼。

李乐妍心头重重一跳，怀里抱着他送的笔记，像突然有了对抗世界的勇气。

沈诚回到寝室的时候，室友几人都在，他们今天没课，外面温度又高，都不太想出门。

沈诚在路上给他们带了饭，把打包盒放到桌子上，直接拿了衣服去洗澡，一路上温度太高，他在回来的路上闷出了一身汗。

等他进到卫生间以后，一边的室友从床上下来觅食，分领完沈诚给他带的饭，才发现桌子上某个熟悉的包装。室友定睛一看，正是自己心心念念的哈斯曼奶茶店，一中校门外的那家！

室友一瞬间放下东西跑到阳台外，冲里面的人喊："诚哥，你今天上午是去一中了吗？"

沈诚在里面应道："怎么？"

"没，就是看见你桌上的奶茶包装了，闻着都还是熟悉的味道。"

室友提到这个就有点收不住，"不过，你怎么没买我推荐的金橘柠檬啊，你这杯一闻就是招牌波霸奶茶，这个甜度很高的，你不是不爱喝甜的吗……"

里面的人动作微顿，手腕在淋浴的冲刷下溅上水珠，沈诚自己也有些怔愣。

是啊，他不爱喝甜的。

但一想到李乐妍晃悠着脑袋高兴地给他点单的样子……

好像，也不是不能喝。

李乐妍是在晚上发现笔记本里夹了一把直尺的。普通干净的尺身，背面刻了一个小小的英文单词——"Lucky"。

以前高三的时候，李乐妍见沈诚用过。那是学校的一次统一考试，李乐妍抽到了和沈诚一个考场，就坐在男生的斜后方，看见他用过这把尺子。

不知道这对他算不算重要，毕竟很多次，李乐妍都曾见沈诚带着这把直尺考试，想了想，还是给对方打了个电话。

铃声"嘟嘟"响起，李乐妍握着手机呼吸有些紧张，她不知道沈诚有没有她的电话。对方的号码是她在同学录上记来的，今天是第一次拨。

电话那头的人似乎在忙，铃声响了快一分钟也没人接起，李乐妍心情渐入谷底，就当她以为这通电话不会被接听的时候，那边却传来一道温柔的男声："喂？"

隔着屏幕，是浅浅的低沉。

李乐妍赶紧回答："沈诚，是我。"

"李乐妍？"

"你的直尺落我这里了。"

甫一听到这话，沈诚最初还有些没反应过来，有点不明白为什么一把文具也值得她打电话来。怕浪费她的时间，然而飘远的思绪下一秒就被女生的一句话拉了回来："就是你上面刻了'lucky'的那把。"

"那个啊……"沈诚琢磨着生出一点笑意，"你留着用吧，我现在也没什么能用到的地方，也不知道什么时候放进去的。"

"好，我以为对你有什么别的意义，之前见你用过几次。"

"之前？"话音落下，沈诚眉心略蹙了下，似乎出口是无意的话，"你之前……"

李乐妍闻言呼吸僵住，应答一时有些磕巴，赶忙打断他的话："没……没有，那个，沈诚，我们宿管来查寝了，我先挂了。"李乐妍说完不等那边回应，急匆匆挂断电话。

她看着黑掉的手机屏幕出神，手心尚且留有余温。

然而这点意外最终还是没能困扰李乐妍太久，很快思绪又重新被拽入题海之中。

黑板上的倒计时最后两页也被撕掉的时候，他们即将搬去初中部备考。

整个校园里寂静一片，考场开始正式布置。

一中高中部所有教学楼投入考点布置，那天，在楼茗的记忆里有些深刻。

先是一中校园墙上，各种高一高二的学弟学妹布置考场时送出的高考祝福，然后便是即将搬去初中部前，那场声势浩大的喊楼。

十七八岁的时候，无论大家的青春是安静还是热烈，是一个人还是一群人，骨子里其实都会轻易被点燃。这点燃不需要任何条件，只需要他们年轻，仅此而已。

天台上四处翻涌飞舞的旗帜。

少年们喊声震耳欲聋，陈空嫌吴倾予挥班旗气势不够，和彭桥打了鸡血似的在天台上卷起一阵长风，隔壁的十几个班见状都不甘落后，一时间风起云涌。

台上台下声势连成一片。

高考加油！

在人声鼎沸的热闹里，在一片欢呼的咆哮中，2020级即将上战场的高三学子。

在这一刻，不分主角，都是自己的成王将相。

欢呼声久久未曾散去，到最后，这场盛大接近尾声的时候，5017的所有人把手叠在一起，陈空嘴里念着口号："一二三，高考加油！"

大家一起打完气，楼茗感觉血液都翻腾了一圈。

她转头对上车闻的眼睛："高考加油。"

车闻说："加油。"

"你在哪个考点？"

"三中。"

"你呢？"

"哈哈哈，我就在一中考……"

教室里讨论的声音此起彼伏，5017的人凑在一起对了下，她们几个都在一中，只是考场不同。

其他年级的学生已经放了快乐的几天小长假，孙浅叹了口气，脸贴在窗户上："咱们就快解放了。"

"说是这样说，但我就是觉得……有点舍不得。"魏宜念撑着下巴说道。

"哎呀，又不是以后不见面了，能不能开心点。"孙浅捏她的脸，"现在网络交通这么发达，想见面不是一个电话的事儿？又不是毕业就不联系了。"

"孙浅说得对，宜念想开点，咱们几个什么关系，毕业以后一定常联系。"

"可是……"魏宜念说着面露苦涩，"我初中的好朋友毕业时也是这么说的，但我们现在都不知道对方过得怎么样了。"

"那能一样吗？这样，小茗子，拿笔来。"

楼茗把笔递过去。

孙浅撕了张便笺，拨开笔帽："我宣布自即日起，5017的所有成员都必须在毕业以后常联系，不说随叫随到，但每年都要至少见一次面，以此立保证书。保证人签名：孙浅。"

她写完把笔往桌上一撂："快点过来签名！"

几个女孩相继签了字。

魏宜念不禁满足地笑笑："说话算话啊，白纸黑字写着呢。"

"行行行，不会抵赖的，放心好了。"

大家一阵嘻嘻哈哈。

只可惜当时的感情还是太过纯粹，天真地以为一张保证书就能真的保证一切。忘了说明不联系的惩罚是什么，也忘了真的有人会在此后数年中渐渐与她们断了联系。

自此走远，山水难相逢。

常联系，说起来简单，可做起来却不是一件容易的事。

为期两天的考试开始，高考第一天，胡琴特意穿了一身正红色的旗袍，身段匀称漂亮。她立在考场外，向她即将离别的学生说："高考加油，金榜题名。"

七月的天气最是炎热，奉城的天快要把人融化了，但一中的后勤工作安排得很好，一切都有条不紊地进行着。

楼茗是在考试结束的那天，体会到热的，不只是温度，更是她的脸。

从考场出来，楼茗最后一次站在年级办公室门口等朋友们，5017的人集合以后开始往寝室走。

杨黎在门口站了会儿，挥手和她们道别，说了一句："我走了。"

突然不知道该说什么，几人也只是举起手挥了挥。

离别的情绪后知后觉涌上心头，孙浅没忍住红了眼睛："我怎么觉得……有点难过啊。"

气氛正低迷着，魏宜念虽然难受，但还是回头打量了孙浅一眼："你才反应过来啊，我都难受好几天了。一想到以后不能和你们天天见面，我就……"

"哎呀，能不能振作一点，想点开心的事情好吗？朋友们，咱们毕业了啊！"吴倾予感叹着，"十二年寒窗可算是熬出头了，再也不用熬夜刷题了，哈哈哈。"

"对！从现在起，我要回去睡他个三天三夜，海啸我都不起来！"

魏宜念说："海啸还是要起来的，万一给你淹了……"

孙浅一拍魏宜念脑门："会不会说话？"

"那行，那我重新说，高考毕业，我要去染头发！"

郭柠紧跟着说："我要打耳洞。"

"楼茗，你呢？有没有想做的？"吴倾予问道，几人闻言看向她。

楼茗轻轻弯了下唇，迎着风往前走了几步，倒退看她们，笑得明媚："高考结束，我要谈恋爱——"

话音落下的那瞬，她后退的步伐撞上某人等候的胸膛，有人低声问她："谈恋爱，和谁？"

"和你。"楼茗仰头看他眼睛，勇气在一瞬间登上顶峰，"和车闻。"

车闻唇角轻扬，俯身凑近，吻落在楼茗脸颊："久等。"

不远处传来起哄声。

2020 年 7 月 8 日，《同学录》翻到下一页。

楼茗和车闻毕业，他们终于在一起了。

收到上洲大学录取通知书的那天，5017 的人见了一面。

大家聚集在奉城的一家江边大排档，整整齐齐。

车闻左边牙齿有些发炎，整个腮帮都肿了一半，一时间让人有些不忍直视，但又觉得有些可爱。

楼茗忍着笑给他贴了个碎冰棒在脸上，偏过头去夹菜。孙浅撸着袖子下了一串鸭血，楼茗给车闻碗里夹了一粒虾滑，陈空撑着下巴叹一声气："咱们的毕业旅行什么时候去啊？"

"我可能去不了了。"彭桥闻言接过话。

彭桥的高考成绩一般，本来也不是读书的料子，为了报志愿的事情，和家里闹得很僵，最后还是坚持去了南城，国内的电竞强队大本营，彭桥想去那里追梦。

他知道自己没有读书的天分，在这方面本来也不强求，但是家里人就想要他留在本地，学一门技术将来也好傍身。各有各的观点，但人生是彭桥自己的。

最后彭桥还是坚持填了南城的学校。

彭父为此气得不行，扬言要彭桥学费自己挣，他不会再管，对于这事大家都或多或少知道一点。

陈空乍然听彭桥提起，还是愣了一下："不是，兄弟，真不出去啊？"

"真不去。"彭桥说着喝了一口啤酒，"我要进厂拧螺丝。"

"行吧，那你们呢？都什么安排？"

吴倾予闻言讪讪举了下手："我暑假要学车。"

魏宜念："去安城。"

孙浅："和彭桥一起去打工。"

"啧。"陈空说着又往这边看过来，"那你俩呢？"

车闻单手按着冰棒，说："我和楼茗没问题，但你确定要和我们俩一起？"

陈空："得，我真服了，合着一帮人就我闲着是吧。桥儿，你那厂还招人不，我和你一起拧螺丝去。"

…………

暑假到最后各有安排。

孙浅和彭桥去了南城，但孙浅不是过去打工的，就陪着他一起过去看看未来几年生活的城市。他们在南城职业学院门前转了转，孙浅高考分数刚过本科线一点，留在奉城读了一所民办，两人即将异地。

魏宜念留在本地读了学前教育，本来志愿想报安城，终究没拗过父亲，为此伤心了一阵子。好在网友李炎对此并不介意，说安城现在有直达奉城的飞机，他可以常过来。

吴倾予则去了北方学医，陈空也留在本地读了奉城理工大学。

剩下的车闻、楼茗、郭柠三人则都收到了上洲大学的录取通知。

值得一提的是，李乐妍最后考上了奉城师范大学，读了喜欢的化

149

学师范。

不管结局好坏，终究要往前走。

暑假的时候，车闻来了三山，楼雾女士是聪明的福尔摩斯，一眼看出他们的关系，不过楼茗本来也没准备瞒着。

好不容易柳暗花明，其实她都有点想昭告天下了，但父亲的表现有些不同，白天不是拉着车闻出去跑货，就是晚上拐着车闻喝酒。

几天下来，车闻冷白皮的手都快变成小麦色。

对此，楼茗看她爸的眼神都有些幽怨："您怎么干什么都拉着他……"

闻言，陈礼只吹开泡沫喝茶，笑着戏谑她："心疼啦？"

楼茗不说话。

陈礼捧着茶杯："这点苦都不能吃，以后还怎么照顾你？"

话落，他被楼雾女士打了一下："你爸他就这样。车闻，这几天被晒着了吧？"

"没有，跟叔叔跑货挺好的，锻炼身体。"

"你这孩子真会说话，阿姨能不清楚他？这些天肯定累着了吧，现在回来了就和楼茗好好玩几天，正好三山也凉快。"

"谢谢楼姨。"

等吃完饭回来，楼茗把车闻拉进房间，翻抽屉给他拿药膏，把人按在沙藤椅上坐好，嘴里嘀嘀咕咕，看他的眼神不免心疼："我爸真是……你这儿都晒红了。"

"心疼了？"车闻笑着抱住楼茗的腰，"现在不表现好点，以后怎么让你爸放心？"

"你别挠我腰，上药呢。"楼茗说着往旁边躲了两下。这人玩心上头说不听，追着她又跟过来，楼茗往后边退，两人闹着闹着又倒在了沙发上，车闻追着她看过来，视线在她唇上停留片刻，吻覆上来，些许绵长。

那个夏天一晃而过。

第七章

大学时光

　　九月，三人坐飞机去上洲。

　　郭柠学的心理学，楼茗是网络与新媒体，车闻学计算机。

　　三人坐在飞机上，郭柠的位置靠近窗边，和楼茗脑袋靠在一起看了一会儿窗外的云，没一会儿就闭上了眼睛。

　　飞机上的温度有些低，车闻从包里掏了床小毯子给她俩盖上，看着她俩凑在一起的脑袋抿了下唇，从毯子里掏出楼茗的一只手包在手心里玩。

　　到上洲以后，机场有人来接，他们坐上上洲大学的车去往学校，一路商圈繁华，高楼耸入云端，名副其实的国际大都市。

　　直到站在上洲大学的门口，几人才彻底反应过来，原来真的离开奉城那个临江小城了。

　　郭柠和楼茗因为专业不同的缘故，各自分开先去了二级学院报到，有迎新的学长学姐过来帮忙，楼茗被两个学姐带去了女生寝室。

　　她推门进去，已经有两个床位正在清扫，楼茗随意选了个门边的位置，大学变成了六人寝。

　　楼茗和先到的两个室友打完招呼，开始收拾自己的东西，床铺到一半的时候，车闻给她打了电话，说要过来找她。

　　楼茗想了想，给他报了门牌。新生入学，寝室楼可以自由进出，情侣互帮互助的行为司空见惯，但即便这样，车闻一路过来还是备受目光洗礼。

寝室门又被人推开，楼茗以为是车闻，往下一看，见是新来的室友，手里提着一袋零食，应该是刚去了超市，她之前没见到。

显然这位室友和另外两位已经熟悉，女生进来放下零食就是一句："我给你们说，刚在楼道里见到一个超级帅的帅哥！真的巨好看！而且脑袋上还戴了一个蝴蝶发箍，最搞笑的是他胳膊下还夹了只粉红豹哈哈哈哈，粉红豹的腿都快分家了……要不是我手里拿着零食不方便，肯定给你们拍照片。"

另一名女生擦着桌子叹了口气："想什么呢，拍了照片也没用，你都说了他脑袋上顶了个蝴蝶结，我看八成是来找女朋友的……"

"也是啊，真羡慕他女朋友……"

几人说着话题渐渐跑偏，楼茗心里隐约有股预感，想了想还是给车闻发了条消息：你到哪儿了？

车闻：上楼梯了，马上过来。

这条信息发完，楼茗就听见寝室门被人叩了两下。

寝室几人闻声齐齐转头，看向门边，讨论的声音停下，以为是新室友过来，打开门见粉红豹先伸出试探的脚丫，蝴蝶结下的车闻随即探出脑袋，问了一句："请问楼茗是住这间寝室吗？"

寝室里的女孩面面相觑，愣了一会儿，点头："在的，你是她男朋友？"

车闻点了下头，视线往上去看，看见熟悉的情侣蚊帐，问了句："我可以进来吗？"

在女孩们点头后，车闻滑着行李箱走了进来。

楼茗这时刚套完床单的一角，听见动静出来探了个脑袋："等我一下，马上好了。"

"嗯。"车闻把箱子放在楼茗桌边，抽了湿巾给她擦桌面，熟练地开始收拾。

等楼茗下来的时候，粉红豹已经跷着二郎腿坐在书柜上了。

"你那边收拾完了？"

"还没。"车闻撕了另一包湿巾递给她擦脸，把楼茗的头发别到耳朵后面，"想着先过来带你去吃饭，晚上回去再弄。"

楼茗闻言点点头，见寝室几人愣着，互相介绍了下，等最后一名室友到齐后，约着一起吃了饭。

车闻请客，去结账的时候，之前买零食的女生凑在楼茗耳边问她："楼茗，你和你男朋友谈多久了啊，感觉你们感情好好啊。"

"其实也没多久，毕业才在一起的。"

"毕业才谈啊，你不说我差点以为你们在一起三五年了，羡慕死了。楼茗，你男朋友还有没有兄弟啥的……"

后来话题又围绕这上面聊了一会儿，车闻回来才陆续散场。

两人学院时间安排不一样，楼茗晚上还有新生见面会，车闻他们则是明天，车闻把她送到博文馆后回去收拾东西。

到晚上迎新结束，楼茗叫上郭柠，三人出去吃了海鲜锅。

楼茗和郭柠想逛逛校园，恰好楼女士打了电话过来问情况，车闻索性跟在她俩后面当摄影师。

最后走到半月湖，岸边的木槿肆意盛开，郭柠回头看着她们，突然笑了一声，冲车闻伸手："相机给我吧，给你们拍照片。"

车闻想了想，把相机递过去："谢了。"

郭柠笑笑，接过相机。

车闻向楼茗走过去，在半月湖木廊里，从背后圈住她。

相比于楼茗这边的步骤井然，并不是每一个新生的报到都那么按部就班，也可能产生一些小意外。

李乐妍现在就是那个意外。

奉城师范太大了，李乐妍本身方向感就不太好，进来转了两圈，这里东西南北连绿化带都长得一模一样，李乐妍彻底蒙了。

手上的行李箱和肩上的背包都变得沉重，李乐妍无奈找了处台阶坐下，从衣服口袋里掏出奉城师范的校园地图，明明感觉自己没走错方向，但就是离这个报到点所在的学海广场越来越远。

李乐妍看着眉心蹙了下，小表情皱作一团，额上的汗微微渗在鼻尖，许是察觉到这里有个落单的女生，不远处戴着志愿者红袖标识的几个男生往这边看了过来。

他们嘴里调笑着说些什么，大概是想过来搭讪。李乐妍没太注意周边环境的变化，她指尖落在地图上，重新规划起路线。

忽然听见有人叫了她一声："同学。"

李乐妍略有些茫然地看过去，对方伸手过来，握住她的箱子："是新生吧？哪个专业的？我们可以送你过去。"

"化学师范。"李乐妍回了一句。

对方表情稍愣了下："化环的啊。"语气里似乎是在琢磨着什么。

李乐妍看见对方此前准备挪开的步子，此刻直接停了下来，像是要开门见山，直接看着她问了句，"学妹有男朋友吗？"

话音落下的同时，李乐妍皱了下眉，虽然对方也没有其他冒犯的地方，但李乐妍还是觉得一上来就问这样的问题，让她有些不舒服。

她到底还是出于礼貌，摇了摇头，准备把自己的行李箱拿回来。但碰到手柄的时候，对方却没有松开，李乐妍眉心皱得更深，对方却恍若未闻。

男生拖着她的箱子，又往前走了两步："那好，我送你去报到点吧。"

李乐妍："不用了……"

话到一半，李乐妍突然听见不远处有人叫了她名字，抬头，见沈诚向她这边走过来。

沈诚脚下的步子迈得很开，很快就到她眼前。

他一米八往上的身高，站在之前的学长旁边，把对方一米七冒头的架势压了不止一星半点。

场面顷刻间高下立见，李乐妍也顺势叫了一声"沈诚"的名字，对方此刻也跟着明白过来，两人之间的氛围特别，只怕是认识。

李乐妍不知道沈诚在学校是不是很出名，但此刻男生的表情显然是认出了他。

男生把李乐妍的行李箱交到沈诚手里："那个，沈诚，原来你们认识啊，我看小学妹蹲在这里以为是迷路了，想着送她一程来着。既然你们认识，那我就先去忙别的了。"说完转身离开。

男生走得很快，拉着不远处看热闹的兄弟一起走远，空旷的实验楼前，瞬间只剩下她和沈诚。

一时之间，两人都没说话。

过了一会儿，还是沈诚先开口，问她："到了怎么不说一声？"

"我……"李乐妍想到报到前，自己数次点开聊天框又退出的操作，手指无意识地摩挲起来，"怕你忙就……不想麻烦你。"

"不麻烦。"沈诚拉着她的行李箱往前走。

李乐妍反应过来，立马跟上，背着书包走在他旁边，看着他胸前别的学生会副主席名牌，紧了下书包带："那个，沈诚，你现在……不忙吗？"

"忙。"沈诚脸上表情平静，说出的话却让人止不住地遐想，"但接你的时间还是有。"

沈诚效率很高，他学数学，数院和化环挨得很近，帮李乐妍办完入学手续后，又送她去了寝室。

临走前，沈诚把银行卡和水卡递给她，兜里的手机一直在响，不断有信息进来，能看出来是真的很忙，但还是不忘给她细细叮嘱道："蓝色的这张是水卡，插卡机上有放卡的地方，这张银行卡和今日校园 App 联名绑定，你的应该还没解锁，学生事务中心现在人很多，你要是饿了，可以先用我的卡吃饭。"

他说完又把自己的卡套塞了过来，外面套了一串小小的四叶草，最大的那片叶子上刻着一个"诚"字。

李乐妍全程都没怎么出声，沈诚反应过来，想是不是自己话太多，见她还在出神，忍不住低头微俯下身。

两人之间有身高差，李乐妍身高刚过一米六，站在他旁边小小的一只，沈诚担心自己刚才话说得太快，她没听清，下意识凑近了询问：

"听到了吗？"

微热的呼吸凑在耳畔，李乐妍慌张地往后退了半步，匆匆点头："听到了。"

见她终于肯回应，沈诚这才直起身："我还有事，下午过来带你去激活银行卡，现在学生事务中心人太多。"

"谢谢你啊，沈诚。"

"客气。"沈诚说完转身正欲离开，被她叫住。

李乐妍从书包里掏出一瓶防晒递给他，脸有些热，解释："我看外面太阳很大。"

她眼里隐隐的担忧令人动容。

沈诚眼睫垂了下，骨节分明的手向她伸过来，接住那瓶防晒，唇角轻轻勾起："谢谢。"

"嗯。"

他转身下楼，脚步声逐渐远去。

李乐妍的心跳却仍旧难以平复，她拉开椅子在上面坐了一会儿，双手捧住鼓得像仓鼠的脸轻轻揉了揉，又呼出一口气，唇边的笑意压不住。

有一点开心，然而这开心还没持续多久，旁边的女生拉开椅子坐过来，拐拐她的胳膊，李乐妍随之回头。

她不由得被眼前人的长相惊艳，浓颜系的明艳大美人。

对方冲她弯下唇，伸出手："你好，我叫齐司月。"

李乐妍见状，也跟着握了下对方的指尖，一触即离："李乐妍。"

"名字挺好听的，刚才那个帅哥是你男朋友吗？"

"不是。"李乐妍摇摇头，"他是我以前的同学。"

"这样啊。"齐司月浅浅抿了下唇，露出漂亮的齿尖，"那他有女朋友吗？"

李乐妍一时有些怔愣，看见女生的视线一直落在自己身上，她想了想，最终违背良心说了句："好像有。"

"这样啊。"齐司月撑着下巴，指尖在桌面上点了下，叹一声气，

"我还以为下一朵桃花能提前开了呢，既然有女朋友，那就算了吧。"

李乐妍抓住其中的重点："你想追他？"

"五分钟前确实是这么想的，毕竟这哥确实长得不错，但你不是说人家有女朋友吗，那我也只能再单两天咯。就是有些可惜啊，你那个同学看上去这么清心寡欲的，他女朋友长什么样啊？"

李乐妍有些编不下去，支吾着转过头："不清楚，我也没见过。"

齐司月又叹一声："有机会让我见见就好了。"

李乐妍咬了下唇。

下午的时候，沈诚处理完招新的工作，给李乐妍发了微信，在寝室门口等着带她去激活银行卡。

李乐妍已经收拾好了床位，拿上沈诚的卡套下了楼，到门口的时候，看见男生站在树荫下，白色的短袖配质地柔软的运动短裤，一截笔直的腿随意地立着，正低着头在看手机。

她莫名就想到了那天，一中门外的样子。

他眉眼倦倦地耷拉着，懒散又清闲的少年，是她平凡世界里的一束光，而她终于，也能再见到他。

李乐妍的心情又忍不住开始雀跃，踩着帆布鞋跑到沈诚跟前。

沈诚见她下来，收了手机揣进兜里，问她："吃饭了吗？"

李乐妍点点头，把口袋里的卡套还给他："吃饭的钱我发你微信了，谢谢。"

沈诚动作微顿，接过卡套的手略迟疑了下："其实不用这么客气。"

声音不重，但李乐妍没太听清："你说什么？"

沈诚轻摇了下头，没再重复，从兜里掏出一把钥匙按了解锁，长腿跨上小电驴，回头看了一眼她的方向："上来吧，带你去事务中心。"

李乐妍略怔了下，见他神色认真，手放在衣摆处捏了捏，终于还是往前走了一步，坐上后座。

奉城师范的校园真的很大，道路两旁栽满梧桐树，盛大的绿荫遮蔽出细碎的光影。

李乐妍坐在他身后，有风吹过，浅浅拂起她的头发，也吹来了一点少年身上清淡的草木香，很好闻。

紧张和局促渐渐被夏风缓解，2020 年 9 月的夏天，有一些故事，才刚刚开始。李乐妍思绪渐次飘远，目光掠过一旁的三角梅正出神，前方传来一道声音。

沈诚在和她说话："抓一下我的衣服，前面下坡。"

"好。"李乐妍往他挺拔的腰身处看了眼，很快移开视线，偏开头心一横，手向前伸，抓住他的衣摆，她脸上温度直升。

"抓紧一点。"

李乐妍起初还不明白，为何他要再强调一遍，直到小电驴驶向下坡，沈诚已经控制力道带了刹车，但惯性使然，李乐妍还是往下移了一截，手下意识由攥着沈诚的衣角改为抱住他的腰。

温热隔着布料相贴的那一秒，两人都僵了下。

时间静止的那刻，李乐妍连跳车的心思都有了。

还好下坡的路不算太长，没一会儿又重新到了平地，李乐妍立即松开搂着沈诚的手，他也跟着清了下嗓，提醒她："等会儿还有个坡。"

李乐妍无语，奉城师范是依山而建的吗？

这句话她当然没有说出口，到后面她已经在脑子里开始麻痹自己了，想象她抱的是一只玩偶派大星、海绵宝宝、哆啦 A 梦……

反正不是沈诚。

但这人起伏的呼吸又让人难以忽视，摸起来……

思绪到最后，实在没忍住天马行空，好在小电驴还算给力，没一会儿就倒腾着小车轮到了学生事务中心。

沈诚停好车，和她一起下去，李乐妍填好学号和身份信息激活银行卡，走出事务中心见沈诚等在门口，走过来递给她一杯草莓冰沙："今天还有什么事吗？要不要去逛一圈？"

李乐妍说不出拒绝的话。

况且，她还有一件事得向沈诚坦白一下，关于在寝室……

李乐妍又坐上了小电驴，沈诚这次选的路线都是平道，准备带着她绕一圈兜兜风。

一路上经过学生超市、食堂、研学中心和实验楼，李乐妍感觉自己像土狗进城，一路上目不转睛。在她的印象里，奉城一中已经算很大了，但沈诚刚才带她绕的这一圈，快赶上好几个一中了，而且还只是很小的一部分。

也难怪她会迷路，这么大的地方，以后上课会不会很麻烦……李乐妍在心里想着，小电驴刚好经过图书馆，周围有整齐的小黄车停在那里。

李乐妍盯着看了会儿，开口问："学校可以骑小黄车吗？"

"可以，校区之间跨越比较大，步行往返有点麻烦。"沈诚也跟着往小黄车的方向看一眼，"会骑吗？"

李乐妍咬一口草莓冰沙的勺子："不会……"

"没事，其实不算很难，和电动车差不多。"沈诚把小电驴开到小黄车停放的区域，"会骑自行车吗？"

李乐妍点头："会。"

"那应该问题不大。"沈诚解锁了一辆小黄车，"这个主要是考验平衡，操作其实很容易上手。"

沈诚把车推出来冲她招招手，给李乐妍讲解了下加速把手和刹车，两人推着车去了树荫底下练习。

中途沈诚温柔地在旁边耐心指导她，李乐妍学得比较顺利，渐渐也能掌握窍门。沈诚见她能够上手，终于松开了把手："你自己试试，开慢一点。"

李乐妍点头，手握着把手跑了一个简单的来回，风在耳边穿过，带出的温度微凉，李乐妍心情突然很好。

她开着小黄车从他身边经过："沈诚，我可以了。"

"厉害。"男生在树荫下笑着说。

嗓音被风压过，但李乐妍还是听见了。

逐渐熟练以后，两人没再骑小黄车，沈诚开车带李乐妍去了校外一家烧烤店吃饭，顺便给她介绍了一下周边的美食。

这会儿李乐妍手里正提着一盒给室友打包回去的烤鸡杂，5017 的群里跟着来了视频电话。

李乐妍停下脚步点击加入，视频发起人孙浅此刻正跷着二郎腿，姿势十分接地气地霸占在镜头前，一只手里捏着葡萄正往嘴里送，另一只手举着小风扇在吹风。

李乐妍听见楼茗在那边问："浅浅在干吗呢？"

魏宜念跟着猜测："浅儿，寝室没有空调吗？"

"别提了，说到这个我就来气。"孙浅有些上火，开始讲述她的传奇一天，从被迎新的学长带错路，到去寝室不准外来人员进出，带过来的几大箱行李，全靠她一人扛上来而且一扛就是六楼，孙浅说自己差点撂挑子准备滚回去复读！

后来转念一想，大几万的学费不能白打水漂，最后还是忍辱负重扛了上去。

没想到这还只是个开始，搬进寝室本以为苦尽甘来，终于可以凉快一会儿的时候，寝室还停电了。

孙浅一身大汗淋漓还洗了个冷水澡。

几人听完，脸上的表情都有些绷不住，吴倾予第一个没忍住感叹道："不愧是 5017 的扛把子啊，就浅浅这身体素质，当初该报警校的吧。"

孙浅："那不是分数不允许嘛，来了咱们奉城经济贸易学院。"

陈空："哈哈哈哈，孙浅，我的奶茶都笑掉了。彭桥，能不能出来管管。"

"他人不知道跑哪儿去了，我打了三个电话都没接。"孙浅在那边竖着三根手指翻了一个白眼。

屏幕里又是一阵笑，陈空不禁摇头感叹："怪不得现在有时间找我们几个聊天。"

"干吗呢？"孙浅把陈空踢了出去，继续在群里胡作非为，"妹妹们呢，你们都在干什么，都给我瞅瞅。"

楼茗直接把镜头贴到车闻脸上。

孙浅反手又踢出去一个，不，是一对。

"其他人呢？"

郭柠闻言把镜头转向被踢出去的两人，孙浅看得挥了下拳头："小柠檬，你怎么回事，站哪边的？"

郭柠笑着不说话。

过一会儿，楼茗又重新加了进来，注意到旁观的李乐妍一直没说话，楼茗跟着问了句，指尖放大发现李乐妍站在路边。

镜头覆盖的地方露出一只肤色冷白的手，手指修长，骨节分明。

看着不像是随意入镜的，站位就在李乐妍右后方，从楼茗注意到为止，手的位置没太大移动，看样子是在等人。

楼茗终于没忍住问了一句："乐妍，你和谁在一起呢？"

"什么？有情况？"孙浅迅速跟过来追问，"让我瞅瞅是怎么了。"

"就之前的一个同学。"李乐妍说完，视线落在沈诚脸上，拿着手机询问，"沈诚，你要和我的朋友们打个招呼吗？"

"一中的同学？"

"对。"

"可以啊。"他凑了过来，冲镜头笑了一下，"你们好，我是沈诚。"

屏幕那边安静一瞬，片刻传来不同的声音，孙浅恨不得西子捧心："可以啊，妍子，这都什么极品大帅哥，还不速速拿下……"

后面的话一听就知道话锋不对，李乐妍匆匆切了镜头："今天报到，沈诚帮了我很多。"

"是吗？"楼茗闻言及时解围，看见视频那头的李乐妍神色微窘，开口帮她转移话题，"那看来今天的报到还挺顺利？"

李乐妍："挺好的。"

顺着这个话题又展开聊了些别的，中途断线的吴倾予终于加了进来。画面一出就是一碗颜色略有些不太寻常的麻辣烫，片刻后才出现她的脸。

吴倾予手里拿着个小风扇吹开脑门上的刘海，脸上表情一言难尽，冲她们介绍道："家人们，不要靠近北方的麻辣烫，会变得不幸。"

魏宜念咬着雪花酥疑惑："为什么？"

吴倾予捂着脸深呼吸两下，"因为你绝对想不到，这个世界上还有甜的麻辣烫。"

"我太难了，为什么要跑到大东北来上学，我室友见到我的第一面就说她家的葱和我差不多高，合着咱就是说已经裹上煎饼了呗。"

郭柠："哈哈哈哈哈，那边的饮食你还习惯吗？"

吴倾予："已经开始自闭了，哪位好心人能给我寄两瓶老干妈？"

陈空："老干妈就别想了，明天一早军训，直接到国庆，中间别指望回家了。"

孙浅："你们军训这么久？我们半个月就放了。"

车闻："我们也是一个月。"

…………

群里的聊天还在继续，人多，讨论的东西也杂，李乐妍本来也听得津津有味，后来考虑到户外的天气对人不太友好，还是吱了一声退出视频，电话重新揣回兜里，和沈诚一起回了学校。

在路上，沈诚给她讲了一些开学必备事宜，诸如寝室楼下打印店的位置，食堂二楼的黄焖鸡更好吃……此类。

李乐妍支棱着耳朵听，两人不知不觉慢悠悠逛回了寝室，离了仅有十多米的位置，李乐妍一眼看见从小超市里走出来的齐司月，整个人才后知后觉想起有些事还没坦白。

完了……她给忘了。

眼看着沈诚的步子还在往前，李乐妍心下一慌，忙从后抓住他的手臂，男生的手腕很白，上面凸起的青筋好像因为突然的触碰，小幅度在她掌心里跳了一下。

李乐妍咬了下牙，还是硬着头皮开口："沈诚，我有件事想和你说一下。"

"什么？"他回头，视线落在她身上。

李乐妍表情微滞，抬眼把之前在寝室里的事情一五一十说了。

沈诚闻言表情未变，手腕维持着被她拉住的姿势没动，只是眉梢浅浅向上挑了一下："所以你的意思是，替我宣布了女朋友？"

"没……我不是这个意思。"

沈诚："不是这个意思也行。"

李乐妍："什么——"

"李乐妍！"

刚起了个头被人打断，两人同时向声源发出的方向看去，是从小超市里面出来的齐司月。

齐司月朝她们的方向走了过来，叫了李乐妍一声，随即视线转向旁边的沈诚："学长好。"

沈诚轻点下头以作回应，视线又转回李乐妍身上，显然是在等她的下文。

李乐妍还没想好该怎么开口。

旁边的齐司月率先背着手打了直球，视线径直落在高挑的男生身上，笑容明艳："可以加下学长的微信吗？开学有很多问题……"

"有问题可以找辅导员，你们化环的杨老师很负责。"

直白的回避让齐司月脸上笑容微僵了下，反应过来视线在她和沈诚之间睃了一圈，齐司月直接问："沈诚学长有女朋友吗？"

沈诚闻言略侧过头，淡淡敛了下眸，李乐妍脑子骤然一片空白。

没想到沈诚点了下头："嗯。"

齐司月随即了然，又弯唇笑笑："这样啊，那不打扰了。"说完又看了李乐妍一眼，转身回寝室了。

待她走远后，李乐妍才重新开口："你刚才……"

"我不太在意这些。"沈诚终于收回手垂在身侧，"不过下次你要说，可以提前和我打个招呼。"

"像今天这样的情况。"他指节突然敲下她脑袋，"别再有下次了。"

军训生活开始。

九月，全国各地的气温都算不上友好，正值盛夏时节，无论是上洲还是奉城，即便遥远至东北，天下的太阳一般毒。

中午时分，休息的口哨终于吹响。

连队解散，上洲却突然迎来降雨，上洲大学的男女生分开训练，郭柠找到楼茗，两人在室内集合场里像两根小苦瓜，她俩都没带伞。

两人扒着铁丝网往外望，楼茗望眼欲穿，看着周遭陆续离开的人群，只在心里感叹第三食堂的羊肉粉应该是抢不到了……

楼茗站累了蹲在地上画圈圈，嘴里嘀咕："车闻怎么还不来……"

"来了。"郭柠戳戳楼茗的胳膊，指向铁丝网外，"那个是不是？"

"是！车闻！"楼茗激动地站起来，冲车闻挥挥手，"这里！"

车闻朝她们走过来，楼茗飞奔出去扑进了男朋友怀里。

郭柠无语，她现在退学还来得及吗？

好在一旁腻歪的两人也没太过分，楼茗在车闻怀里蹭了三秒就拱出来拿了伞，车闻脑袋上的头发微微有些湿，伞是冒雨在附近超市买的。

雨天需求量大，他过去的时候只剩一把大伞，拿上以后又添了一把体积偏小的。想着这把伞给郭柠也应该够用，但没想到楼茗直接从他手里顺过那把大伞，搭着郭柠的肩直接撑开。

有一种关系，叫男朋友和闺蜜。

恋爱的时候，常有男朋友和闺蜜互相看不顺眼，这种时候吵架可能就比较危险。

车闻原以为自己根本不用担心这个问题，毕竟女朋友的闺蜜团一致同意他进门，但没想到楼茗处处都能给他惊喜，这小没良心的直接拉着郭柠从他眼前溜过去了。

楼茗走了半天见车闻没跟上来，这才想起来等他，停下来看他一眼："走啊，吃饭你都不积极？"

车闻跟上去。

三人在食堂吃完饭，郭柠去奶茶店买焦糖布丁，楼茗在门口等她。这几天学生社团在陆续招新，车闻加了一个智能装备协会，是研究机器人算法的社团，他去打印店打印报名表。

从打印店出来的时候，雨已经停了，只有柏油路面积着一些浅浅的水洼，水面很清澈，隐隐映着人的倒影。

楼茗站在梧桐树下，手里拿着一把透明雨伞，眼神明亮。

车闻唇角浅浅勾了下，大步向她的方向走过去，站到她身前，楼茗低头看见他手里的报名表，凑过来问："弄好了吗？"

车闻点头，视线却落在她唇角，楼茗仰头见他没作声，男朋友的心思昭然若揭。

楼茗一时偏开头没说话。

车闻气息凑过来，楼茗伸手掐了他一把："柠檬一会儿出来。"

"不会，我看了，奶茶店外面队很长。"

"可这里来往这么多人——"

"打伞。"车闻手上动作利落，伞面"砰"地撑开，遮蔽下来。一同落下的，还有他熟悉的吻。

堕落了。

楼茗在舌关失守的时候想，雨停的时候打伞，谁能猜不到他们在做什么？况且她手里还是一把透明的伞。

中了车闻的计。

下午的天气好些，雨水洗过的天空澄澈明朗，太阳更为毒辣。

训练半小时后，连队接连有人中暑，全体暂时休息，被教官带到树荫下乘凉，楼茗拿出手机刷微博。

群里又发了新消息，是吴倾予发来的：［图片］朋友们，看我像不像一块煤炭？

一石激起千层浪，群里瞬间热闹起来，消息连跳，孙浅感叹道：朋友，你是去非洲旅游了吗？

吴倾予：并不，军训一天的威力罢了，我防晒都快化成水了。

魏宜念：你们北方的太阳这么夸张？奉城今天还好……

孙浅：并不，我快被晒化了。

陈空：有些人平时看着比谁体质都好，怎么关键时候掉链子啊。

孙浅：陈老板，放学别走！

孙浅跟着发了两个表情包，两人战况正激烈，孙浅却突然掉了线。

十分钟后才重新出来冒泡：我被罚站了。

时隔半秒，彭桥发了一个字：6。

屏幕前的几人都没忍住笑出了声。

孙浅冷静两秒，反复思量后，甩了个绝交八小时的表情包出来闪人，顺道送彭桥拉黑删除一条龙完整套餐。

陈空还在继续火上浇油。

陈空：哟哟哟，这怎么才露面就走了？

陈空：你们不是情侣吗？搞什么绝交啊，小学生都不说绝交了，直接分手多好啊。

彭桥出来反将一军：情趣而已，你不懂我也理解。

陈空骂骂咧咧地退出群聊。

军训的时间过得很快，转瞬到了国庆前夕，结训那天上洲下了雨，楼茗穿着雨衣走在解散的人流中，车闻走在她旁边，点开了陈空发在群里的视频。是模拟的人质解救演习会演，画面里，陈空持枪跪滑过草坪的画面很帅气。

中午郭柠吃饭的时候也提到了，陈空在群里跟她们聊了几句。

与此同时，奉城师范女生寝室里，李乐妍也点开了聊天群里的那条视频。

隔壁奉城理工结训仪式阵仗很大，他们昨天都听见动静了，今天随着军训彻底结束，社交媒体上直接爆火了。

李乐妍将视频看完，也跟着在群里回了个膜拜大佬的表情包，转头却听见寝室里又响起熟悉的音乐，发现是躺在床上的齐司月在刷视频，女生细白小腿在身后轻晃。

见她看过来，齐司月跟着抬了下巴："怎么了？"

自从上次在寝室楼下的乌龙过后，齐司月当时等李乐妍回寝室就给她道了歉，齐司月性格能屈能伸，喜欢什么就直接上，没结果也没关系，是个能拿得起也放得下的女生。

但齐司月之所以在沈诚那里问一句，就是听说校园墙上有人宣称沈诚至今单身，由此对李乐妍产生一些刻板印象，在听见正主承认后果断闪人，也开门见山和李乐妍说清楚。

这倒让李乐妍心里……略感煎熬。

不过好在齐司月对沈诚真的只是一时心血来潮，李乐妍纠结的小心思还是暂时忘在了身后，且经过快一个月的相处，齐司月显然很罩着她。

这会儿听李乐妍一问就直接抬了头。

见齐司月看过来，李乐妍说着摇摇头，想了想又问："你刚才在刷视频吗？"

"是啊，你也在刷？"齐司月闻言直起身，将手机屏幕晃到李乐妍面前，"这帅哥怎么样？"

李乐妍："谁？"

齐司月漂亮的浅紫色蝴蝶美甲点点手机屏幕："就这个演绎匪的。瞅着带劲儿不？"

话落余光不经意瞥见李乐妍的手机界面，齐司月在上铺，视角问题能够看得很清楚，也不由得一愣："你也在看这个？"说完又发觉不对劲，"你这个怎么是在聊天群里看的？"

"你说的那个男生，他是我一个同学。"

齐司月："什么同学？"

李乐妍："高中同学。"

"你和他熟吗？能不能把他微信推给我？"

李乐妍被她飞快跳转的话题弄得有些蒙，反应过来挠了下头："还好，我们是朋友，我帮你问一下。"

李乐妍说着就在群里告诉陈空：我有同学想加你微信。

信息编辑完，见群里弹出一条回复。

陈空：别给。

国庆长假开始，各地人流量激增，从上洲直达奉城的机票早已售空。

为避免第一天被人挤人的机场堵得挪不开脚，楼茗他们订了第二天回奉城的机票，在此之前，先给5017的人寄了一些上洲的特产——条头糕。

糯米外皮裹着豆沙馅，撒上桂花。楼茗第一次尝到就觉得好吃，加上郭柠和车闻一致好评，几人买了几大箱寄回奉城，但中途出了一点小意外。

陈空接到电话，人正在峡谷上分，车闻一个电话过来通知他去取快递，听说是寄的特产，陈空果断切出游戏去了驿站。

到的时候，驿站老板给他抬出两箱，陈空反复看了两眼，掏出手机给车闻发信息：寄了两箱？

那边随即弹来一条语音，是楼茗："还有一箱是给乐妍的，地址弄错了就一起寄来了，麻烦陈老板跑一趟。"

"行吧。"

奉城理工与奉城师范隔得不远，都在大学城，往返两条街的距离。陈空抱了箱子回寝室，加了顶鸭舌帽在脑袋上，又伸手勾了个斜挎包。

原因无他，奉城师范旁边有家电影院，陈空准备去看个电影。

简单捯饬了两分钟下楼，陈空走出学校去送货，到奉城师范门口给李乐妍发了微信。

李乐妍正在洗头发，见陈空说过来送楼茗寄的东西，沾着泡沫的手顿了顿。又见对方发了个三号门的定位，李乐妍蹙了下眉，抬头推开卫生间的门，视线定格在齐司月脸上，后者正在阳台给蔷薇花浇水。

"司月。"李乐妍探出脑袋叫了一声。

齐司月闻言回头："干什么？"

"能不能请你帮个忙？"

齐司月开着小黄车去到离女生寝室偏远的三号门，黑发散落在白色运动冰袖上，齐司月在临近校门时，一个流畅的刹车把车泊停，防紫外线的太阳墨镜下露出精致的脸。

齐司月视线在校门外睃了一圈，落在戴着鸭舌帽和门卫大爷下象棋的男生身上。

齐司月唇角浅浅向上一挑，冲对方吹了个口哨。

陈空循声抬起头，略微有些猝不及防。眼前的女生长相明艳，美得极具攻击性。

陈空视线稍怔了下，淡定抬眼："你在叫我？"

"不然呢？"

"认识我？"

"我是李乐妍的室友。"齐司月冲他笑了一下，"你带的东西呢？"

陈空闻言直起身，将带来的条头糕拿起来，人站在校门外，眉梢半隐在鸭舌帽下，看不清表情，把箱子给她递了过去。

齐司月接住并没急着走，打量的目光从他唇峰扫到眉尾。

陈空倒也没躲，反而懒懒走近一步，手掌扶着校门栏杆，唇边似笑非笑，扬眉问："之前就是你想加我微信？"

"猜到了？"

"看出来了。"陈空说完笑了下，视线落在齐司月的脸上，扶在栏杆上的指节微微摩挲，笑着冲对方挑了下眉，"挺有意思啊，认识一下呗。"

"加我微信。"齐司月调出二维码名片给他。

陈空动作微滞了下，拿出手机扫了齐司月的二维码："备注？"

"齐司月，齐国的司机不看月亮。"

"你这什么解释？"陈空话是这样说，但还是乖乖把备注打了上去，弄完想了想刚要自我介绍。

对方先一步打断他："不用介绍，我知道你，耳东陈，色即是空。"

"什么色即是空？"陈空被她逗笑，"按你这么一说，我岂不是该改名叫陈色？"

齐司月："早说啊，原来你真名叫这个。"

见他表情沉默，齐司月也没再逗他，冲陈空挥挥手："不开玩笑，先走了，我还要回去复命，回聊。"

"嗯。"陈空目送女生骑上小黄车走远。

第二天，奉城中郊机场，上洲到奉城的航班落地，楼茗三人从航站楼里出来，整齐地看见外面的迎接队伍。

陈空手里捧着一束百日菊，孙浅在旁边摘下墨镜眨眼："Surprise！"

楼茗和郭柠冲过去张开手臂，女孩们围在一起抱了下，车闻笑着过去捶了下彭桥和陈空的肩。

陈空把手里的百日菊塞他怀里："手都举麻了，可算知道回来了，上洲有那么好玩？"

车闻无奈，笑说："抢不到票。"

陈空："借口，就是不想回来！"

"陈老板你幼不幼稚。"彭桥一胳膊搭在车闻肩上，"给哥们儿讲讲上洲有什么好玩的……"

一行人絮絮叨叨离开机场上了车，郭柠先回家放行李，车闻把楼茗送去订好的酒店，随即把自己的行李箱一并扔在了房间里。

楼茗不解地看他一眼，车闻没过多解释，拉着她又去找朋友会合。

一群人去吃火锅，热气腾腾的包厢里，红油飘出让人口舌生津的香气，爱吃的菜点了一桌。楼茗往锅里放了一块猪脑，车闻用小漏勺给她兜着，接过孙浅给每人满上的百事可乐。

一声令下后，大家举杯："朋友们，走着！"

"干杯！"

一声玻璃杯清脆碰撞的响声里，一切重逢都融入碳酸饮料的气泡中。

几人动筷开吃，桌上的话题也热闹起来，杂七杂八有些收不住，到最后难免聊起高中的同学。

楼茗吃着碗里的肥牛卷，孙浅在她耳朵边念叨："杨黎多久没和你联系了？"

这问题让楼茗愣了下，反应过来偏了下头："开学以后就没怎么聊过。"

"我也是，之前还以为就我这样呢。"孙浅又叹了声气，"自从她和黄税分手后，感觉跟变了个人……"

"谁分手了？"话到一半被截停，魏宜念递了个眼神过来，"你俩聊什么呢？"

孙浅眨眨眼："杨黎分手了，你们不知道吗？"

"杨黎？"吴倾予问，"什么时候？"

"就放暑假没多久吧，你们都不知道吗？"孙浅对此颇为震惊，想了想又觉得合理。好像杨黎和5017的人一直不远不近，关系最好的，貌似还是她和楼茗。

孙浅抿了下唇："黄税背着杨黎改了志愿，两人原本商量好一起去南方学经济的，但黄税他妈给他填了个提前批，留在本地了。"

"怎么这样啊。"

"谁知道到底怎么回事。"孙浅说着有些气愤，将筷子搁在桌上，"要我说，黄税就不是真的想和杨黎一起去南方，这么大的人了，你看，彭桥都拗过他爸去南城了，他黄税有什么不行的。我看他就是想分手，提前找借口。"

吴倾予说："话也不能这么说，毕竟我们也不懂他们的难处。"

"这有什么难处不难处的。"陈空跟着开口，"黄税上个月朋友圈那妹妹，你们没看见？"

楼茗："给我看看。"

陈空点开手机递过去，几人凑在一起看完，孙浅恨不得直接冲出去把黄税揍一顿："黄税这个渣男！今天不撕留着过年？亏我当初还帮他在杨黎面前说过好话，我今天非要……"

"行了行了，你瞎凑什么热闹。"一边的彭桥摁住她，"人家说不定也是没感情才分的，这都分手好几个月了，有点新动向也正常，你去瞎凑什么热闹。"

孙浅："那我就是气不过……"

彭桥："气不过你打我好吧，有我一个还不够你气的，一天天。"

"那能一样吗？"话虽这样说，孙浅还是伸手拧了把彭桥的胳膊。

"消气了吧？"

"差不多。"

"消气了就好，先坐下来，别冲动。"吴倾予放了一杯西瓜汁在孙浅面前，"其实这事还真不是咱们好评判的。谢子明你们知道吧，就冯久阳之前的那个发小。我昨天接我妹妹回家，在哈斯曼碰到他了，手里还拿着一本复习资料呢，打完招呼你们猜怎么了？"

孙浅问："怎么？"

"人家都高五了！高五知道吧？五！"吴倾予说着比了个手势。

一群人闻言都有些惊讶，放下筷子看过来。

面对汇聚起来的整齐视线，吴倾予也没停歇："想不到吧，我之前也没想到，八月放榜的时候我还看见他名字了，楼茗。"

突然被点名，楼茗眼睛眨了一下，见吴倾予冲她的方向望过来："谢子明之前还报的上洲大学，网络与新媒体，和你一个专业。"

彭桥："这么巧，那他后面怎么又复读了？上洲大学，这考得够好了吧。"

"这个我之前也没想明白。"

吴倾予："但今天被你们这么一说，我算是想通了。"

孙浅："什么什么？"

吴倾予缓缓吐出后面的话："因为冯久阳今年落榜了，我猜谢子明，是陪她复读的。"

魏宜念："这样啊，感觉有点……"

吴倾予："不值是吧。所以说，感情的事谁知道呢，王临不也……"

"你俩那是分差太大了，王临就是想，也和你报不到一起吧。"

"话说国庆也没见到他，他人呢？"

"没回来。"吴倾予，"他没抢到票，嫌来回折腾麻烦。"

"那你们这多久没见面了？"

"是有点久……"吴倾予嘟囔着，撑了撑下巴，"算了不提男人，败坏心情，明天准备去哪儿玩？"

"欢乐谷。"孙浅说着掏出一沓门票，挑眉问，"期不期待？"

欢乐谷之行正式开始。

一群人入园以后，站在露天广场清一色地举着根脆骨肠，陈空吃到最后叼着竹签，视线在一众游玩项目中扫过，抬了下棒球帽的帽檐："第一个玩什么？"

"蹦极吧，感觉挺适合你的。"

一道熟悉的女声传来。

众人齐齐投去视线，陈空咬竹签的动作一顿，随即勾唇笑了一声："这么巧？"

楼茗问："认识？"

李乐妍紧跟着在旁边解释："齐司月是我室友，之前帮我去拿了陈空送过来的条头糕。"

随即又压低声补充："也是之前在群里要陈空微信的。"

楼茗大眼睛盯着陈空的脸，几道视线都汇集于此，陈空仍旧表情浅淡地站在原地，看样子是在等齐司月回话，这人又抬手指了下蹦极区的游玩图："蹦极，一起？"

齐司月把嘴里的口香糖吹破，歪了下头："试试？"

两人就这样去了蹦极区。

等人走远后，彭桥才在原地晃晃脑袋："厉害啊，这人谁啊？我还是第一次见陈老板被人牵着鼻子走的。"

孙浅回答："乐妍室友，之前结训演练那个视频结的缘。"

彭桥咋舌："还能这么认识？这桃花来了挡都挡不住吧，希望美女姐姐能把陈空收了！"

吴倾予说："我觉得悬，陈老板不是一直上帝视角俯瞰人间吗？"

"也不一定。"楼茗接过话来，"万一这次就下凡呢？"

"人都走远了，我们几个在这瞎掰扯什么。"孙浅从兜里掏出小地图，"让我看看，接下来去哪儿玩比较好。"

"鬼屋吧。"郭柠手指着地图，"看海绵宝宝都拯救不了的恐怖屋，胆小勿入。"

"有这么恐怖？吓唬小孩吧，去看看？"

彭桥："行啊，到时候你可别吓得往我怀里钻。"

孙浅："想得很美，下次不要想了。"

这俩拌嘴已是常态，其他几人早已习惯。今天的太阳比较刺眼，车闻撑开遮阳伞罩在他和楼茗脑袋上，偏头询问："去吗？"

楼茗点点头，捧着大水杯吸了一口："去啊，看看到底吓不吓人。"

就这样一行人去了鬼屋，在门口的时候都还面色如常，真到快要进去的时候，孙浅才转过头看了一眼男朋友："彭桥，你一会儿害怕的话就拉着我。"

"不是……"彭桥一时没忍住笑了出来，"姑奶奶，咱俩到底谁怕啊？"

"反正你要是害怕就牵我。"

"行，那你记得保护好我。"

"看情况吧。"

几人进入通道。

楼茗和车闻走在末尾，两人十指扣在一起，车闻左手点开手机灯源，甬道里灰暗，空调冷气开得很足，不时还有水滴往下坠落的声音，氛围倒还挺像那么回事。

车闻指尖不由得摩挲了下楼茗的手背，开口问："怕吗？"

楼茗点头："还好。"

话音刚落，惊吓就突然从天而降，一个南瓜大小的道具骷髅头在下一秒径直横在她眼前。猝不及防的变故让车闻的手机直接"啪"在了地上，炽白的光源正对着天花板。

楼茗看清了眼前两个深不见底的眼窝，离她的鼻梁仅隔不到一厘米。

空气仿佛静止。

车闻反应过来迅速用力把楼茗拉过来，但在他动作之前楼茗就已经伸出手，条件反射一掌把骷髅头拍远，被他抓过来的时候还顺手从兜里扯了张湿巾擦手。

沉默了半秒，车闻捡起手机，看她："不是说怕？"

"第一秒还是怕的。"

"看清楚就不怕了？"

"看清楚了觉得丑。"楼茗说完这句，把擦手的湿巾扔进垃圾桶。

车闻眼皮无奈地跳了两下，他怎么忘了，他女朋友是看电锯惊魂都能把自己看睡着的人。

鬼屋之行对他们来说，确实有点无聊，一路过来像拳击课，两人很快走完全程，排除中途楼茗为了录孙浅的尖叫停下来的三分钟，两人前后不过二十分钟就从鬼屋里面走了出来。

站在出口，楼茗转身往后看了眼，其他人都还没出来，她的视线又落在车闻脸上："现在去哪儿？"

车闻抬手给她指了个方向。

楼茗跟着望过去，看见了摩天轮。

眼前的视角渐渐打开，逐渐开阔到能看清欢乐谷的全景。

楼茗扒在玻璃窗边往下望，面上表情看不出异样，手指却往旁边挪，抓住了车闻的衣角。楼茗有一点轻微的恐高，站在高处会不由自主地腿软，本来算不上严重，但可能是她刚刚的那眼太深刻，以至于这会儿有些控制不住地往旁边缩了缩。

察觉到她的动作，车闻的手从背后环过来，放在楼茗腰侧，下巴抵在她肩膀处："恐高？"

楼茗点点头："有点。"

"那做点别的。"

"什么？"话音未落，楼茗被他攫取呼吸，摩天轮还在缓缓升起，在到达最高点时，车闻按住了她的脖子，将吻加深。

下来的时候，楼茗掏出小镜子照了照，偏头睨他一眼："破了。"

"我看看。"车闻俯下身，指尖在她唇边摩挲，笑，"那我下次轻点。"

一天接近尾声，群里陆续发来消息，约好在休息区会合吃饭。陈空上午略显苍白的神色这会儿倒是又恢复了悠闲，漫不经心敞开腿坐下，齐司月也加入进来，坐到楼茗旁边和她们聊天。

女孩子们没过一会儿打成一片，饭后玩了最后一个射击项目，陆续收尾。

车闻给楼茗赢了一个松鼠玩偶，摸起来毛茸茸，手感很好，眼睛也挺大。

就这么出园，大家打车回家。

齐司月和李乐妍一起回了寝室，陈空去了舅舅家拿东西，孙浅和彭桥一起，剩下三个女孩子打了一辆车。

楼茗和车闻送走朋友，也回了酒店。

房间是车闻订的，比较宽敞的套间，楼茗打开门进去换上拖鞋拿衣服，洗完澡出来，发现车闻还坐在阳台边的小沙发上没走。

楼茗擦头发的动作愣了下，走过去叫了他一声："车闻？"

车闻回头，漂亮的眼睛在黑幕中像坠落的星，里面映着她的倒影。

楼茗微怔，见他朝自己的方向走过来，车闻在房间里找到吹风机，冲她勾手。

楼茗走过去坐在床边，感受他修长的指尖存在感极强地穿过发丝，动作温柔中透着熟练。

有些话突然就不知该怎么开口。

楼茗的指尖垂在睡裙边摩挲了下，心跳跟着有些失常，视线不经意落在床头柜边的小松鼠上，总觉得这个夜晚有些非比寻常。

好像要发生什么事。

这个预感在头顶的动作停下后变得更为强烈，车闻指尖顺着她的发丝梳下来："好了。"

楼茗轻点下头，拉开被子往床边靠了靠，终于还是决定开门见山："你今天……不回去吗？"

车闻应一声，摊开放在角落里的行李箱，拿出和楼茗同款的情侣睡衣搭在臂弯："不放心你一个人在酒店，明天再回去。还想问什么？"

楼茗摇摇头，把头缩进被子里。

浴室就在旁边，淅沥的水声传进耳朵，楼茗觉得车闻应该没有那个意思，但又拿不准他进去之前落在她身上的那个眼神。

楼茗想去摸床头柜上的手机，不料却碰到车闻微凉的掌心，才洗完澡，上面还带着一点水汽。

她一下转过头，方才思绪太过专注，连浴室的水声是什么时候停的都不知道。这会儿突然和他对视，楼茗耳朵腾一下热起来，眼珠滴溜溜地转着没说话。

见她这副模样，车闻唇角向上翘了下，倒也没多说什么，只问她一句"要拿什么"，见她摇头，凑过来把灯关了。

阳台玻璃门拉上，窗帘撒下来，室内漆黑，车闻拖鞋走动的声音清晰入耳，楼茗脑子乱成一片，恍惚中感觉到，旁边的床位有所下陷。

车闻躺在她旁边。

楼茗的呼吸滞了下，背脊微僵，感受到车闻的手横搭过来搂住她的腰，一时没动。

许是感受到她的不自然，车闻放在她腰上的手轻轻揉了下她的肚子，微一用力把她抱进怀里，呼吸蹭住她脖颈："想什么呢？"

语气里带了点笑。

楼茗掌心放在他手背上掐了下："你在想什么？"

"我在想——"车闻语气故意停顿，呼吸停在她颈部落下一个吻，"我女朋友怎么这么可爱。"

等了一会儿，车闻捏着她脸问："茗茗。"

楼茗："嗯？"

车闻："是不是怕我对你做什么？"

"没。"冷不丁被他看穿心思，楼茗将脸贴近枕头，又被这人抱着翻了个面，呼吸正对他喉结。

车闻掌心在她头顶上摩挲，一点点温柔地梳理："你不同意，我怎么敢对你做什么。"

"那我要是同意呢？"楼茗下意识接下这句话，两人反应过来都愣了下，楼茗差点没忍住把舌头咬了。

话音落下，头顶的人动作停下，车闻向下看了她一眼："真这么想的？"

楼茗没说话。

车闻又重新揉起她头发，只是楼茗隐隐感觉他肩膀在颤，半晌，听见他熟悉的嗓音落下："下次行吗？这次没买东西。"

楼茗坐起来拿枕头捂他。

车闻推开枕头，这人死皮赖脸，又凑过来搂她："生气了？"

楼茗："我有那么小气？"

车闻："那还紧张吗？"

楼茗闻言转过头，房间里光线很弱，依稀只有一点浅薄的月光穿过窗帘的缝隙照进来，楼茗却仍旧看清了他的眉眼。

直到这时，才明白眼前人的用意，原来是看出了她的紧张。

车闻就是车闻，从不会强人所难，也一直温柔绅士。

楼茗沉默，凑过去抱住他的脖子，车闻给她盖好被子："现在可以睡了？"

楼茗重重点头，在他胸前蹭了蹭："嗯。"

窗外，月光洒满枝头。

第二天，奉城车站——

彭桥和楼茗准备上车，临走前，车闻给楼茗贴好晕车贴，伸手拍了下彭桥的肩："帮我看着点。"

彭桥："放心吧，保证给你平安送到家。"

车闻："谢了。"

彭桥反手捶了车闻一下，转身上车，在楼茗旁边的位置坐下。

车辆发动，楼茗冲车闻挥挥手，视线在外停留片刻，又侧头问彭桥："浅浅呢？"

"在酒店还没起呢，你也知道她那起床气，叫一遍都恨不得把我吃了。"

"这样啊。"

"不过现在应该醒了吧?"彭桥点开手机给孙浅打视频,那边慢吞吞半天没动静,赶在快要挂断的前几秒按了接通。

"叮"的一声,让人不由自主地望过去,令楼茗没想到的是,入目便是孙浅的肩膀,浅淡的红痕在白皙的皮肤上越发醒目。

楼茗迅速收回视线,动作流畅地掏出耳机,脑袋靠在椅背上:"我先睡会儿,你们聊。"

"哎。"彭桥应着,脸上也有些不自然,视频早已切换成了语音,他也掏出了耳机。

国庆假期过半,清晨的阳光洒进寝室,李乐妍放轻动作带上门,出了学校去公交站。

她今天要去南山花园给一个小朋友补课,家教是直系的学姐推荐的,李乐妍按照手机上的定位下了车。

入户电梯直达,李乐妍在门口按下门铃,片刻听见里面传来的脚步声,来开门的女人一身灰色居家长裙,气质温婉,长发绑在后面,别了个烟丝色蝴蝶夹。

见到李乐妍的第一眼,对方就冲她弯了下唇:"是小妍老师吧?"

李乐妍点点头:"阿姨好。"

女人唇边的笑意更深,恍惚间让李乐妍觉得有些眼熟,好像在哪里见过,想着又摇了下头,告诉自己应该没那么巧。

女人拿出拖鞋给李乐妍换上,又回头叫来儿子过来打招呼:"沈昊,出来见见你的家教老师。"

这个名字出来的时候,李乐妍下意识愣了下,脑子里迅速建立起某种关联。

房间里走出来一个小男孩,眉眼精致可爱,冲她浅浅笑了一下。

女人随即介绍道:"昊昊,这是小妍老师。"

李乐妍跟着笑了下:"你好啊,我叫李乐妍。"

沈昊:"乐妍姐姐长得好漂亮啊。"

头一次被小朋友这么直白地夸，李乐妍脸有些热，见女人摸了下儿子的头，冲她笑笑："小孩子比较调皮，妍妍老师多担待。"

"阿姨哪里的话，我看昊昊挺可爱的。"

"他也就看着可爱。"女人说着又摸了下儿子的头，"这小滑头狡猾着呢。"

"妈妈，您怎么当着我的面还说我坏话啊？"沈昊闻言不满地撇撇嘴，两步过来走到李乐妍旁边抓住她的胳膊，"乐妍姐姐别听我妈妈的，我最可爱了！"

李乐妍哭笑不得，闻言只得点点头，附和："好。"

两人去到书房。正式补课开始以后，李乐妍想象中的困难几乎没有，因为一小时过去，她发现自己给沈昊讲的题他都能听懂，知识点也掌握得很熟练。

她最开始以为是基础好，可能是拔高不行，因为想到沈昊妈妈说，沈昊这次考试每门都才刚刚及格线。但她后来发现自己想错了，因为她把带来的辅导资料拔高题给沈昊写，他都只错了一道，这一道还是因为看错符号算反了结果。

李乐妍怀疑的视线飘在沈昊的脸上。

"昊昊。"

沈昊抬头："怎么了，乐妍姐姐？"

"你老实告诉姐姐，你这次考试怎么考的？"

"一定要说吗？"

"一定。"李乐妍表情略严肃。

沈昊漂亮的眉宇间闪过一丝不易察觉的纠结，过了一会儿，站起来看了她一眼："乐妍姐姐，你等一下。"

他说完就转身去了门口，扒开门缝探出脑袋小心往门外看了眼，随即收回视线关上门，挪步回书桌。

"乐妍姐姐。"

"嗯？"

"其实……考试的时候，我用了橡皮擦。"

"什么？"李乐妍感觉自己有些听不懂，或者说听懂了，但由于太过震惊一时没反应过来。所以在沈昊说出第一句话的时候，李乐妍没有紧跟着接上。

沈昊抿了抿唇，进一步给她解释："考试的时候，我把所有的题都写完了，然后在交卷的时候擦掉了一些，把分数控制在及格线。"

李乐妍感觉自己脸上的表情应该不止震惊。她从小长到现在，学霸学渣的身份都体验过，最辉煌的时候也没有领会过控分这项技能，却在今天，在一个十岁的小朋友这里见识到了。

见她表情复杂，沈昊想了想，靠她更近："乐妍姐姐，你千万别告诉我妈妈，不然她会生气的。"

"我可以不告诉她，但你需要告诉姐姐，为什么要这么做？"

"因为……"沈昊脸上的表情更为愁苦，李乐妍专心看着眼前这张漂亮的小脸，心底涌出的熟悉快要溢出来了。

她最近一定是有些魔怔了，看谁都觉得像沈诚。

飘忽的思绪被落下的声音打断，沈昊终于下定决心开始坦白："因为我想要哥哥回来陪我。"

"我特别小的时候很贪玩，不喜欢学习，哥哥就陪着我玩，教我写作业。后来大一点，我们每次放假都在一起，但哥哥上大学以后就很忙，他已经很久没陪我了。"

话到最后，沈昊抽了两下鼻子，显然有些伤心。

李乐妍心都揪了下，摸着他的脑袋揉了揉："所以你就故意考砸，想让哥哥回来陪你？"

沈昊点头。

"那你哥哥呢？"应该是没回来吧，后面的话李乐妍没有说出口，毕竟他哥要是回来，也不用她在这里听小家伙诉苦了。

不料沈昊笑了一声："哥哥最近在学校参加比赛，妈妈说下午公司有个会，打电话让哥哥带我出去玩。"

中午的时候，李乐妍留下来吃了午饭，沈昊在书房求着她打掩护，为免露馅，李乐妍下午还准备再给沈昊"补补课"。

两人这会儿正在书房里练字，沈妈妈端了一盘新鲜的荔枝进来，站在旁边看了他们一会儿，对李乐妍说，沈昊哥哥没回来，被学校的事情绊住了，她手上的会议又不能耽误，最后只得拜托她再照看沈昊一下。

对方态度友好，但神色之间不免焦急，李乐妍笑着答应下来，沈妈妈去了公司。

离开后，书房里的氛围有些沉寂，沈昊唇线微抿，李乐妍哄着他玩乐高转移注意："也许哥哥一会儿就回来呢？"

两人搭建完城市路面，玄关处传来门锁响动的声音，沈昊听见动静一下抬起头："哥哥？"

说完还不待李乐妍开口，小孩子就站起来打开书房门跑了出去。李乐妍紧随其后站起身，刚出书房就听见客厅里传来的动静："哥，我想死你了！"

"真的假的？我看看。"这声音太耳熟。

李乐妍脚步几乎顿时卡在了原地，抬头向声源所在的方向看去。

与此同时，沈诚也换上鞋，推着表弟走进客厅，倒是没想到家里还有人。

路上接到姑姑的电话说开会去了，他才推了学校的事情提前过来，没有想到在这里遇见李乐妍。

两人视线对上片刻，彼此都是一怔。

"你是他的家教老师？"片刻后，沈诚开口。

李乐妍点头："沈昊的哥哥……"

"表哥。"沈诚放开沈昊去吧台倒了杯温水，过来递给她，"下午都是你在带他？"

"对，我们在拼乐高。"

"他听话吗？"

"哥，我可听话了！"沈昊急忙为自己正名。

两人都转头看他一眼，沈诚唇边挂着淡淡的笑："问你了吗？"

"他挺乖的。"李乐妍于心不忍，见状附和了句。

沈诚这才满意地抬起下颌，掏出手机看了眼时间，又问她："吃饭了吗？"

话题跳转得太快，李乐妍愣了下，反应过来还没想好怎么开口，就被沈昊接过话，小男孩摸摸自己的肚子："没呢，哥哥带我们出去吃饭吧，我和乐妍姐姐都快饿到出现幻觉了。"

李乐妍想拒绝，然而看见沈昊投来的委屈巴巴的眼神，不由得心软了。

三人一起下楼。

到楼下，外面就是繁华的商业街，沈昊抓着她和沈诚的手心情很好，嘴里哼着李乐妍难以置信的歌词："我要考第一，第一有奖品，要开飞机要电视机……"

三人漫无目的地往前走，沈昊在经过炸鸡店时定住了腿，伸手晃晃沈诚的袖子，才开口说四个字，就被否决："哥哥我想……"

沈诚："不想。"

被拒绝后小男孩脑瓜转得很快，转眼又去晃李乐妍的袖子："乐妍姐姐，我饿。"

视线不由得落在他身上，李乐妍受不了小孩子可怜的表情，在胳膊晃荡的弧度中开口求情："其实偶尔吃一次也还好。"

"他最近在换牙。"

沈昊："哥！我牙早换完了。"

沈诚："那也不行，忘记以前生病肚子疼的时候了？"

沈昊："那次是吃太多了……就一点，一点好吗？"

沈诚没说话，视线落在表弟的脸上，明明也没凶，就是吓得小朋友不敢再开口了。

李乐妍也不知道该怎么开口了。她刚才求情的话，好像被拒绝了……她也跟着垂下了头。

一大一小，像两个挨训的小朋友。

沈诚的视线从沈昊脸上移到她身上，见女生低着头，唇线耷拉的模样，揣在兜里的指尖蜷了蜷。

　　片刻，浅淡的音调落下——

　　"不准吃多。"

　　"好！可以吃炸鸡了！谢谢哥哥！哥哥最好啦！"沈昊激动得在原地转了个圈，高兴地拉着她和沈诚的手进了快餐店。

　　店里，玻璃窗前的桌上，李乐妍守着吃汉堡正欢快的沈昊，沈诚去结账。待人走远后，沈昊沾着番茄酱的脸向她凑近："乐妍姐姐，今天还好有你在，以前每次求我哥出来带我吃炸鸡，他从来都没松过口的。"

　　"看来你今天运气挺好，撞上他心情好。"

　　"不是。"沈昊又啃了一口汉堡，"肯定是因为姐姐你，我刚才偷瞄到我哥看了你一眼才松口的，乐妍姐姐，你简直就是我的福星！"

　　是吗？沈诚看她？

　　李乐妍想着摇摇头，果断否决掉了这个想法，她明明第一次提出请求的时候他都拒绝掉了，后来可能是对弟弟心软了吧。

　　餐桌上的食物消灭干净，沈昊伸手拍拍肚子："吃饱啦！"

　　沈诚："回去吗？"

　　沈昊摇摇头，说马上是他们班主任的生日，班上的小朋友都在筹划送什么礼物。沈昊也有自己的想法，前段时间他们班主任喝水的杯子摔碎了，他想去买个新的。但自己不知道班主任喜欢哪样的杯子，要是自己挑选的太丑了，张莉莉会去找何大壮玩的，这太可怕了。

　　沈昊一想到这里眉心就是一皱，拉着她和沈诚不松手，要他们带他去买杯子。

　　就这样，沈诚带他们去了百货市场。那里的东西可以让人挑得眼花缭乱，好看的杯子更是层出不穷，而且说不定还能碰到喜欢的小玩意儿，女孩子应该挺喜欢逛的。

　　公交车上，沈昊虽然不理解他哥为什么要带他们跑这么远逛百货市场，明明快餐店旁边就有新世纪超市，但又想到他哥好不容易能陪他玩，突然又没什么意见了。

三人在百货市场站下车，进去以后，各色各样的花鸟瓷器看得李乐妍略感吃惊，好歹自己也算是在户口本上写着"奉城"的本地人，竟然不知道奉城还有这样的地方存在。

一大一小无头苍蝇似的随意乱逛，沈诚就跟在他们后面一路沉默地走着。

不知不觉逛完半个百货市场，李乐妍手里已经有了许多稀奇古怪的小玩意儿，有贝壳、风铃和核桃手办，还有几个漂亮的瓷娃娃，是李乐妍准备送给室友的。

手上拎着的重量不算轻，又走了一会儿，他们到了一家瓷器店，店门口的森林木架上摆了一排漂亮的猫咪杯，做工看着十分精致。

一大一小双双走不动道，沈昊松开"爪子"跑过去挑了一个葫芦娃印花的杯子要带走，李乐妍看了看，也准备伸手去拿，但手臂上的力道太重，一时有些阻碍。正想着把东西放在什么地方比较好的时候，一只手伸了过来。

"给我吧。"沈诚接过她手上的所有袋子，轻松拎在左手掌心，低头继续看手机。

他动作太随意，仿佛刚才什么都没有发生。但李乐妍清楚地知道，他帮她拎上了袋子。

耳上温度不由得一热，李乐妍抿唇收回目光，强迫自己不再去看，视线专注地盯在眼前的这排杯子上。

李乐妍看上了一款灰色浅口的杯子，外面印着撑伞的龙猫。

沈诚余光瞥见女生唇角浅浅的笑，李乐妍在看清底部的价格时，表情怔了下，随即又讪讪将杯子放了回去。

"不喜欢吗？"沈诚出声问道。

"太贵了。"李乐妍摇摇头，"感觉不太划算。"

"那去逛点别的？"

"嗯。"李乐妍说完就见沈昊走了过来。小孩子没太在意周围大人的情绪变化，拉着李乐妍又兴高采烈地往前走了。

沈诚视线落在那处龙猫印花上，抬手叫了店员："麻烦帮我把这个杯子包起来。"

"稍等。"

店员的动作很快，沈诚没耽误太久，又快步走过去找到他们。

从百货市场出来的时候，天色已近黄昏。漂亮的火烧云一簇簇挂在天边，像漂亮的篝火。

三人站在公交亭下，去往学校的公交即将到站，李乐妍伸手向他："袋子给我吧，麻烦你帮忙提这么久。"

"小事。"沈诚将东西递给她。

李乐妍拿到的时候明显感觉比之前重了点，但又说不准是不是自己空手太久，所以产生的错觉。

沈诚脸上的表情看不出异样，李乐妍没多想，转身上车投币，车门关上之前，沈诚在后面拉着沈昊冲她挥手。

她听见小朋友对她说："乐妍姐姐，再见。"

李乐妍也冲他们挥挥手，转身找了个靠窗的位置坐下，手上的袋子放在膝盖上，李乐妍清晰感受到被什么东西硌到了。

她带着疑惑地拉开牛皮纸袋，一眼看见里面透明盒包裹的龙猫出现在眼前。

手上动作稍怔，李乐妍立刻回头去看，透过玻璃窗看见站亭越来越远，只好拿出手机给沈诚拨电话。

那边接得很快，好听的嗓音隔着电流传过来："喂？"

李乐妍哽了下，但还是开口："杯子……"

"你看到了？"

李乐妍："你怎么……"

"就当是谢谢妍妍老师——"沈诚话间略微停顿，"下午帮我带小孩。"

"可是这个太贵了。"

"没有，喜欢就好。"沈诚打断她，"路上小心，回去以后给我发个信息。"

话说到这里已经没有她再开口的余地，李乐妍想了想，对那边说了句谢谢，随即挂断。

公交车驶向奉城师范，距离却与那簇火烧云愈来愈近，李乐妍隔着车窗与风景擦肩而过。

那抹热烈的色彩在心头闪过，一如她快要掩藏不住的情感，快要破土而出。

早上七点半，吴倾予放在床头的闹钟响铃，大学生日常的早八开始。

吴倾予揉着眼睛从床上坐起来，迷蒙着思绪去阳台洗漱，电动牙刷打出泡沫。吴倾予抬眼看了下镜子，意外从里面看见了外面飘落的雪花。

北方的冬季，七点多，路灯还没完全熄灭，纷繁的雪花在路灯下悉数落下，吴倾予呆了下。反应过来迅速洗漱完，去到室内拿出手机录下一段视频，发到群里。

吴倾予：今年的初雪。

楼茗：好漂亮。

孙浅：南方没见过雪的孩子属实绷不住了。

吴倾予：拍给你们看。

孙浅：还有吗？吴倾予，你能不能下去给我堆个雪人啊？

吴倾予哭笑不得，打字的手指被室外的风吹得直往里缩：想要我的命直说！

魏宜念：哈哈哈哈，笑发财了。

魏宜念：不过说真的，北方的雪真的好大啊，你这次放假能不能带点回来给我们玩？

吴倾予发了个沉默的表情包，顺带灵魂拷问：我们这个群里的智商真的是能考上大学的人吗？

孙浅：当然是了，大学生眼里都透着清晰的愚蠢。

和这群傻子聊天就没什么正常的时候，吴倾予想了想，点开之前自己拍的那段视频，氛围感很足的雪景。

吴倾予点开和王临的对话框，把视频发了过去。

吴倾予：下雪了。

王临：嗯。

那边回得很快，内容却让吴倾予指尖顿了下。大一的课很多，她又加了医学部的学生会，冷不丁看见他这样的回复，竟然会觉得有些陌生。

手指划着屏幕往上翻，才发现聊天记录不知从何时起，由分享日常到每天只是简单地互道几句晚安，偶尔发过去的信息也是单音节的回复，关系渐渐疏远。

吴倾予视线定格在屏幕上，片刻，翻开通讯录给王临打了过去。

电话响了好一会儿，那边才终于接通，开口却是简单的一个"喂"字，让吴倾予跟着愣了好久。

他的语气太疏离，陌生到仿佛不曾听过。

王临清了清嗓子："在干什么？"

吴倾予有些恍惚，好像之前那声冷淡的"喂"是她朦胧中产生的错觉。她没再多想，握着手机回他："在洗漱，准备去上早八。"

"嗯，没什么事我就先——"

"挂"那个字还没出口，吴倾予抢先一步打断他："王临。"

王临准备挂电话的动作顿了下。

"过几天元旦，你什么时候来找我？"

"看情况吧，你也知道，最近院里筹备元旦会演，我可能走不开。"

"你之前答应过我的。"

"倾予，我尽量过来陪你。"

"我在机场等你。"

"好。"

电话挂断，收线之后，吴倾予抬手捂了下眼睛，眼底有片刻的怅然。

很快到了元旦那一天，八点多的时候寝室里有了动静，吴倾予被室友收拾行李的声音吵醒，眯着眼睛扒开手机看了眼时间，发现时间还早，便又重新躺了回去，再醒过来的时候室友已经准备出发了。

开门声再度将她吵醒，吴倾予抬起头，往室友的方向看了一眼："要出去吗？"

女生点点头，脸上表情甜蜜："我男朋友过来陪我跨年了，先出去啦。"

"好，路上小心点，新年快乐。"

"新年快乐。"

和室友回完话，吴倾予从床上坐起来给王临打电话。

"你到哪儿了？"

"倾予……我把航班退了。"

吴倾予承认有一瞬间自己好像没听懂他在说什么，所以还能克制着语气问："什么？"

"今天天气预报说有暴雪，我看到机场的路被封了，刚好学校这边也有事，我就把航班退了。"

吴倾予："就因为这个？"

王临："确实是天气不太凑巧……"

"王临。"她语气冷静，那边突然没声了。

"真的是这样吗？"吴倾予问，"你告诉我，真的是这样你才把机票退了？我昨天看到绵城的天气……"

"不是。"

"那是什么？你说。"

"倾予，你别这样说话。"

一瞬间快要升起的歇斯底里像被电话里传来的声音冻住了，吴倾予握着手机顿在原地，沉默下来。

"你这样子让我有点受不了，说真的，我忍很久了，从我们分开以后，你就像变了个人……"

"我变了？王临，你摸着良心说，到底谁变了？"

"我不想和你吵这个。"那边语气里夹杂着一些不耐，"分手吧。"

"你说什么？"

"我说分手，吴倾予，我不喜欢你了，我觉得现在的我们不合适。而且，我有喜欢的人了。"

他说完这句话，不待她再开口，就迅速挂断了电话。

吴倾予克制着没让自己太狼狈，室友都在阳台外洗漱，她一个人坐在床上，视线却越来越模糊，眼泪好像丢失开关的水库，来势汹涌。

吴倾予压着声抬手遮住脸，另一只空出来的指尖单手按住键盘，发送微信：我觉得我们可以谈谈。

回应她的，却是红色的感叹号。

楼茗她们是中午知道消息的，吴倾予给楼茗打了电话，电话那头的她沉默了许久，开口的嗓音却几近哽咽："楼茗……我、我……"

"发生什么事了？"楼茗放下手中的筷子，轻声安慰，"你别急，慢慢说。"

"我和王临分手了。"

楼茗一时怔住，眉心轻蹙："发生什么事了？"

"我不知道怎么说，他一上来就提分手，还拉黑了我的微信，电话也不接……我不知道该怎么办。"

"你现在在哪儿？"

"寝室。"

"我们过来找你。"

"可是太麻烦。"

"不麻烦。"楼茗停下动作，叫她名字，"等我们过来。"

"好……"

晚上六点，楼茗和郭柠降落北连机场，与提前过来的魏宜念和孙浅会合。

四人打车去往北连大学。

车上，楼茗给吴倾予打了电话，一旁的孙浅脸色冷峻，下车的时候吴倾予已经到了校门口，几人接上她去了之前订好的酒店。

房间里，女孩们围坐在一起。魏宜念从包里拿出李乐妍煮的红糖姜汁递给吴倾予："乐妍妈妈在住院，她不方便过来，听楼茗说了你电话里嗓子哑，给你煮了这个让我带过来，喝了感冒好得快。"

"谢谢你们。"吴倾予红着眼睛，不知道说什么好。

"赶紧把药喝了。"孙浅环手抱着胸，"病好了去找姓王的算账。"

"先别冲动，听倾予讲下到底怎么回事。"

"还能怎么回事？"孙浅气得拍桌子，"不就是他姓王的劈腿——"

魏宜念："孙浅……"

"叫我干什么，他敢做还不让人说了。要我说，吴倾予你今天就好好想想，到底要不要去绵城找姓王的说清楚，手机上分手算怎么回事。以为拉黑就能解决问题，真没那么容易的事！"

楼茗："浅浅说的是，去找他问清楚。"

孙浅："就是！"

郭柠："倾予怎么想的？"

几人视线都落在女生身上。吴倾予眼眶还是红，却并不像第一次见到时的狼狈，此刻眼眸里也多了两分看得见的坚定。

吴倾予点了下头："去绵城，找他问清楚。"

第二天一早，几人订了飞绵城的票，后来想想确实有些冲动，放在多年以后，她们可能也会被生活绊住手脚，会权衡利弊，会考虑成本。可当时少女们的热忱与天比肩，不远奔赴千里，也要为年少的青春讨个答案，都很勇敢。

飞机落地绵城后，经过一夜，几人站到绵城师范学院的门口。

吴倾予用郭柠的电话，给王临发了一条短信，发送成功后手揣进兜里，视线定格在校门内。

"王临会来吗？"等了接近半个小时，魏宜念有些不确定地问。

楼茗转头看吴倾予。

吴倾予表情平静，清秀的脸上看不出情绪，只是淡淡点了下头，语气肯定："他会。"

又过了大概十分钟，校门口渐渐走出来一个熟悉的身影。

魏宜念看到后说了一声："好像是王临。"

吴倾予："是他。"

男生走近。

几人确定是王临后，退到了旁边的香樟树下站着。王临走出校门，站到了吴倾予面前。

两人都没说话。

吴倾予本来以为自己会激动地质问他，说不定还会控制不住先甩他一巴掌，但事实是两人对上视线后，彼此都怔松了下，眼里浮动着什么情绪。

无力感深深地从心底升起，好像隔开他们的只是距离，却又好像不止。

具体是什么，吴倾予也不知道。

也许是时间吧，谁又知道呢？正想着，吴倾予刚准备开口说些什么，后方传来的女声突然把她喊醒了。

两人循着声音同时回头，视线定格在一个身材娇小的女生身上，对方声音软糯，开口叫了王临的名字："王临，你在和谁说话呢？"

她诚然一副宣示主权的模样。

吴倾予说不出话，唇边溢出一声嘲讽的笑。吴倾予小臂的弧度已然抬起，结果眼前突然蹿出的身影却抢先一步发了力。

几人都还有点没反应过来，孙浅就已经冲了出去，抬脚精准向王临踢了过去。

"渣男！"

变故来得太突然，在场所有人都没反应过来，孙浅狠狠踹了王临大腿一脚。

孙浅踹完直接拉着吴倾予往后两步站到了安全区，王临痛得弯下腰捂住腿。那个娇小的女生立马跑了出来，关心王临，质问她们："你们谁啊，干吗打我男朋友？"

这话让本来还有些蒙的吴倾予，瞬间反应过来："你男朋友？你自己问问他是谁男朋友！"吴倾予顺手从钱包夹里掏出两人以前拍的照片，"看清楚了吗？这是不是他？！"

拍立得照片像素清晰，是毕业那年两人在校门口拍的照片。穿着校服的男女生站在一起，身高般配，女生手里抱着一束花，男生的视线落在女生侧脸上。

画面怎么看，都不失美好，可吴倾予现在只觉得恶心。

楼茗在后面招呼她们离开，小个子女生愣在原地，吴倾予和孙浅上车，车门"砰"的一声关上，吴倾予最后看了王临一眼，升起车窗。

都说年少时的感情走不长远，大多数没有结局，只有极少的人会成功去到民政局。

吴倾予以前就知道这个道理，但当时的她坚信自己是极幸运的少数。只有在感情质变之后，才会相信现实。曾经在一起的时光，吴倾予并不后悔，因为当时的他们都曾全心全意喜欢过对方。怪只怪少年初看世界，乱花迷人眼，心性不坚，弄丢了喜欢的人。

曾经的那张合照，吴倾予捡起来扔进了垃圾桶，再也找不回来。

原来年少时的感情真的很难有结果，很遗憾，她没能成为那个例外。

"想哭就哭吧，大家都在呢，有什么别忍着。"楼茗拍了拍她的背，吴倾予终于没忍住呜咽出声。

几人都默默递来纸巾。

出租车到楼茗订好的酒店停下，她们这一天兵荒马乱，都没有再坐一趟航班的耐力。

到房间后，几人照看吴倾予休息，也跟着在沙发上睡了过去。一觉醒来到晚上，孙浅被魏宜念拍醒："醒了没？"

孙浅迷蒙地睁开眼，见魏宜念拿着纸巾擦肩膀，边擦边说："你怎么睡得跟头猪似的，叫不醒就算了，还流口水？"

"我流口水了吗？"孙浅抬手摸了下自己的下巴，果然感觉有点湿润，咂咂嘴，"可能是肚子饿了吧，你拿纸擦擦吧，别太介意。"

魏宜念嘴角浅抽了下，房门外传来动静。

楼茗和郭柠从外面进来，手里提着打包好的饭菜，摆在小桌子上还挺丰盛。

几人都收拾起来，准备得差不多的时候，去叫了吴倾予起床，孙浅又趁这个时间去买了半箱啤酒搬上来，整整齐齐往桌上摆，看吴倾予一眼："够吗？不够我再下去买。"

郭柠："喝了再买吧，买多了也是浪费。"

"那行。"孙浅豪迈地开了酒瓶，往吴倾予面前一放，又接着去开下一个，"来，姐妹们今晚陪你买醉浇愁！"

吴倾予深吸口气，举了瓶，二话不说，一口喝干净。

孙浅在旁边看得目瞪口呆，眨眨眼睛问她们："她酒量什么时候这么好了？"

几人闻言都摇摇头。还没怎么开口，吴倾予就已经把空了的酒瓶摞下，眼神在她们脸上扫荡一圈，还没开口，人就"哐啷"一下趴在了桌子上。

魏宜念吓得忙凑过去看她，须臾，直起身："喝醉了。"

"什么？"孙浅震惊，"我这都还没开始，她就醉了？"

最该喝的一下就退场了，几人便把酒收起来，开始吃饭，到一半的时候吴倾予被她们摇醒了，起来吃了两口蛋炒饭，转身摞下筷子站了起来。

吴倾予晃晃悠悠地走到桌边，推开阳台门。楼茗见状立马放下筷子跟上去，几人紧随其后，全都跑到阳台，却只见吴倾予站在栏杆边踮起脚尖，回头冲她们比了个"嘘"，然后转身放声大喊："我，吴倾予，今天正式翻篇了！"

"翻篇！"楼茗跟着喊了句。

女孩们齐齐应声："吴倾予翻篇！"

吴倾予回头，眼泪从脸上滑过，唇角却向上扬起，笑了。

在这样寂静的夜晚，天上的星星还是很亮，阳台上刮起了风，劝服她去释怀，也送来了最虔诚的友情。

祝你也在低谷时拥有一群向上的朋友，也祝有爱者更爱，无爱者自由。

再后来，那年春节，车闻小姨不知道从哪儿打听到，上洲大学计算机科学与技术学院有与麻省理工学院的交换生名额，在过年的时候又提到了这件事，被车闻敷衍着搪塞过去。

车闻扒着碗里的饭："还没想好。"

小姨脸色微变，车闻装没看见。其实在这件事上，他之前和楼茗商量过，两人都知道这是一次很好的机会，但最近朋友们的感情太波折，他们对这个话题暂时选择避而不谈。

可最近项目组的导师一直在微信上联系车闻，车闻上学期的学分很高，各方面要求都符合。

导师一直在追问车闻，什么时候提交报名邮件，距离最后的截止日期只剩三天了。

车闻吃完饭后，回到房间阳台，拿着手机给楼茗打电话。

那边没多久就被接听，切线之后车闻叫了一声："宝宝。"

"嗯？"楼茗低头看着脚尖。

车闻："在干吗呢？"

"陪我妈逛花市。"楼茗问他，"才吃完饭？"

"嗯。"

"有糖醋排骨吗？"

"有。"车闻声音放得更温柔，"就是没你做得好吃。"

"那等开学了再给你做。"

话落一阵短暂的沉默，再开口时，两人几乎同时出声——

楼茗："是交换的事……"

车闻："导师今天……"

"你怎么想的？"楼茗问。

"我想知道你的想法，茗茗。"

"我想你去。"楼茗摩挲了两下指尖，"我说真的，车闻，这次机会挺好的。"

车闻嗓音微暗："舍不得。"

楼茗沉默两秒，开口叫了他名字："车闻。"

"嗯？"

"你相信我吗？"

"什么？"

"相信我可以毫不动摇地等你两年，坚定、坦诚。"

"我信。"

楼茗问："那你呢？我也可以信你吗？"

车闻握手机的动作一顿，郑重其事地保证："可以。楼茗，语言的重量很轻，但你可以放心相信你男朋友。"

"好。"

开学前夕，楼茗和车闻提前一周回了学校，车闻去办各种需要的证件和资料证明，楼茗就在家里做自己的事情。

车闻开学后不久就因为进课题组的关系，渐渐与室友的作息不太一致，更严重的时候还会错过门禁，干脆在校外租了套两室一厅，七十平方米左右，干湿分离的小公寓。

两人虽然没有同居，但楼茗偶尔周末还是会过来找他，加之最近郭柠寝室里关系比较僵硬，不同专业住在一起难免作息不同。郭柠学期结束还是准备搬出去找房子，楼茗想着干脆等车闻走后，和郭柠一起搬出来住。

车闻租的小区治安很好，离学校也近，就是外部的居民楼有些旧，没有电梯。但好在他们住三楼，倒也没太大影响。

今天楼茗把家里收拾好后，待在阳台上画画，眼前的平板支着在打视频电话，仔细看会发现这是楼茗新拉的一个小群，群里几人正在合谋一件大事。

明天是车闻二十岁生日。

这人最近忙着办手续，又要去实验室跑数据，早上起床的时候楼茗本来还有点担心，但从车闻早上洗完碗，又给她把阳台上的月季花浇上水，之后亲她一口再熟练出门的动作来看，他是真忘了今天是什么日子。

待房间门关上后，楼茗在群里发了条消息——

行动。

半小时后，陈空带着一拨人赶往公寓，大家着手开始布置客厅，楼茗和魏宜念在厨房做饭，郭柠在洗菜，吴倾予在旁边切土豆。孙浅拿着相机在录视频，她在网络平台有一个自己的账号，靠独特的视频拍摄积累了小批粉丝。

他们都调侃孙浅的富婆梦指日可待。

几人嘻嘻哈哈，时间转瞬到了晚上。

八点的时候，车闻给楼茗发了微信，实验室的程序出了问题，今天可能会回来得晚，要她把门窗关好。

楼茗回了个"好"，又告诉他楼道里的灯可能坏了，回来的时候小心点。

车闻回了个"嗯"。

一行人又继续等。

快十一点的时候，彭桥趴窗户上，隔老远看见往回走的车闻，转身手舞足蹈地招呼她们："回来了！快快……准备！"

一群人手忙脚乱关灯，楼茗打开门，陈空带着彭桥和孙浅埋伏在楼梯拐角。

他们听见楼道门被推开的声音，紧接着是紧凑有力的脚步声。

彭桥握着礼炮的手居然有些出汗，忍不住凑到孙浅旁边小声说："我怎么感觉有点紧张……"

"你紧张什么？"孙浅奇怪地看他一眼，"楼茗都不紧张，又不是你男朋友。"

脚步声渐近，不知是不是被彭桥影响，孙浅也感觉手里的礼炮有些拿不稳，忍不住瞥了一眼陈空，但陈空此刻注意力全在楼下。

楼茗之前给车闻发的微信像是下的圣旨，车闻一回来自觉打开手机电筒就往楼梯上走，也没按墙上的灯控开关。

走到门口的时候也没发现什么不对，正掏出钥匙开门，后面突然闪出几道白光，手机光源照在周围，黑夜瞬间亮如白昼，彩带像飘落的雪花，扑簌在眼前落下。

"生日快乐！"

"惊不惊喜啊，闻狗？"

"你们……"车闻说着笑出声，背倚着墙和陈空碰了下拳，还没来得及说话，几人又让开位置给楼茗。

她打开门，手里捧着蛋糕："男朋友，吹蜡烛吗？"

那一刻，耳边熟悉的声音让车闻差点以为自己是在做梦，不然怎么会有一种全世界都在周围的感觉。

酒过三巡，夜深人静，房间和楼道都打扫干净，一群人都累瘫在沙发上。只有楼茗还站在阳台上吹风，车闻拿了条毯子从背后把她裹进去，下巴搁在她肩上："想什么呢？"

"在想你今天是不是很开心？"

"嗯。"

楼茗："蛋糕好吃吗？"

车闻："草莓有些酸。"

楼茗回头瞥他一眼，车闻趁机在她唇上浅啄一下："现在不酸了。"

楼茗咂咂嘴，慢吞吞从兜里掏出之前画好的东西，塞给他："给你的生日礼物。"

车闻："是什么？"

楼茗："你自己看。"

车闻环着她打开，出现在眼前的是一张彩绘的结婚证，还没反应过来，就听她说——

"两年后的今天，你把这个还我，我考虑给你换成真的。"

"你认真的？"

"你看我像开玩……车闻——"

脖子被他撑住，车闻追过来又重新开始，他笑着说："我听见了，不许反悔。"

"嗯。"

月底，车闻坐上飞往大洋彼岸的飞机。

从机场回来的路上，楼茗坐在车里翻开同学录，那页绘着"结婚证"的画纸被裁剪下一半，她翻开准备到另一页落笔，却意外发现背面的留白。

Wait for me,my destined wife.

（等我，我命中注定的妻子）

第八章

爱情纯洁，友谊珍贵

车闻走后的那个夏天，上洲的天气依旧炎热。

在九月的盛夏里，楼茗升大二，抱着专业书从知行楼出来的时候，路过操场，看见一片绿色的军训服。不知道是不是眼花，她依稀在密集的人群中，看见了冯久阳的脸。

她不由得驻足多站了会儿，恰好台上传来口哨声，休息时间，女生也凑巧回了下头，彼此眼里都有些惊讶。

冯久阳认出她，快步跑过来凑到铁网旁边："楼茗！"

楼茗笑着点点头："久阳。"

"真的是你啊！之前听说你们在上洲，我还想着什么时候能遇见呢，没想到今天这么巧。"冯久阳问她，"郭柠呢？她没和你一起吗？"

"她今天满课。"楼茗又往里看了眼，"军训很辛苦吧？"

"还好，就是总教官有点凶，不过快到中午啦，军训结束，我和谢子明请你们吃饭，老同学聚一聚。"

楼茗说："那也应该是我们请你。"

"都一样，我先过去了，一会儿还要集合。"

"好。"

她走远，楼茗盯着她的背影看了会儿，缓缓抬头望天，今天阳光大好，适合向日葵生长。

军训结束以后，楼茗和郭柠一起和冯久阳约了饭，在一家烤鱼店，老同学重逢话题很多，氛围很好。席间，楼茗才了解到谢子明今年改报了上洲大学医学院，临床医学八年。

她惊讶之余难免好奇，怎么和去年的反差这么大，但到底没往下追问。

吃完饭回来后，楼茗和郭柠敷着面膜在沙发上看电影，明天就是国庆，两人订了回去的机票。

看到一半，郭柠把面膜撕下来，拆了袋黄瓜味的薯片递给她："明天我们的航班好像是和久阳同一趟。"

"这么巧？"楼茗挑了下眉，撕掉面膜去洗脸，戳着电动牙刷出来，"那明天还可以再聊会儿。"

郭柠："嗯。"

第二天一早，几人在机场遇见。大厅里，冯久阳给她们看了一个视频："这是之前在一中毕业典礼拍的视频。"

楼茗看见台上站着的是拿着话筒的冯久阳，唇角弯了一下："是你唱的吗？"

"你们看看好不好听。"

"好。"

楼茗点开视频，画面中的冯久阳一袭浅黄色碎花长裙，长发飘散，拿着话筒的表情自信，虽然音调赶不上原唱流畅，但胜在声线绝佳，现场同样十分震撼。

郭柠："我觉得唱得蛮好听。"

楼茗："这视频是他拍的？"

她的视线落在后排的男生身上，谢子明正拧开保温杯给冯久阳递过来："多喝点水。"

冯久阳点点头，接过喝了一口，捏下男生的侧脸："谢谢宝贝。"

楼茗不由得笑出声："你们感情真好。"

冯久阳笑。

几人说着又聊了一会儿，头顶广播响起，他们登机，飞机落地奉城已是两小时后。

出乎意料，出机场后室外的温度微凉，城市道路两旁的香樟树已然泛黄，风吹来了奉城的秋。

楼茗望着窗外，突然有些怔忪，仿佛上洲那个炎热的夏日，眨眼已是昨日。

郭柠和楼茗上了出租，冲窗外的久阳挥挥手，车影穿梭，女生的身影渐渐看不见。

楼茗收回视线，她没想到，那是见冯久阳的最后一面。

残忍的消息在国庆假期倒数第三天的时候传来。

冯久阳生前最好的朋友何嘉怡在群里通知了这个消息，她是心源性猝死。事情发生那天，久阳去大姨家睡觉，第二天醒来已经不见呼吸。

那种常在新闻头条中报道的事，发生在了他们身边，他们最初认为这是不真实的消息，楼茗更是难以相信，要知道，明明就在几天前，她们还在机场一起聊天。

可发这条消息的是何嘉怡，一并附有的，还有和冯爸爸聊天的记录。让这条消息坐实的，是第二天发在群里的葬礼地址和随附吊唁要求。

楼茗穿着一袭黑色长裙下车，在门口愣了许久，直到门边的侍者走过来递给她一枝白菊，她才缓步向里走。

那天的一切都像梦。

梦里四周都是压抑的哭声，白色地板绵延到尽头是灰色的照片，女生的唇角微抿，像是在安抚前来探望的人不要过度陷入悲伤。她只是有些累，暂时睡了一觉。

楼茗不记得自己是怎么放上的白菊，又怎么跟随人群到了西郊墓园。

那天的天气实在不算好，阴沉的云层密密麻麻遮蔽下来，空气中微微湿润的水汽，好似老天都忍不住哽咽起来。

楼茗抬头望了下天，突然就流了泪。

冯久阳的姐姐抱着骨灰盒，谢子明在旁边撑伞，高大的身影立在伞下。楼茗站在后方，看不清他的表情，只无意间瞥见，谢子明撑伞的腕骨青筋凸起，指尖微微发抖，模样让人心底微惊。

那是楼茗关于葬礼最后的记忆。

冯久阳死在十九岁，正是风华正茂的年纪。

后来时间过得很快，大二那年，楼茗跟着直系的学姐在杂志社实习，四处跑新闻的日子很充实，不知不觉遗忘掉许多细节。

车闻那边也很忙，两处又隔着时差，固定着一周一次通话的频率，剩下的时间，都尽可能让自己忙碌起来，好像这样就能让时间走快一点。

又一年过去了，在大三那年的寒假里，又发生了一件大事。

过节前夕，楼茗在院子里和朋友们视频，魏宜念神神秘秘给她们切了镜头。

魏宜念：家人们，猜我在干什么！

吴倾予：干什么呢，这么激动？

魏宜念：你们自己看！

镜头一切，画面中赫然出现奉城饭店的大包厢，一桌人坐得整整齐齐。楼茗在画面里看见了魏宜念的爸妈，还看见了李炎。

群里果然激动起来：哇！你在干什么？

孙浅发了个捂心脏的表情包：别告诉我是……

魏宜念：哈哈哈哈，你们觉得呢？

楼茗：是我们想的那样吗？

魏宜念：是的！我带李炎回家过年了，家里在商量订婚。

孙浅：哈哈哈哈，撤回去，你的发言伤害到我们陈老板了。

魏宜念：抱歉，请陈老板暂时理解一下。

陈空：真的假的，大家的进度已经如此参差不齐了吗……

彭桥：早就不齐了，我小学同学的孩子都快上幼儿园了。

孙浅：不过说起来，你们这个进度确实有些快啊，准备什么时候领证？

魏宜念：过完年就准备领证了，到时候让李炎请你们吃饭。

吴倾予：婚礼准备什么时候？

魏宜念：毕业以后吧，毕竟现在还在上学不太方便，而且他妈妈说，备婚还要挺长时间。

楼茗：确实不用着急，毕竟就结这一次。

魏宜念：哈哈哈，那说不准，万一他以后惹我生气……不过话说回来，你和车闻准备什么时候？

楼茗：怎么突然提到我了？

楼茗：看他什么时候回来吧。

群里又是一阵起哄，一堆人凑在一起聊了半天，最后以楼茗被家人叫进去挂灯笼结束。

很快过完年节，元宵以后，朋友们凑在一起约了饭。

包厢里，魏宜念化着精致的妆，白色羊绒裙外的毛呢外套在进门后被李炎接了过去，他细心替她拉开椅子。

孙浅在旁边看着不由得抿了下唇，一脸的笑快要藏不住，凑在楼茗旁边咬耳朵："咱们念念这领了证，气质都不一样了。"

这人不正经的时候太多，楼茗已经选择性习惯了，两人视线都凑过去看魏宜念。

楼茗坐得更近，不由得问道："今天怎么穿这么漂亮？"

魏宜念脸上悄然爬上一抹绯色，压低声音，笑着看她们，从兜里掏出红色的小本："因为……今天去领证啦！"

"哇！"

几人眼睛都瞪得老大。

安静片刻，大家马上朝魏宜念凑过来："我看看！给我看一眼。"

"哎呀，急什么？看你们一个个没见过世面的样子。"孙浅一脸淡定地走过来，几人都被她说得有些蒙，话落却见孙浅熟练地低下头，"来，先给我看看。看我念念这小脸笑得，能开出朵花了吧。哎，爱情啊……还是得找炎哥这种年纪的，现在都能合法领证了。"

李炎比魏宜念大三岁。

小红本在一群人手里传看一圈，最后到了楼茗手里。

她盯着看了一会儿，打钢印的地方有些硌指尖，楼茗看着垂了下眼，转过头问魏宜念："宜念，我能拍张照吗？"

"可以啊，你拍。"

"谢谢。"

楼茗拿手机拍了一张，给车闻发了过去：宜念和炎哥的。

那边回得很快：想要？

没想到他突然问这个，虽然自己的意图确实有点隐晦的暗示，但真被这么直白地挑明时，楼茗还是没忍住耳尖一红，正准备打字回复。

车闻又给她发了一条：还有 237 天。

楼茗：哦。

楼茗关掉手机，把小红本还给魏宜念，唇角笑意明显。

饭局结束的时候，楼茗觉得自己还是小瞧了这群女人的行动能力，她们已经把伴娘服的款式都选好了，正在和魏宜念讨论婚礼是办西式还是中式。

她们几个在这方面竟然表现出了前所未有的好奇，连还在单身的吴倾予都拿着平板电脑看了起来。

"这套挺好看的。"

"这套流苏有点多余。"

"这个……"

"宜念手机里图还是存少了，什么时候能去店里试？"

"拍照的时候吧，到时候通知你们啊，陪我一起试婚纱？"

"没问题。"

大三下学期，楼茗去了上洲电视台实习。小时候和长大后的二十四小时，好像并不对等，常常眼睛一闭，就能过去小半个月。

分开的时间也并没有楼茗想象中那么难熬，因为彼此在意，两颗心不论在哪里都能贴在一起。

大洋彼岸的风吹着楼茗走过两个春秋，在蝉鸣再次热烈的时候，最后的一点等待渐渐泯灭在黎明破晓之前。

楼茗整个暑假都在上洲电视台，也成功在快开学之前拿到了留下的 offer，临近毕业，郭柠加入了同师门研究生学姐的工作室。

定下来的那天，两个女孩准备去清枫酒店庆祝一顿。晚上楼茗从电视台出来，在地铁站等车的时候，郭柠给她发消息：我买了一个蛋糕，落朋友后备厢了，你一会儿过来帮我拿一下，车牌号我发你。

楼茗回了个"好"，也没多想就熄了手机屏幕。

到清枫酒店楼下的时候，楼茗点开微信，看见路边停了一辆黑色轿车，牌照对应。楼茗拍了张照片过去：是这辆吗？

郭柠：是的。

郭柠：后备厢没锁，你直接开吧，我们在上面等你。

楼茗：好的。

楼茗回完转身向后备厢走去，高跟鞋踩在地面轻响，今天郭柠特意嘱咐她穿好看一点，好歹是正式找到工作的庆祝。

楼茗觉得有道理，于是今天穿了一条米白色小纱裙，妆容精致。

她是真的没想到，原来他们早有预谋。

后备厢打开的那一刻，楼茗脑子空白了一下。

盛满后备厢的粉色玫瑰，缀以星星灯，最中间的位置，坐了一只戴着蝴蝶结的银渐层喵咪。礼炮在她头顶升起，银色的彩带像雪花。

车闻站在她身后，叫她名字："楼茗。"

楼茗缓缓地转身望向他，眼睫颤了一下："这些……都是你准备的吗？"

"喜欢吗？"

楼茗点头，车闻穿着黑色的西装，在她额心轻轻落下一吻："喜欢就好，但我还准备了点别的。"

楼茗："是什么？"

他笑了一声，在她眼前单膝落地，笔直的西装裤有了折痕。车闻拿出揣在上衣兜里的戒指，浅蓝色的丝绒盒子在楼茗眼前打开。

她看见了那枚漂亮的银色小钻戒。

"楼茗。"车闻喉结微滚，"你愿意，出演我余生唯一的女主角吗？"

"答应他！答应他！"

手机的灯光摇曳，朋友们将他们围住，郭柠和吴倾予捂着脸，眼里有依稀的泪花。

原来看见别人幸福，也会跟着流泪的。

楼茗其实比谁都想哭，强忍着吸了下鼻子，伸出手："我愿意。"

车闻给她戴上戒指，小钻戒滑进左手中指，他站起身，两人拥吻。

楼茗闭上眼睛的时候还在想，这个说要娶她回家的少年，终于在二十二岁时跟她求了婚。

在最合适的年纪，他即将依法成为她余生的男主角。

"男同志往左边去一点，不用和女同志靠得那么近。"

"对，看镜头。"

"一、二、三，笑！"

伴随一声快门轻响，画面定格在这一刻。

11 月 11 日这天，楼茗和车闻成为合法夫妻。

走出民政局的时候，群里已经炸开了锅，纷纷让他俩发照片。楼茗把电子版的发过去，立马跟着回了一串消息。

魏宜念：好看！

吴倾予：臣附议！

陈空：好看是好看，不过闻儿这笑得……怎么像隔壁村头那二傻子似的。

彭桥：可不嘛，拱到白菜了呗，咱哥几个谁有他速度快啊。

彭桥：按我说，楼茗，你就应该再晾他几年，这小子尾巴都快翘天上去了。

车闻：没办法。

车闻：我媳妇儿疼我。

车闻：晾几年也是在你俩前面。

陈空退出了群聊。

彭桥：哈哈哈哈哈，陈老板别这样，快把陈老板拉回来……

几人顺着笑作一团，孙浅又在群里问他们：今晚准备怎么庆祝啊？

楼茗给群里每人发了99元的红包，随即回复：等会儿和他去买点东西，晚上做点好吃的。

孙浅：祝你们早生贵子！

郭柠：百年好合！

魏宜念：新婚快乐！

吴倾予：预定一个干妈的位置……

关掉手机屏幕，楼茗和车闻去超市采购。到家的时候，上洲的夜景在落地窗外耀眼夺目。楼茗去卧室换了套居家服，到厨房准备做饭，车闻跟进来帮她系上围裙，分工明确。

楼茗切土豆丝，车闻负责给排骨焯水，食物的香气在家里弥漫，车闻手机响了一声。

楼茗转过视线看他，紧跟着听见有人按了门铃，车闻擦干净手，捏她的脸："应该是点的外送到了。"

他说完就去玄关开门，交流的声音有些远，楼茗听不太清，半晌没听见动静，从厨房探出脑袋看他。

车闻提着塑料袋进来，依稀还有一些别的东西，他先是掏出一瓶红酒放在餐桌上，随后才解释着开口："给茶茶买了一些猫粮。"

茶茶是车闻求婚时送的那只猫。

楼茗也没多想，回到厨房煎牛排，找不到黄油的位置，打开冰箱叫他："车闻，我上次买的黄油你放哪儿呢？"

"在牛奶后面的保鲜盒里。"

他的声音有些远，伴随卧室房门关上的声音。

楼茗动作不由得一顿，车闻放猫粮，去卧室干吗？

但她也只是短暂地疑惑一会儿，就抬手关掉了冰箱门，继续做饭。

晚餐的氛围很好，车闻带回来的红酒味道像果酒，喝起来很甜，而且这人告诉她度数不高，楼茗不知不觉喝掉小半瓶。

她去洗澡的时候还有点迷糊，碰到枕头就犯困，依稀听见浴室里的水声，再然后，被他从被子里剥出来。

车闻揉着她脑袋给她吹头发，吹风呼出的热气让楼茗脑子更困，眼皮都快睁不开，吹风机关上以后，车闻给她换了个枕头垫着。

楼茗本来以为自己可以马上睡着，但感受到床边的塌陷，她还是一下就醒了。

两人这段时间以来，盖着被子纯聊天的日子太多，本该习以为常，但可能是今天身份上发生重大转变，楼茗的思绪一下就跑远了。

被角的窸窣声在夜里更加明显，感官被无限放大，楼茗感觉到车闻从背后抱住她，半晌，开口清了下嗓："你热吗？"

楼茗脑子"嗡"了下，几乎有些结巴："不、不热，你觉得热吗？"

"是不是被子盖太厚了？"

"不是。"车闻咕哝，"有点奇怪。我是不是生病了？你要不摸摸我。"

楼茗不想理他。

"老婆，我好像发烧了。"

楼茗终于忍不了，开口叫他："车闻。"

"嗯？"

"你想干吗？"

车闻反问："你觉得呢。"

楼茗以为自己耳朵出现问题，慢半拍反应过来，脸上腾一下涨红，没再开口。

没得到回应，这人又开始死皮赖脸——

"可以吗？"

…………

楼茗不记得到底是怎么发生的，只知道有些事情，终究是避无可避。

已婚女士四个字，背后藏了太多不容易。

楼茗是被猫蹭醒的，睁开眼揉了下茶茶的脑袋，整个人从头到尾涌上酸软，又听见靠近的脚步声，车闻打开门进来。

楼茗眼睛一闭，暂时不想看见他。

她感受到旁边的小奶猫被人抱走，车闻亲亲她的脸颊："老婆，起来吃饭。"

楼茗装听不见。

等了一会儿，没再听这人开口，楼茗有点不明所以，正在心里疑惑，突然被他掀开被子，车闻手碰到她胳膊的时候，楼茗一下就醒了。

四目相对，车闻脸上难得有些不自然，清了下嗓："醒了？"

楼茗偏过头去不想理他，又被他低声的态度迷惑："老婆，我错了。"

"你错哪儿了？"

车闻："哪儿都错了。"

楼茗："你好好说……"

"真的啊？"车闻笑着开了下嗓，"真想听我说？"

楼茗伸手掐他腰，勉为其难原谅他，被抱着去卫生间洗漱。车闻挤好牙膏，这人殷勤献得太过，楼茗刷着牙瞅他一眼。见他不自在地别开眼，楼茗抬头看镜子的时候，才明白这人为什么心虚。

楼茗狠狠瞪他一眼，嘴里盛着泡沫，支吾着说："车闻，你今晚还是睡沙发吧。"

毕业季来得很快，六月楼茗办完离校手续，和车闻搬家去了溪合天街，次日收到魏宜念发来的消息。

她飞回奉城陪好友试婚纱，婚礼进入倒计时。楼茗为此特意提前请了假，安安心心准备做伴娘。

婚礼有条不紊地准备着，魏宜念拍了一条备婚视频——

"大家好，这里是宜念，距离我和李先生的婚礼倒计时还有两天，今天我的伴娘团到齐了，给大家介绍一下。"

镜头首先定格在孙浅脸上，孙浅对镜头打了个招呼，又起身转了下浅蓝色的伴娘服，镜头一转落在楼茗脸上。

楼茗笑着打了个招呼："嗨。"

随后是吴倾予和郭柠，一一冲镜头挥了手。

魏宜念调回了镜头："等会儿要去试婚服了，先暂停一下哦。"画面里稍有停顿，再定格时，魏宜念已经换了一身行装，仿宋制的喜服，衬得魏宜念腰身纤细，她眉眼弯弯，含着浅笑。

"念儿这也太美了吧！"孙浅在旁边感叹，"我拍戏的戏服都没你这好看。"

"你那是拍戏，人家是结婚，能比吗？"吴倾予说着也走过来，"转一圈看看。"

"看这边。"楼茗见她们闹完，把镜头定格过去，"说点什么吧。"

魏宜念捂了下脸，耳朵有些红，想了想，终于对着镜头喊了一句："李炎，快来娶我！"

房间里顿时一阵起哄声。

楼茗笑着弯了下唇，将每一幕都记录进去。

晚上，一切都在照常进行。

楼茗去找车闻，男人们在打麻将，车闻摸了张筒子和牌，将牌一摊，伸手握住她手腕，另一只手在她肩膀上碰了下："冷不冷？"

伴娘服是一字肩的设计，六月穿裙子刚好合适，就是夜里还是有些凉。

车闻把西装外套脱下来披在她肩上，问："要不要玩牌？"

"我不太会。"楼茗搬了个凳子坐他旁边，车闻继续打。

到凌晨的时候，一群人陆续去休息，魏宜念给他们开了酒店，伴娘团安排在一起。车闻不太想放人，走之前搂着她亲了一顿，最后还是把楼茗送到了房间门口。

　　女生们在里面斗地主，郭柠打开门把人接进去，车闻在门口站了会儿，回去了。

　　第二天一早，接亲的队伍从安城过来。

　　李炎那边有他的兄弟伴郎团，过来闹洞房接人，设计了投壶飞花令一系列小游戏，李炎才终于进来把人抱走。

　　下车的时候，魏爸爸眼睛红了，一辈子就这么一个女儿，如今也要远嫁了。

　　新娘上车以后，她们自然也要跟着上车，楼茗不知道安城那边的规矩是什么，只见李炎那边的伴郎走过来叫她们："一起吧。"

　　几个姑娘略迟疑了下，楼茗正欲开口，车闻就往这边走了过来："不麻烦，我们送她。"

　　陈空也笑笑："对不住啊，兄弟，两边地方不一样，这都是有对象的人，单独一辆车也不好，我们一起送也是一样的，别坏了新人的彩头。"

　　"那好。"对方无话可说，又看了楼茗和车闻一眼，终于走了。

　　路上的时候，车闻一直在专心开车。

　　车里就他们俩，楼茗想了想，侧头看了驾驶座的男人一眼。车闻表情平淡，脸上看不出什么，但楼茗还是感觉到了。

　　"生气了？"

　　车闻侧头睨她一眼："没有。"

　　"真没有假没有？"

　　"真没有。"车闻终于转头看她一眼，笑了，"不至于。"

　　"那怎么感觉……"

　　"到安城好几个小时呢，我这是专心开车。"车闻又揉了揉她的耳朵，"想什么呢。"

　　"那我睡一会儿。"楼茗这才靠上了座椅。

　　等她闭上眼睛，车闻这才转头又看她一眼。其实生气真不至于，毕竟感情摆在那里，顶多就是喜欢的人被觊觎有点不太舒服。

　　还是要早点把婚礼给办了，车闻这样想。

婚礼结束以后，一行人回到奉城，短暂的休整过后，去陈空家吃了饭，随即开车赶往静野郊区，去见一个老朋友——高二那年转学的平炀。

饭桌上，大家聊得正欢。

"修车厂上班挺好啊，咱有技术不愁挣不到钱。"

平炀："嗯。"

"地方是在……"车闻问道。

平炀抿了下唇："奉城。"

"回奉城了啊，奉城也好，咱都奉城出来的，以后哥几个回奉城还能多聚聚。"

平炀又问："你们呢？都在做什么？"

"那我得给你好好说道说道。"陈空抬指往桌上一扫，落在楼茗和车闻身上，"这两口子都在上洲呢。彭桥在南城，孙浅，浅儿现在可不得了了。"陈空打开视频软件，翻出一个账号，"浅儿大学的时候，在学校里搞自媒体，拍的视频那播放量都破亿了，现在都进组拍戏了。"

陈空："对了，浅儿，忘了问了，你下部戏什么时候进组啊？"

孙浅："快了，就下个月。"

"那行，提前祝你开机大吉。"陈空一抱拳，又一溜烟介绍过去，到郭柠这里，却突然卡了壳。

"柠檬干什么来着？"

郭柠："在上洲做心理咨询。"

"对！"陈空说，"柠檬现在是心理咨询师了，以后我要有个抑郁症的一定来找你。"

郭柠闻言也笑："少来。"

平炀没说话。

除此以外，饭桌上氛围其实挺好的，毕竟彼此都认识这么多年，关系摆在那里，即便是许久未曾见面，两杯酒下肚就什么都开始说了。

包厢里热气蒸腾，闹腾的朋友们，期待许久的重逢、修成正果的欢喜……一切一切都那么生动，汇聚成了眼前的画面，楼茗不由得弯了眼睛。

她的视线与车闻对上，弯得更深。

晚上，两人回住处休息。

安静的房间里，楼茗努力卷着被子，把自己埋进去，声音也一并微弱，叫他："困。"

车闻："明天下午的飞机，你睡你的。"

他又从被子里探进来，抓住楼茗的脚踝往外一带。楼茗软成一团，被他翻过去抱在上面。

楼茗思绪空白几秒，车闻咬住她耳郭："老婆。"

"嗯。"

"婚礼什么时候办？"

楼茗手搭在他肩上，思绪渐渐回笼："你想什么时候？"

车闻靠上床头，眼神认真："今年？"

"可是今年任总不是才给了你知源的项目？"

车闻眉心皱了下，埋在她脖颈闷声说："你就是不想和我结婚。"

"我哪有。"楼茗被他蹭得有些好笑，脖颈处痒痒的，没忍住抬手戳下他脸，"车闻，怎么突然想结婚了？"

"不是突然。"车闻抬头望向她，舌尖在她唇上碾过，"想多少年了。"

第二天，楼茗睡到中午，起床和车闻吃了个午饭去找郭柠，三人同一趟航班回上洲。

候机大厅，楼茗还是有些犯困，靠在车闻肩膀上玩消消乐，玩了半天，楼茗才偏过头看他一眼："柠檬怎么还没回来？"

"去见平炀了。"车闻点下回车，退出程序应用，把电脑收起来圈住她问，"饿不饿？"

"我还好，你饿了？"

"看你中午没怎么吃东西，给你买点小零食？"

"可以。"楼茗揉揉肚子。

车闻起身去买东西，楼茗戴好口罩在原地等他，抬眼却看见不远处的郭柠和平炀正说些什么。距离太远，对话的内容楼茗无从猜测，只轻轻咬了下唇尖。

好事多磨。

昨晚回去以后，平炀在阳台坐到半夜，陈空起来上厕所发现他还没睡，靠在窗台问了一句："哎，干吗呢？"

平炀回头看着他。

陈空"啧"一声摇着头，勾了把椅子坐他对面，腿随意地摆着，开口："你想追就去追，过了这村没这店，她明天下午的飞机。别磨磨叽叽的，想说什么就去说清楚。"

所以平炀今天来了机场，他把手里的咖啡和甜点递过去。

"下午茶。"

"谢谢。"郭柠接过，又抬头看了他一眼，想了想，终于还是开口，"平炀，一次挫折荒废不了人生，你加油。"

"嗯。"

头顶响起播报声，郭柠顿了顿："我先走了。"

她转身迈开两步，平炀才出声："郭柠。"

郭柠回头看他一眼，平炀掌心蜷了下："一路顺风。"

郭柠点完头，继续转身往前走到登机口，将要进去的时候，听见后面的话——

"我会来上洲的。"

郭柠强忍住回头的冲动，脚步微顿，走远。

"我等你。"有回音在心底响起。

楼茗和车闻回到上洲，生活忙碌但也充实，车闻的应用程序开始上线，八月，又来了好消息。

魏宜念晒了孕检报告单。

群里一阵恭喜，车闻和楼茗一起包了个大红包过去。

调休那天，上洲下了雨。楼茗和车闻窝在沙发上看电影，情到深处时，房间里跟着传出几声喘息，房间内光线昏暗。

楼茗累到连手指都不想动，趴在沙发上瘫着，车闻卷着她的头发躺在旁边："今天技术分红到账了。"

"这么快？"

车闻笑一声，附在她耳边："够首付了。"

"这么多？"楼茗听着眼睛眨了一下，爬起来去摸手机，"我这里也有一点，毕业以后存的，车闻。"

"嗯？"

"我们要有家了。"

这话说到他心里，车闻喉结滚了下，又去亲她："真好。"

十月，两人从地产中心看完房出来，阳光正盛，车闻手里举着遮阳伞，楼茗翻着餐厅推荐，问他："一会儿吃什么？"

"烤肉，西街那家，好久没过去了，顺便陪我去见一个人。"

"哦。"楼茗开始订位置，两人开车过去，到地方先去吃了饭，车闻之前提的人是一名设计师，专做定制婚戒。

楼茗有些没反应过来，车闻解释道："帮同事问的。"

哦，差点以为……

"想哪儿去了？"车闻笑她。

楼茗往他腰上掐了一把，从设计室出来，温度已经降了很多，天气很清爽，两人下午准备去做手工蛋糕。

车闻从背后揉着她脸，问制作的果酱要什么味道。楼茗刚仰头要答，手机铃声突然响了下。

楼茗接起，车闻在旁边问她："谁打的？"

"孙浅。"楼茗话音刚落，就听电话那头说，"茗茗，宜念的宝宝生了，是个小公主！"

楼茗和车闻回到奉城，大家都很高兴。

小姑娘取名李思黎。

幸福的时光再往前走，过了不久，楼茗和车闻乔迁新居。朋友们过来暖房，聚在一起做了一桌丰盛的菜。

客厅里，楼茗抱着小思黎在玩，看得出来她很喜欢小孩。

魏宜念在旁边打趣："这么喜欢，和车总什么时候生一个？"

"暂时不行。"楼茗耳朵上升了一点温度。她和车闻都在事业上升期，车闻前段时间才晋升，手头工作正忙，她也有两个栏目在做，每天时间恨不得一分掰成两分用都还嫌不够。

"那可得要抓紧啊，伴娘我现在是不行了。"魏宜念又往厨房看一眼，郭柠正在切菜，平炀杵在旁边晃悠着洗菜。

魏宜念不由得抿了下唇："郭柠和平炀准备什么时候办？这在一起也快一年了，怎么没听到有消息？"

"你担心他俩干什么？"孙浅接过话，"关心一下小吴吧，现在还没对象呢。"

"你们聊天怎么还拿我开刀。"吴倾予颇为不满，冲小团子招招手，"来，思黎，我们不和坏阿姨玩，到我这儿来。"

晚上，一群人就着啤酒聊天，男士们的话题从游戏篮球到如今的楼盘股票，她们也从小说广播剧谈到化妆品和孩子。经过社会的打磨，时间让他们都沉淀了，从十七八岁的少年变成了合格的成年人。

各自的辛酸苦辣在朋友面前都晕成一杯酒，互相诉说，或倾听或沉默，笑着闹着，又都过去了。

岁月荏苒，回首一经年。

多庆幸，当年熟悉的朋友都没怎么走散。

晚上酒足饭饱，收拾完厨房和客厅，各自去休息。熄灯前，楼茗去玄关锁门，车闻从卫生间出来，把她抵到墙面，压着她唇。两人正投入，孙浅突然叫了她一声。

"楼茗。"

楼茗抬手推了他一把。

车闻勉强往后退开一步，四处没开灯，孙浅又夜盲，没想到车闻这会儿也在玄关。

孙浅是在收拾餐桌的时候过来找楼茗的，说是有话要跟她说。

其实找谁都可以聊，但现在魏宜念要带孩子，吴倾予还要回去看文献，郭柠旁边又随时跟着个人，思来想去，就只剩楼茗了。虽然她老公也挺粘人的，但很多时候车闻都十分周到，在老婆的闺蜜那里几乎得到了一致好评。

这几个男人多多少少都有点小毛病，吵架拌嘴是常态。但车闻不一样，孙浅从未见过车闻和楼茗吵架。

不仅是因为两人的高度契合，另外在感情里，彼此很善于沟通，偶尔有观念不同的地方也会坐下来好好聊，没那么多解释不清的误会。

孙浅很是羡慕，对比一看，恨不得把彭桥踢十米远。

楼茗赶走车闻，走向沙发："浅浅？"

孙浅坐在沙发上抓着抱枕看她，楼茗在旁边坐下："怎么了？"

"和彭桥吵架了……其实也不算。"

楼茗问："发生什么了？"

孙浅说："就是他那个电竞队的事。"

彭桥上大学后，偷偷溜出去参加训练营，后来被选中当了青训生，打过两届 LPL 联赛，拿过一次 MVP（最有价值玩家），但是后来签合同的时候被坑了，压价又不能违约，好不容易现在到了转会期，彭桥想换战队。

就为这事，孙浅和他有分歧。

孙浅虽然觉得原来公司做的确实很过分，但随着这些年彭桥个人实力的凸显和逐渐庞大的粉丝群，公司已经对当初的合同做了优化，把最好的资源都倾斜给他，是重点培养的职业选手。

转会期留下来其实更有利于职业发展，但彭桥不太满意队里的风气和一些恶性竞争，加之他打发育路，和辅助的配合一直不算默契，对方是个出来体验生活的富二代，因此，彭桥决定转去现在圈内都没怎么听说过的小队伍。

讲完这些，孙浅自己也说："其实我知道他离开也好，但我生气就在于他都没和我商量一下，自己决定就好了，到头来流程都走完了才来通知我。"

孙浅说着渐渐有些委屈："而且……他新加入的那个战队都不在南城，本来毕业了好不容易结束异地，你说他这样……"

楼茗问："你心里怎么想的？"

孙浅："我觉得他这样，根本没考虑过我，他只爱打游戏……"

一时不知道该怎么说，楼茗不是劝分不劝和的闺蜜。事实上，她们几个人的感情都是自己在发展，朋友间都不会掺和太多。毕竟，爱情从来都是两个人的事情，虽说旁观者清，当局者迷，但真正过日子的，到底还是自己。

所以楼茗那晚什么也没说，只默默陪孙浅待了半晚上。

等回卧室的时候，车闻已经盖着被子睡着了，呼吸均匀。

楼茗见状放轻步子，蹑手蹑脚地钻进去，被他伸手从后面抱住，楼茗回头看他："吵醒你了？"

"没你在，睡不着。"

楼茗在他下巴上啄了一口。

车闻手环过来，把她圈进怀里："聊什么了？"

他其实不太过问她们女生之间的话题，但偶尔也会关心一下，怕楼茗遇到难题把事闷在心里。

果然问完以后，楼茗默了下："车闻，你说我们以后会不会……因为感情淡了分开什么的？"

车闻不答反问："你觉得呢？"

"我不知道。"楼茗想了想，坦诚地说，"一辈子太长了，虽然我现在很爱你，但是你要是变成了丑老头了，我可能……"

"不会。"车闻视线落在她脸上，指尖一点点从楼茗颊边滑过，"就算你以后变成了老婆婆，我也会给你送花。"

楼茗怔了怔："车闻……"

"我爱你，老婆，如果是和你在一起，一辈子也算不上长。"

"干吗突然这么煽情。"楼茗说着揎了下眼睛，"你这样让我有点愧疚。车闻，感觉我的爱好像没你多。"

"你有。楼茗，你最爱的男人就是我。"

"嗯。"

"再跟你商量个事。"

楼茗："什么？"

"我明天下午要去北城出差，可能时间有点久，大概要半个月。"

"怎么去这么久？"

"线上程序要升级。"车闻又蹭蹭她脑袋，"这几天怕你一个人在家不安全，我买了一只阿拉斯加，明天去看看？"

第二天送别朋友，车闻带楼茗去领了那条狗，体型中等，长得特别可爱，就是感觉有点精力过盛，楼茗牵着它有些犹豫："它不会拆家吧？"

"应该不会。"车闻笑了，他倒是没考虑到这个问题。

楼茗又抬手揉揉狗脑袋："你给它取名字了吗？"

"还没，等你取。"

"那……叫车轮怎么样？"

车闻睨她："故意的？"

"没。"楼茗笑，"就是觉得好听。"

"可以，来，车轮到爸爸这儿来。"

似乎是对自己的新名字很满意，阿拉斯加一听就甩着尾巴向车闻跑了过去。

楼茗见状不由得怔了一下："它这么聪明？"

"那是。"车闻撸着狗脑袋，有些自得，"选好多天才挑出来的。车轮，去妈妈那里。"

阿拉斯加号一嗓子，又向楼茗跑过去，咬着尾巴转圈圈，示意楼茗拉它的牵引绳。

楼茗笑着把牵引绳拉起来，又和车闻逗逗它。半小时后，助理开车过来接车闻去机场，他临走前，楼茗抓住狗爪子晃了晃："小车轮，和爸爸说拜拜。"

"汪汪！"

"走了。"

"到了打电话。"

车闻上了车，去北城出差。

九月，英雄联盟夏季赛进入尾声，彭桥所在的战队晋级后开始加练，孙浅也在这之前正式提了分手，彼此都需要一个冷静期。

好在分手后工作忙碌，孙浅直接进组三个月，到过年的时候才杀青，回家过完年，孙母得知她分了手，又开始变着法地去催她相亲。

孙浅简直要疯。

元宵节，孙浅在群里发了消息：朋友们，本美女决定去西藏旅游，治疗失恋，有想一起的吗？

吴倾予看见消息，第一个蹦出来：我精神上支持你。

最近吴倾予被学业压榨得死死的，论文改了两次没过，人在癫狂的边缘。

楼茗最近刚好想休假，看到这条消息，直接给了回复：我可以去。

孙浅：还有吗？朋友们，过时不候哦，美女免费陪玩，攻略我都做好了。

陈空：加我一个。

孙浅：你一大老爷们凑什么热闹，来人，又出去。

魏宜念：在家带孩子。

孙浅：小思黎确实太小了，等长大了再跟姨姨们玩。

孙浅：柠檬吱个声。

郭柠：最近有点忙，不知道能不能腾出时间。

孙浅：不是吧，我亲爱的朋友，你忍心看你可爱的浅浅，失恋了出去缓解悲伤还不作陪吗？你就不担心我想不开吗？到底是没有爱了……有了男人忘了姐妹……

郭柠：我去。

孙浅：我就知道你还是爱我的。

郭柠：大概什么时候？

孙浅：就十七号，十七号天气挺好的。

退出群聊后，楼茗忍不住戳了戳车闻，他还在开会，一时半会儿没回消息。结束以后，车闻直接来电视台接她回家吃饭。

今天做了羊肉火锅，驱散了冬日的寒凉，蒸腾的雾气里，楼茗涮了块毛肚："车闻，我要去一趟西藏。"

车闻动作微顿，抽了张纸巾给她擦唇角："什么时候？"

"就这几天，和孙浅一起，让我们陪她去散散心，不让带家属。"

"孙浅？"车闻拿着筷子深思，"她不是三个月前就失恋了吗？怎么现在才想到去散心？"

"我也觉得有些奇怪，这是不是在琢磨什么事？"楼茗给他夹了块骨头，"还没说你同不同意呢。"

"她真不让带家属？"

楼茗："反正陈空已经被她踢出去了。"

"那我找人多照应一下，你把耐用电池和急救包带上，明天陪你去买点高反的药。到了记得视频，不要去海拔太高的地方……"

车闻手里编辑着备忘录，楼茗停下筷子看他，许久，凑过去亲下他唇角。

"谢谢老公。"

车闻抱着她往卧室走，笑："那收点报酬？"

楼茗拍他胳膊，笑得不行："碗还没收呢。"

"明天再收。"车闻脱掉外套，"先收拾你。"

折腾到半夜，卧室终于寂静下来，楼茗累到早已睡熟，车闻半撑起来亲了一下她额头，手机里进来消息，来自平炀求婚行动组。

陈空：楼茗和你提了没？什么时候进藏？

车闻：说了，你们这什么情况？

孙浅：炀哥想在西藏求婚，还没告诉她们几个……

奉城东站。

几人会合，郭柠问："你们怎么才来，刚在检票口都没看见你们。"

"还不是吴倾予临时改变主意，吵着要来，我和楼茗接她去了，忘了跟你说。"

郭柠闻言也没多想，转身看了吴倾予一眼，几人上了绿皮火车。

去远方的路上总是能产生一些奇遇。来来往往的车厢里旅客形色各异，拿平板作画的人、擦相机镜头的酷女孩、面容青涩的学生，无数的人生在这节车厢里交汇。

楼茗斜对面坐着一个身着风衣的男人，鼻梁上架着眼镜，分给她们几杯热可可。

孙浅在旁边咬着吸管，说："信不信，那肯定是个有故事的男人。"

吴倾予闻言看过去，又回头瞧孙浅一眼："你也是个有故事的女人。"

楼茗不由得投去视线，她盯着男人的侧脸，略微有些出神，有种莫名的熟悉，总感觉在哪里见过。

她的视线不经意间往那边看，偶尔会与男人撞上，对方也只是抿唇冲他笑笑，很绅士。但楼茗越看越觉得这人眼熟，之前应该是在哪里见过，就是想不起来。

直到对方半途拿出画板，楼茗才终于如梦初醒，年节前夕她在朋友圈看到有同事分享故事绘画馆的链接，是一座开在西街的美术馆，名字叫"永生"，链接里附带有馆主个人的简单介绍。楼茗记忆不错，想起对方叫周自宥。

男人可能是察觉到她注视太久，也跟着偏过头往这边看，目光在她脸上短暂地停留，微点下头。

温和又绅士，几乎是楼茗瞬间想到能够形容他最贴切的词汇。

她不由得想到自己入选的那两幅画，来年七月的艺术画展，她一定要去看看。

孙浅不知从哪儿换来的牌，此刻几人正在打斗地主，纸条贴了满脸，三十六小时的火车即将到站。

几人到入住的酒店下榻以后，或多或少都有一点疲惫，高反倒是还好，车闻提前备了药，她们都吃过了。

就这么在酒店调整了一天，几人出门跟着孙浅的攻略各地打卡，吃了八廓街的酥油茶，在布达拉宫门前拍照，去了羊湖圣象天门。

到最后一天的时候，孙浅说要去拍藏服写真。

楼茗拿着衣服递给郭柠，郭柠觉得衣袖上的花纹实在好看，又不同于店里的其他风格，不由得问了一句："这套哪儿来的？"

"店里的。"

"真的？"

"不然是我给你变出来的吗？"楼茗唇角微勾，郭柠略狐疑地盯着她看了会儿，也没见有什么异样。心里的那点狐疑一闪而过，她终究是拿着衣服进去了。

见布帘成功拉上，孙浅才小幅度松了口气，拿出手机打字：柠檬好精，还好是茗子过去的，换我可能就没了……刚才差点露馅。话说平炀你那边好了吗？

平炀：按计划来。

孙浅回了个"好"，听见动静抬起头，郭柠从换衣间里出来。

吴倾予："柠檬，你这套好好看啊，我的天，简直绝了！"

楼茗也点点头，绕着她转了一圈："确实挺好看的。"

孙浅："哎呀呀，都换好了我们就出去拍照吧，再磨蹭等会儿没位置了。"

"那走吧。"

几人说着出了服饰店，赶往大昭寺的路上，吴倾予在前面开车，孙浅坐在副驾驶上不知道在干什么，只知道一直在回消息，郭柠和楼茗在后面拍照。

窗外不时有羊群经过，看着十分有味道，风景绝佳。

到大昭寺以后，渐渐变了一种风格。楼茗一下车，就看见许多朝圣者，转经筒被风吹过，铃声悠扬，稍感肃穆。

几人盯着眼前画面看了会儿，走上去。

她们提前找好了可以拍照的地方，大昭寺很圣洁，她们遵守规定，在可以打卡的地方拍了照片。

孙浅拿着摄影机让郭柠换姿势，耳边不时有悬铃声响，旁边又有朝圣者匍匐在地，郭柠眼睫略颤，往旁边为他让开位置，却见这人径直朝自己而来。

在他抬头时，郭柠对上平炀的眼。

有信仰的人朝圣是为减轻世间的苦难，平炀不信神佛，所做一切只是为了保她平安。

男人在她眼前缓缓起身，单膝落地，手里举着那枚在设计师指导下手工完成的婚戒。

他开口："郭柠，从认识你到现在，很遗憾错过了你青春最重要的那几年，但又庆幸最后还是成了你的男朋友，让我还可以有机会对你好，逗你笑，但我还是觉得不够。

"我不算一个浪漫的人，每次出去约会准备的惊喜都很平常，但你还是配合地夸我……所以今天，为了这场求婚，我瞒着你找了孙浅、陈空，在朋友的帮助下把你骗到这里。你曾经说有机会想来一趟西藏，郭柠……抱歉，我有些不知道在说什么。"

郭柠抬手摸了下他的头："你别紧张，慢慢说，我都听着。"

平炀手上的戒指颤了颤，往前伸了一点："郭柠小姐，你愿意嫁给平炀，给他一个未来都对你好的机会吗？"

"我愿意。"郭柠伸出手，戒指滑进指节。

转经筒走了一圈又一轮，他们在爱里接吻。

周遭是朋友的掌声。

七月开始的时候，上洲的天气重回炎热，道路两旁的香樟树遮蔽掉烈阳，但依稀透露出细碎的光影。

楼茗脚下踩着零碎的光斑，走到了"永生"美术馆。

馆外的空地上已经摆好了宣传板，进出来往的人络绎不绝，楼茗点开手机里的邀请码走了进去。

相比于室外的喧嚣热闹，画展内则要安静许多，走动的人们都被画作感染，缓慢地在画馆内穿梭，不时又停下脚步，在画前驻足。

楼茗从门口走进来，每一幅画都看得认真，也在走过一个画廊后，停下了脚步。

眼前的墙面宽阔，布莱茵蓝的背景板上只挂了两幅作品，都是楼茗的画。

《不落日》和《纸飞机》。

两幅画是截然不同的风格，甚至连色彩的应用都极为反差，看似毫不相关的两幅画，因为"生命"的主题，并列在一起。

《不落日》里，河流自向日葵花田穿梭而过，明净的水面将岸上的两人分开。花海的另一边，少年站在岸边，身后的向日葵枯萎，河面的另一头，少女背着手被风吹起裙摆，宽大的遮阳帽让人看不清脸。

她的花海一望无尽地生长，向着天。

河流将他们分开，画面对比强烈，第一次看见可能不由得被一股难言的遗憾填满，可若是目光足够认真，便能发现河下的另一重世界，少女在河中的投影，吻了少年失落的眉心。

向日葵花海的尽头是不落日，记忆的河流里，她陪你永生。

另一边幅《纸飞机》，不同于花海明艳的色调，以墓碑为界的世界割裂，灰白的世界里卷着狂风，残骸断壁最终冲破化为纸飞机落于墓碑上。

生命的界限被爱意模糊，我在暴风雨席卷中同你最后的接吻。

如果当初是一架纸飞机。

…………

画面的割裂让楼茗怔在原地，但更让她意外的，是画前站着的人。

谢子明。

氛围安静，画展中灯光柔和，男人听到身后的脚步，回转过身，视线与她对上后，略微停顿，随即抬了下鼻梁上的眼镜，迈步向她走过来："你好，好久不见。"

楼茗："好久不见。"

谢子明："我看见这两幅画名下的作者都是你，画得很好。"

楼茗："谢谢。"

谢子明："去喝一杯吗？旁边好像有家咖啡馆，评价还不错。"

楼茗闻言弯了下唇："你带路？"

谢子明应了一声。

两人走进咖啡馆，简单地聊了一下彼此的近况，谢子明提前一年毕业，现在正在上洲第三医院心外科工作。

中途窗外又下起了雨，两人一直谈到雨停才起身离开，楼茗在这场对话里更多是听他讲述，有这些年一点简单的情况，以及对……久阳。

没有想象中那般沉重，谢子明的态度反而比较轻松，尽管他现在仍旧单身，这么多年没有再交往过女朋友，但对生活的热忱转移到了医学事业的研究上。他更加努力地避免类似疾病的发生，也永远爱他记忆里的那个女生。

最后一滴雨从屋檐落下的时候，咖啡馆小花坛里开出了一朵向日葵。

不远处的半空架起彩虹，楼茗仰头望了下天，在这一刻，她突然想要写一本书。

书的名字叫《同学录》。

长辈们在三月份聚在一起商定婚期，楼茗现在手上还有两个频道交接，真正空闲下来得排到下半年。车闻对此倒没什么意见，一直照顾她的时间。

终于到九月中旬，楼茗手上工作空闲，请假专心筹备婚礼，时间定在国庆。

婚礼开始的前一天，新房里热热闹闹，陈空帮忙装喜糖。这些事本来已经专门请了人帮忙，但陈老板觉得新奇，还是盘了一堆上来。

孙浅和彭桥专心干活，陈空就负责吃，偶尔回头问楼茗一句："茗妹，你们这喜糖哪儿买的啊？还挺好吃。等我结婚的时候，也去买这个装。"

"可以啊。"楼茗给陈空发了链接。

车闻从外面进来，小两口去了窗台。车闻从后面搂住她，楼茗抱着他的手把玩，问："车闻，你紧不紧张？"

"不紧张。"

楼茗回头："真的？"

"装的。"车闻脑袋埋在她颈窝上，搂着她蹭，"我紧张！"

"幼不幼稚。"楼茗掐他脸。

屋里的人看不下去，郭柠笑着出声："我们还在呢。"

孙浅："就是，也不知道收敛一点，好在这俩没天天在我眼皮子底下晃，齁死人……对了，你们的请柬都寄完了吗？"

"弄完了。"车闻说着起身，"我再去检查一遍，看有没有漏的。"

平炀："多检查检查也好。"

当天晚上，两人不能在一起，楼茗在床上辗转难眠。期间陈礼和楼女士都来找她说过话，嫁妆是早就给过的，但仍然觉得不够，楼女士晚上又拿了个翡翠镯子过来，是当年与家里断绝关系时唯一带出来的东西，交给了楼茗。

天光大亮的时候，迎亲的队伍过来了。孙浅她们几个堵在房间外拦着，伴郎们好说歹说，红包、承诺一一给了，才终于抱得美人归。

举办典礼的酒店红毯一路铺到门口。

迎宾的门打开，陈礼挽着她的手，向红毯另一头的车闸走去，明明一眼都能望到头的路，两人却都红了眼。

洁白的婚纱裙摆款款拖地，陈礼把她的手放在车闸掌心。

在人声鼎沸的热闹里，他们终于彻底绑在一起。

捧花在半空中抛出弧度，楼茗转身，看着身后站立的朋友。伴娘服是单字肩的设计，白色的蕾丝绑带缀了一片白蝴蝶兰花瓣。

楼茗手里的捧花也是白蝴蝶兰，花语是——爱情纯洁，友谊珍贵。

她将捧花扔给台下的杨黎，久别重逢的朋友，纵使走远，也会再相逢。

祝大家都有一束白蝴蝶兰，被爱的人捧在身前。

番外一
时光碎片

【一】小宝贝

同年除夕，楼茗在吃年夜饭时莫名犯恶心，过完正月，车闻开车带她去检查，怀孕两个月。

车闻从拿到报告单到车库一直在笑，楼茗看不下去，怀孕后她的脾气有些小孩子气，没忍住伸手把车闻的唇角给拉直，但维持不到两秒，唇角再度上扬。

要当爸爸了。

消息在群里一放，魏宜念第一个跳出来争干妈，孙浅当仁不让，两人辩论起来，为谁当"大干妈"吵了一场。

最后楼茗大手一挥，设了抓阄，让她们自己去排次序。

大干妈是郭柠。

至于为什么手气这么好，楼茗在预产期临近的时候知道了真相，彼时车闻已经安排好了病房，推了工作专心陪护，孙浅她们来看她。

平炀和郭柠也在夏天领了证，婚礼本来准备去普吉岛，半途又出了意外，来了小家伙，计划也就暂且搁置。

楼茗摸着郭柠的肚子，孙浅在一旁感叹："小家伙们也要抢着出生，一起上幼儿园？"

魏宜念看出她的感叹，在一边摇摇头："还没跟彭桥和好呢？"

孙浅垂下眼睫："我和他没可能了。"

气氛短暂沉默一阵，又被孙浅带过话题："楼茗，给你家小宝宝看过衣服了吗？"

吴倾予说："是男是女都不知道呢，怎么看？"

"都准备了，家里的婴儿房准备了两个，男孩女孩都行。"

几人不由得朝卫生间里洗水果的车闻投去视线，眼神感叹。楼茗浅浅弯了下唇，什么也没说。

到了正式生产那天，车闻在吸烟区来回跑了三趟，一向没什么烟瘾的男人紧张地手都在抖，好在母子平安。

楼茗生了对双胞胎。

哥哥叫车朝，弟弟叫车暮。

【二】桥浅

孙浅新戏杀青后作为特邀嘉宾，做客国内英雄联盟上洲决赛现场演播室，之所以被邀请，是因为孙浅平时在横店打游戏，带飞其他艺人的操作上过几次热搜。

随后有直播平台找到她签约，孙浅偶尔会直播打游戏，渐渐积累起一批不小的粉丝，电竞圈正式入门。加之拍某一场吊威亚的戏时，孙浅腿部受了伤，虽然不严重，但对于有些动作戏还是难以胜任，而孙浅又惯来不是让自己受委屈的性格，手里这些年积攒的钱足以让她成为富婆，她干脆在平台当起了主播。

她打游戏不算频繁，更多时候是看别人打，久而久之，解说的风格受到关注，被主办方邀请到决赛现场。

当然，一同的还有业内其他几位更为专业的主播，孙浅也不是真过来解说的，充其量过来凑数引流。

她之前拍戏没怎么关注过今年的比赛，因此到了现场人还比较茫然。

这次的比赛是 WG 对战 PEG。

比赛即将开始的时候，现场一片热闹景象。随着两队选手陆续出场，解说开始依次报幕，听到"有请 PEG-Q.q"的时候，孙浅脑子蒙了一下。

大屏上放出彭桥的脸。

男人起身向电竞椅走去，坐到 PEG 下路的位置。

孙浅石化。

自从分手后，她刻意不去关注彭桥的消息，还以为他一直在最开始去的无名队伍，没想过他后来会转入国内这支新崛起的强队。

她震惊的同时，场上的喧嚣已经铺天盖地。

他现在的人气都这么旺了吗？

不等孙浅想出个所以然，双方已经开始锁定英雄，孙浅抬头看了眼英雄池，看彭桥锁定了金克斯。

思绪顷刻间顿住，这是孙浅打下路时最常用的英雄。

游戏开始。

第一波团战被打野开龙提前推进，爆发后 PEG 拿到三个人头保证发育，金克斯和辅助配合打出一波输出后抢先发育，第一局不怎么费力地拿下了。

第二场 WG 调整策略，禁掉了下路的金克斯，彭桥被迫切换女警被针对限制发育，双方打平。

············

后面竞争十分焦灼，一支是国内成名已久的老牌战队，实力强劲；一支是最新突起的星星之火，势在燎原。

最后的结果是，PEG 拿到全球总决赛的入场券。

粉丝们激动得热泪盈眶。

事后，PEG 各队员接受采访，在主持人问到彭桥 ID 为什么叫扣扣（Q.q）的时候，男人看向屏幕，唇角勾了下。

"为了向一个人道歉，Qiao-Qian（桥／浅）。"

主持人："方便透露下对方是谁吗？"

彭桥："我喜欢的人，想带着她的名字拿世界冠军。"

主持人："那提前祝扣扣好运。"

【三】运动会

关于高二那年的运动会，是楼茗无意间在打扫房间的时候想起来的。夹杂在旧纸箱底部的一些小纸条，是当年她们上课时的通信工具。在各式各样的便笺纸中，楼茗发现了一张泛黄的照片。

是 4×100 米接力赛。

男子组——车闻、陈空、彭桥、平炀。

女子组除她和吴倾予以外全员皆上，看台上人声鼎沸，孙浅在场上飞奔的身影一骑绝尘。那一场她们跑得很好，每个人身上都有一股勇往直前的拼劲儿，结束以后也一起登上了领奖台。

楼茗在下面给他们拍照，少年人身上朝气蓬勃，校服外套着金牌，楼茗和吴倾予加入合影，胡琴给他们拍了张照，登上了那次的校刊。

那年他们十六七岁，被一张相框定在一起。

十年后，即便时光的年轮往前走了一圈，他们仍旧没断联系。

【四】旅行

又一年七月，这次的旅游地点定在江南。

租住的园林别墅风景宜人，风吹过廊檐上的鸟笼，啼声清脆，下一秒却被小女孩的哭声打破寂静。

车暮在床上裹着被子睡得正香，听见熟悉的声音一下坐起身，迅速穿好一双卡通凉鞋，就去开房间的门，踮起脚拧开把手，一溜烟向声源中心跑去。

楼茗早上和魏宜念在小厨房做麻薯，快到九点的时候过去叫小朋友起床。

不料打开门只在被子里见到哥哥车朝睡得四脚朝天，宽大的床围上不见小宝，只看到小被子叠得整齐。

楼茗走过去戳戳大儿子的脸："朝朝，你弟弟呢？"

小朋友闻言懵懵懂懂地起身，在床上看了一圈："好像出去了，刚才听见桃桃妹妹哭，他就起来了。"

"那你怎么不去？"

小车朝撇撇嘴。

楼茗把儿子拽起来，带到卫生间。小车朝自己踮在小凳子上刷牙，楼茗在旁边护肤，母子俩收拾完去院子里。

正中央的大石桌上，一堆小孩在画风筝，可水洗的颜料在衣服上五彩斑斓，他们叽叽喳喳。楼茗依稀看见草地上还有两个在打埋伏的，几个不称职的爸爸在旁边斗地主，楼茗对这场面选择性眼瞎。

她开口，清了下嗓。

旁边的车朝对他爸爸挤眉弄眼，然而混战中的车闻全然听不见，正挑着眉梢撂出两张牌："对二，要不要？"

"车闻。"

"叫我也没用，再不要过了啊。"

说完，几人都愣了下，空气寂静三秒。车闻猛转过身，脸上还贴着他们不知从哪儿弄的纸条："老……老婆。"

"干吗呢？"

几人闻言都看了过来，这会儿反应倒不慢，迅速把眼前的牌收了。

陈空拍拍车闻的肩，眼里意味明显。

车闻没开腔，迅速走过去抱住老婆，利落甩锅："牌是陈空买的，他拉我去凑数。"

楼茗闻言瞥了一眼陈空，后者无奈地把地上的彭让和自家陈栩扒拉起来，拍拍裤子上的草。

陈栩一脸不情愿又要往地上扒，避开陈空伸过来的手，对他爸比了个打枪的姿势："不要妨碍第十三兵团的进攻。"

陈空脸色一沉，抬头毫不留情甩了彭桥一眼："彭桥，好好管管你儿子，每天给我儿子说什么！"

彭桥也是莫名其妙："我们家彭让一向老实，要教还不是你家陈栩说的。"

站在两人旁边的陈栩和彭让摇摇脑袋，陈栩面色严肃，拍拍彭让的胳膊："彭班长，我们换个地方埋伏，去袭击敌人的大本营。"

"好的，排长。"

"敌人的大本营在哪儿？"

"右拐三十米冒着白烟的地方——小厨房。"

"好的，排长，不过我们为什么要去偷袭敌人的小厨房？"

"很简单。"

彭让盯着他等候下文。

陈栩："因为我肚子饿了。"

两个小鬼头从厨房里溜走，两个不靠谱的爸还在絮絮叨叨，平炀没忍住扶了下额，笑着和楼茗打了个招呼，准备抱自己闺女回去吃饭。

此时在大石桌上画风筝的平桃桃正拿着毛笔龙飞凤舞，车闻和楼茗看见自家那个没出息的小儿子，就站在旁边给人家小姑娘擦汗。

车闻压在楼茗肩上，从背后笑她："你儿子怎么从小就围着人家小姑娘转？"

楼茗："那不是你儿子？"

"我儿子是车朝，车暮是你儿子。"车闻伸手撸了下大儿子的头，"是吧小朝，咱不做那种老婆奴才做的事。"

车朝小小年纪差点没压住即将抽搐的嘴角，也不知道爸爸的脸皮怎么这么厚。

明明他自己的老婆护得跟个什么似的。

但小车朝也知道这话不能说，小小年纪的他便已学会察言观色，于是配合地点点头："弟弟年纪太小了，像我，就不会围着桃桃妹妹转……"

话音未落，身后突然传来一道软糯的女声："桃桃妹妹，我拿新颜料过来啦！"

几人闻言都顺着转过身，李思黎拿着新的颜料盘跳进院子里，像一只生动的蝴蝶。车朝只愣了一秒，步子瞬间迈开向李思黎走过去："思黎姐姐，我来帮你吧。"

楼茗见状有些好笑，转身睨他一眼："车朝是你儿子？"

车闻气得咬了下后槽牙。

要不再练一个小号吧。

【五】露营

新闻预报说最近有英仙座流星雨降临奉城。

他们开车去了奉城最高的枫叶山露营，帐篷围绕篝火搭了一圈。正在准备晚饭，李思黎带着平桃跑过来坐在垫子上，晃着魏宜念的袖子："妈妈，帮我们捉萤火虫。"

孙浅闻言接过话："你妈妈没空。"说着指了一个方向，"看见那张吊床没，你陈空叔叔在等你们过去找他帮忙呢。"

"啊？"李思黎眨眨眼，"可是陈空叔叔不是在睡觉吗？"

"他脸皮薄，想和你们玩又不好意思开口。听话，快过去找他吧，孙浅阿姨什么时候骗过小孩子？"

彭让正在男生堆里用木枝架炮，闻言"咯吱"一声踩碎了树枝，车朝抱着柴在旁边看他："怎么了？"

"没，就是听见我妈又在忽悠小孩。"

"没事的。"车朝安慰他，"思黎姐姐那么聪明，肯定不会被骗的。"

彭让勉强点了下头，面上表情一言难尽，他对妈妈的骗术一无所知。

很快，远处空地上，两根粗壮乔木的距离之间，陈空正躺在吊床上做梦，耳边突然响起小孩的吵闹声，紧接着便是吊床的左右摇摆——

"陈空叔叔，去帮我们抓萤火虫吧。"

"陈空叔叔，桃桃想要虫虫。"

"陈空叔叔……"

"陈空叔叔……"

一声接着一声，直叫得陈空太阳穴突突直跳，不明白怎么自己睡得好好的，迷糊醒来时会是这样的画面。

但到底抵不过眼前两个水灵小姑娘的哀求，陈空伸手在两个小脑袋上各揉了下："行，叔叔给你们抓。"

"耶！"小思黎欢呼，孙浅姨姨果然不骗小孩。

小平桃也在旁边嘻嘻笑。

陈炀带着小姑娘们去抓虫。

平炀捡柴回来的时候，就看见自家宝贝闺女骑在陈空脖子上"咯咯"笑，而陈空的倒霉儿子反而把他之前捡的柴，指挥着摆成了乱七八糟的模样。

火腾一下就往外冒了出来，平炀提溜着陈栩把人扣下来给他生火。平炀那寸头板直的模样，平时就最招小孩怕，加之这会儿脸上又没什么表情，陈栩也难得慌了神，在原地急得小脸皱成一团："车暮，你还愣着干什么呀，快去把平桃妹妹找回来啊……"

几个小鬼头都慌了阵脚，好朋友被绑，他们做兄弟的可不能袖手旁观。彭让给了陈栩一个坚定的眼神，转身跟上了车家兄弟俩的队伍。

他们去了林子里。

等人走远后，平炀又抱了一堆柴回来，见陈栩蹲在原地垮着个脸，突然觉得有些好玩，这张酷似陈空的脸，越看越想逗："看什么看，生火！"

陈栩垮着脸伸手去抱柴。

宽阔的乔木林里，三人组找到陈空，拉着他就往回走。彭让使出吃奶的劲拽他回去："陈空叔，平炀叔要打陈栩的屁股，你快点回去救他吧。"

陈空意外地挑了下眉，仍旧不疾不徐地捕着萤火虫："你们怎么惹到他了？"

车朝："我们玩了一些平炀叔捡的柴，没想到回来平炀叔就生气了，然后就把陈栩扣下了。"

车暮："陈空叔，你赶紧跟我们回去吧。"

"急什么？这里不好玩吗？"陈空递了一个小灯瓶给车暮，"好看吗？"

小孩子的视线被灯罩里的萤火虫吸引："好漂亮啊。"

一边的彭让见队友倒戈，急得刚要开口，陈空又往他手里塞了一个，还附赠了一只小蜗牛。

彭让也暂时忘记了受难的兄弟，捧着蜗牛好奇地逗了起来。

见这两个都靠不住，车朝没有被小动物诱惑到失去理智，又往前一步站到了陈空前面："陈空叔……"

话到一半被陈空截断："思黎，你带朝朝去那边看看还有没有。"

"好的，陈空叔叔。"李思黎过来牵起车朝的手，"走吧。"

车朝："好。"

对不起了陈栩。

陈空叔叔真是太狡猾了。

陈空最后在林子里带孩子们兴高采烈抓了萤火虫，又在回去的时候悉数放生，等带着小孩们高高兴兴回来，看见陈栩在火堆边委屈的脸时，才想起来。

啊，他好像还有个儿子。

陈空略有些心虚地咳了两嗓子，走到火堆边，刚蹲下身子凑到儿子旁边，陈栩"哇"的一声就哭了出来。

完了。

两个字从陈空脑子里飘过。

晚上，流星雨到来之前，陈空和平炀一一挨了骂。

最后陈空威逼利诱哄了一晚上，才顶着齐司月的眼刀把陈栩给哄好了，小鬼头终于肯配合他待在他怀里看流星。

车闻带了天文望远镜出来，楼茗认真看他调试镜头，不知怎么就想到那一年，和他在屋顶看的流星。

那一年以为不可能的人和愿望，都在经年累月后得到和实现了，楼茗摸了摸在她膝盖上睡着的小儿子。

车朝脖子上挂着相机在录视频，篝火的温度打在他们每个人的身上。

一个人，两个人。

从楼茗到车闻，到好朋友们，侧脸温度映着火光。

这一年，他们每个人都可以许一场愿。

上天会庇佑他们，都有一个美满的结局。

番外二
月下长空

晚上十点，城市霓虹闪烁，夜空上挂着零碎的几颗星星。

一辆公交车从站台驶过，风声绕了几个来回，最后又缠回女生白皙的手臂上。

昏黄的路灯下，齐司月穿着一身休闲的运动风短袖长裙，裙摆长度刚刚过膝，露出一双同雪白的长腿。再往上，肉粉色的美甲轻轻点着屏幕，虽然错过了上一班的公交车，但美甲的主人仍旧漫不经心地倚着路灯半没骨头地站着。

她的姿势闲散随意，却又怎么看，都能轻易攫取住路人的目光。

原因无他，这张脸太漂亮。

手里的微信又进来一条，是机构那边发过来的家教结算。

对方家长很满意齐司月辅导的效率，正语气和煦地同她沟通下一次家教的时间。

齐司月也对着屏幕弯了下唇。

她今天打扮得清淡，脸上只涂了一层粉底。毕竟要辅导的对象还是中学生，齐司月可不想带坏小朋友。

谁想到即便是打扮成这样，麻烦还是照样能找上门来。

齐司月正低头聊着微信，一声不怎么好听的流氓哨就这么飘进她的耳朵。

她没忍住皱了下眉，抬起头，一眼望见不知从哪儿冒出来的一头黄毛。她十分不悦地往后退了退，哪知对方见她这样，嬉皮笑脸又往前走了一步。

距离一近，齐司月不免闻到黄毛身上传来的那股酒味，难受到差点反胃。她捂着鼻子往旁边躲："别过来。"

"你说什么？"黄毛又往她的方向凑近了些。

黄毛嘴里隐约骂了句脏话，齐司月脚步又往后面挪了一下，脸上的厌恶快要溢了出来，更是没什么好遮掩，回的话也不好听："怎么，耳朵聋了吗，听不懂人话？"

黄毛闻言似是愣了一下，随即便跟跄着步子朝她凶狠地走来："你再给我说一遍？敬酒不吃吃罚酒，看我不……"

眼见着黄毛那截黑色的手臂就要落下来，齐司月自然反应快，已经想好了躲避的方向，谁知还不等她闪躲，就有人赶在她动作之前，率先截住了那黑瘦的胳膊。

黄毛也没想到自己挥下去的动作就这么被人轻易给接住了，没忍住破口大骂："你谁啊，管什么闲事——啊！"

手腕上的力道加重，黄毛没忍住痛呼出声，忙软了语气："疼、疼，错了大哥……"

陈空冷着脸，对着矮自己半个头的方向，骂了一句："滚。"

黄毛被这气场吓到，捂着自己吃痛的手灰溜溜跑走了。

煞风景的人走远，齐司月感觉周围的空气都新鲜了不少，抬起眸向他眨了下眼。见这人面色还是冷着，齐司月挑眉弯了下唇："英雄救美啊，同学。"

陈空冷着脸。

齐司月见他八风不动，表情也收了收，歪头"啧"了一声："什么意思啊？"

"你平时都这样吗？"

"什么？"

齐司月还没明白他的话，就又听他说："如果刚才被打到怎么办？"

"怎么可能……"齐司月不太在意地继续低头回微信，再开口时，语气依旧是两分漫不经心，"实不相瞒，在你出现之前，我早想好该怎么躲了。再说呢，腿长我身上，打不过还跑不掉吗？"

"你一直都这么嚣张？"

"我嚣张？"齐司月似是觉得意外，扬眉露出一个明艳的笑，收了手机看他一眼，"陈老板，在你眼里，我是这样的人？"

"你不是？"陈空应着，冷脸终于消了下去，"知不知道刚才多危险？"

"知道啊，这不是有你嘛。"

陈空被她这话逗笑了，绷着的那点什么好像也随之烟消云散。

齐司月弯了下唇，收了手机抱臂，也没了等公交车的心思，靠着路灯对他发出邀请："走呗，难得这么巧，赏脸看个电影？"

陈空坐在电影院里，也觉得有些不可思议。

他的掌心放着一桶爆米花，两根手指各勾了一杯奶茶，大小姐正在旁边拿小镜子补妆。

她今天打扮得清淡，在公交车站的时候还是素着一张脸，底妆清透，气质很乖，这会儿却因为补了一层唇色而显得明媚，镜子里的脸又像变了个人。

齐司月手里的小镜子转了一圈，对补出的唇色十分满意，这才收了小镜子装进包包，转过头来对陈空伸了下手："给我吧。"

她是要奶茶。

陈空见状却没动，甚至还往后退，靠到了椅背上，单眼皮轻轻一掀，视线落在眼前这张堪称赏心悦目的脸上。

好看是极好看的，像一朵漂亮的玫瑰。

可玫瑰却也是带刺的，勾着人过去的同时，真不知道什么时候会刺你一下。

陈空现在就是被勾着过去的人。

他提着奶茶的指尖轻轻晃了两下："能问个问题吗？"

"你说。"齐司月看着他。

陈空不知道自己现在什么样，但也没怕，两人的视线隔空缠在一起，他听见自己问："你平时，都这个风格吗？"

"什么风格？"

"路上随便遇着一人，就能拉来电影院？"

"那倒没有。"

"嗯？"

"今天这种风格，你是第一个。"

"真的？"

"骗你干吗。"

"是吗？"陈空感觉到自己的唇角往上扬了，但他没压着，这种事情虽然经历得少，但气势却没输过，"那还挺荣幸。"

两人之间打了个来回。

齐司月又笑了，冲他晃了两下手："所以现在可以把奶茶给我了吗？"

陈空把奶茶递了过去。

电影开场。

一部色彩运用极为精彩的情感类文艺片，是陈空平时不太会涉及的题材。

故事情节缓慢推进，更多是情感上细腻的变化，虽然精彩，但可能不太适应陈空这种平日里喜欢看速度与激情的大好青年。

他撑手支了下下巴，本来以为大小姐会醉翁之意不在酒，没承想转头一看，齐司月两只眼睛都盯在屏幕上，连个余光都没分给他。

一直到电影结束，齐司月看完彩蛋，又吸了两口奶茶才起身。她是真的看得很专注，电影结束连爆米花都没吃多少。

陈空手里还是满满的一桶。

他把米花桶向她递过去，问："回去了？"

"嗯。"

"不逛一下？"

齐司月摇摇头，本来家教做完就是九点多的光景，又看了一场电影，这会儿距离门禁还有二十分钟，再逛下去今晚该进不了寝室了。

陈空也知道这个道理，不过两人学校不一样，陈空寝室那边的门禁没那么严格，齐司月是女孩子，早点回去也好。

两人这便打了车。

齐司月在奉城师范门口下车，陈空跟在后面，看着她进校门，临走前还是没忍住清了下嗓，未承想两人能异口同声——

"下次什么时候……"

"今天晚上的事，谢了。"

空气安静一瞬，陈空转头，挥手，忍不住清一下嗓。

齐司月在后面笑，想得挺美。

齐司月进校门快步回到寝室，她卡着门禁前的最后一分钟，在宿管阿姨的眼皮子底下溜进了寝室。

上到三楼，齐司月推开门进去，摘掉小包瘫进沙发里。

一旁的李乐妍见状，转着椅子过来看她，脸上敷着面膜："月亮，你回来啦，今天怎么这么晚？"

齐司月伸手捏了下李乐妍软糯的耳朵，手感极好，忍不住也笑了下："在公交车站遇见了陈空，一起约出去看了个电影。"

"什么？"李乐妍面膜下的眼睛都睁大了点，"你和陈空去看电影了？"

"对呀。"齐司月又捏捏她，"我和陈空去看电影了。"

李乐妍被她这话逗得耳朵红了下："月亮，别学我说话。你怎么会遇见陈空啊？"

"偶遇啊。"齐司月终于松开了对李乐妍耳垂的钳制，"做完家教回来，在公交站遇见一个人找麻烦，陈老板路见不平，拔刀相助，就这么遇上了。"

"有人找麻烦？"李乐妍听见齐司月的话，思绪全集中在齐司月那句"遇见麻烦"上面，将齐司月上下扫视了一圈。

这担忧的小模样，让齐司月不由得弯了弯唇："好啦，我这不是没什么事嘛。都说了后面遇见陈空了吗，你别瞎想了啊。"

齐司月重新瘫回沙发："要不我怎么说是偶遇呢。"

李乐妍抿了下唇，圆润的杏眸滴溜溜转了两圈，问："月亮，你是不是真对陈空有什么想法啊？"

"是啊，这不是很明显的事嘛。"齐司月语气十分坦然。

见她态度这般自然，倒是把李乐妍噎了下："那月亮，你准备怎么和他……"

溢到嘴边的词斟酌了下，李乐妍换了个表达："产生联系？"

"简单啊。"齐司月又抱臂起来："随缘。"

月亮的画风向来清奇。

李乐妍想着，还是决定跳过这个话题，正准备和齐司月唠咕点别的事情，阳台的玻璃门就被人推开了。

林梦和另一名室友从外面进来，两人身上都穿着啦啦队的衣服，青白两色的套装短裙，面料看起来休闲舒适，版型却又让人耳目一新。

果然，在两人出来之后，齐司月听见动静转过头来，眉梢挑了一下。

她勾唇吹了个口哨："看不出来啊，梦总。"

林梦被她说得脸腾一下红起来。

齐司月见状眼眸弯得更甚，也走过去将阳台外面挂着的队服取了下来，拐一下林梦的胳膊："有什么不好意思的，这是夸你呢。"

林梦的脸更红了。

齐司月随即不再多说，拿了衣服去卫生间。五分钟后，齐司月换好衣服出来，引来一室的惊艳。

李乐妍眼睛都快转不开了。

林梦也抿了下唇："你是真好看。"

"谢谢啊，难得能听我们梦大美女这么夸人。"齐司月走到全身镜前转了个圈，比画起啦啦队的舞蹈动作。

她本来对这些活动不感兴趣，抵不过齐铭磨人的性子，为了赏给她哥一个薄面，齐司月这才拖拖延延进了啦啦队，倒是没想到这队服穿起来还挺好看的。

"司月你穿这一套去球场，绝对能吸引好多目光！"另一名室友说道。

"是吗？"齐司月对着镜子转了转腰，"有这么好看吗？我怎么觉得这腰线有点紧？"

"没有啊，已经很好了，司月你要求不要那么高啦。我敢保证，明天你站在奉城理工的体育场上，绝对是超靓的一道风景线！"

室友信誓旦旦地保证着，齐司月也抓到了重点，眉梢轻轻敛了一下："你刚才说，奉城理工的体育场？"

"对啊，怎么了……"

"齐铭他们打的不是校赛吗？加油的地方不该是风雨球场？"

"月亮你忘了，齐铭学长他们前天就打完校赛了，拿了冠军，现在正代表学校打奉城联赛呢，明天第一场就和奉城理工他们打。"

奉城理工吗？那还真是……

挺巧的。

齐司月看着镜子，冲里面的人弯了下唇。

很快到了第二天。

早上八点半，齐司月手机闹铃响起，她起床扎了个精致的马尾，难得没像以前一样在床上拖延，室友觉得太阳打西边出来了。

林梦看了她好几眼。

李乐妍拐下林梦的胳膊："快换衣服吧，时间不多了。"

林梦又看了最后一眼，只觉得今天的齐司月，格外地漂亮。

一行人去到奉城理工体育场。

她们在指定的休息区坐下，领舞的队长过来和她们对流程。齐司月留了一只耳朵听，眼睛却四处打量着找人。

没看见，人呢？

正想着，体育场外又响起了一阵人声。陈空穿着红色队服，手上戴着黑色护腕，篮球在掌心游刃有余地来回，位置在人群中央，本不算显眼的地方，可齐司月还是一眼便锁住了目标。

她吹了一声流畅的口哨。

陈空听到只觉得想笑。

旁边的男生听见动静，往齐司月的方向看了过来，眼眸随之亮了一下，脸上的笑意掩饰不住："陈空，那边有个妹子好正！"

"哪儿？"前面的男生听见也转过来问。

陈空旁边的人抬手指了指："就那个，第一排左边扎马尾那个，长得像个明星似的，以前怎么不知道学校还有这么漂亮的……"

"你以前当然不知道。"前面的男生转过头来，一语惊醒梦中人，手指在休息区的牌子上，"看见没，人家是奉城师范的，都不是咱们学校的……"

"难怪啊，我说怎么没印象，这种级别的女神不应该啊。"男生说着又弯了弯眼，"你说我有没有机会……"

回应的是队友连续的笑声。

男生们打闹起来。

陈空也弯了下唇，拍球点地往她的方向看了一眼。

齐司月眨了下眼睛。

陈空见状稍扬唇，也笑了。

球赛即将开始，正式比赛之前，会有啦啦队员跳开场舞活跃氛围。

奉城理工自己的啦啦队，风格偏酷，全员工装裤跳了齐舞，场子当即便活跃了起来。

齐司月也看得很过瘾，知道节奏上压不过对方，便也没什么想抢风头的打算，毕竟今天算是人家的主场，她们这套打扮，也就起个乐子。

正想着，属于她们队的音乐也响了。

齐司月手中的彩带球舞了起来，她们的动作虽然简单，但胜在连贯和整齐。全套舞蹈看下来行云流水，齐司月动作轻盈，最重要的是气场足够自信。

跳完以后，场下欢呼声、尖叫声夹着掌声好不热闹。

阵势竟然比开场的时候还略大一些。

比赛开始。

两所学校的人上场，礼貌握了下手。陈空正对上齐铭，两人握手的时候，齐铭弯唇笑了一下："陈空是吧，久闻大名啊！"

"是吗？"陈空摸了下耳朵，"我这么出名的吗？"

"那是，谁不知道陈老板军训的演习视频啊。"

"多早的事了。"说是这样说，两人还是在一起碰了下拳。

比赛正式开始，齐司月对篮球的了解不多，也不懂什么技巧和规则，只看谁投得多，姿势够不够帅。

就是这么肤浅，但好像，也挺直观。

至少一堆人转下来，齐司月的视线便黏在陈空身上没挪过了。

两边实力相差不大，比分咬得很紧，正是白热化。陈空踩到机会，刚准备跳起来投个三分，被不知从哪儿冒出来的一个男生用力撞了一下。

脚下一个不稳，陈空扬手投球，刚好在落地前拿下三分，右腿却重重地摔在地上。

体育赛事受伤在所难免，但突然看见他倒在地上，齐司月还是愣了一下，反应过来的时候人已经冲了过去。

陈空这一下摔得不轻，整个人躺在地上都有些发蒙，右边小腿传来密密麻麻一阵疼。

他刚抬头想看一眼，眼皮一掀却瞥到了齐司月。

陈空眉毛皱了一下，刚想开口说点什么，齐司月就先过来扶了他一把："陈空，你有没有事？"

语调过于温柔了。

"皮外伤，不碍事。"

"没摔到骨头吗？"

"应该没有。"陈空轻轻动了下腿，晃给她看，"好着呢，别瞎想。"

两人这边正说着话，又一道声音插进来："没事吧？"

齐铭从另一边半场跑过来。

这里人多,裁判一吹哨都围了过来,齐铭这会儿才挤进来,一眼发现有个姑娘蹲在地下扶着陈空,背影看着还挺眼熟,但齐铭还没多想,先是开口问了陈空一句。

听到声音的两人同时回头,齐铭看见妹妹齐司月的脸。

缄默无言半秒,齐铭往休息区的方向看了一眼,问:"你怎么在这?"

齐司月起初看见齐铭,心底还隐隐有点心虚,结果听见他这么一问,也早把那奇怪的感觉忘在脑后,嘟囔了句:"我怎么不能在这儿呢,腿长我身上,看见人摔了不就跑过来了吗。"

齐铭被她这话噎了噎,一时间看看陈空,又看看她,见她扶着陈空的胳膊,齐铭了然,勾唇笑了一下。

齐铭抱臂退到一旁,未再言语,只意味深长地看了一眼陈空。

他暗暗摇了下头,只怕齐司月这回没那么容易得手。

依齐铭多年看人的眼光,陈空和齐司月以前喜欢的类型都不太沾边。

齐司月长相明艳,衣品在线,喜欢的都是单纯的弟弟,在学校也追求者众多,毫不夸张地说,学校至少一半男孩子心仪她。

齐铭淡淡扯了下唇,想不明白这俩是怎么认识的。

不过现下也顾不了这么多,陈空这一次摔得是真狠,虽然没有骨折,但脚踝是真崴到了。

好在两方的比赛已经结束,因为是积分制,虽然奉城理工以微弱的比分胜出,但奉城师范也不至于直接淘汰,后面还要打一场。

大家先送陈空去医院。

陈空打完石膏,被人扶着出来,虽然不至于坐轮椅,但走路确实特别缓慢。

齐司月见状走过去问他:"要不办个住院吧,感觉还挺严重的。"

"没那么金贵。"

"自己的身体还是要注意。"

难得见她这般严肃，陈空看着没忍住挑了下眉，下了半截的楼梯，突然又折返回来："行，那去办个住院。"

齐司月这才松了眉心，只有一旁扶着陈空的室友缓缓打出了一个问号。

世界真是越来越神奇了，陈老板已经金贵到崴个脚都要住院的程度了。

搞不懂。

朋友们听说陈空住院，都给他打了电话。

病房里，陈空正吊着腿躺在病床上和他们视频，听见车闻和彭桥在另一边问："怎么搞的？很严重吗？怎么还住院了啊？"

"打比赛的时候不小心把脚崴了，有点严重，就住院了。"

"哟，稀事啊，难为咱们陈老板也有今天。你那技术不是挺好的吗，号称奉城江户川，好端端的，怎么给脚崴了？"

"这不说了不小心嘛。"陈空换个姿势，一只腿被吊着确实不太方便，他长臂一伸勾过玻璃杯喝了口水，"常在河边走，哪有不湿鞋的。都别操心，没什么大事，养几天就好了。"

兄弟们在那头笑得开怀："谁操心了，我笑得不行。"

"滚一边去。"陈空笑骂着，冲屏幕翻了个白眼，还想再说点什么，杯子里的水却喝完了。

他偏头往旁边的柜子看了一眼，室友本来在陪护，下去取药的时候遇见暗恋的女神，以至于这会儿都还没回来。

室友靠不住，陈空无奈叹了声气，索性去拿放在手边的苹果来吃，谁知手指刚摸到果皮，病房门就被人从外面推开。

齐司月走进来，见他这般姿势，当即往他这边走了过来，将那一篮水果收了回去："干什么呢？等会儿从床上摔下来了怎么办？腿还要不要了？"

陈空语气无奈："我就吃个苹果。"

"你室友呢？不知道叫人帮忙，都病号了还逞什么强，他人呢？"

"我怎么知道。"陈空躺了回去，"你也看到了，这病房里，就我们两个人。"

"还能不能行呢？"她语气恨铁不成钢。

两人说着对视一眼，脸上都没什么表情，须臾，又都笑出声。

齐司月身上背了一个看起来什么也不能装的包，她今天倒是打扮得漂亮，一身米白色的可爱风泡泡袖短裙，头发扎成了半丸子。

这样说好像也不准确，齐司月很少有不漂亮的时候，即便是之前穿一身运动装去家教，也照样惹得人上来找麻烦。

陈空的思绪一时有些飘远，目光在齐司月脸上飘移不定。

"好看吗？"

齐司月唇角向上弯了一下，伸手在他耳边打了个响指，又重复了一遍："好看吗？"

陈空终于回神，往旁边偏了下头："过来干什么？"

"看你啊。"齐司月倒也坦白，将怀里抱着的那篮苹果放回柜子上，从里面拿了一个，在陈空眼前晃了晃，"给你削一个？"

"这么体贴？"

"照顾一下病号。"齐司月滑了个陪护椅过来坐在旁边，动作利落地开始削苹果。

陈空倚着床头看她，略微有些意外。

齐司月看起来实在像个十指不沾阳春水的大小姐，没想到削起苹果来还挺利落。

"可以啊。"陈空笑着说，"练过？"

"这有什么好练的。"齐司月没一会儿便将一个苹果削了出来，递给他。

"谢谢啊。"陈空应着接过来。

齐司月洗完手出来，将病房里打量一圈。陈空不是委屈自己的主儿，开的是独立 VIP 房间，设备设施都挺齐全，还配备了一个小厨房，只是没有材料。

齐司月看着又扫了眼腕上的手表，见时间快到饭点，又从厨房里探出脑袋问他："还没吃饭吧？"

这话倒让陈空咬苹果的动作顿住了，他将她上下打量一眼，弯了下唇："干什么，我要说没吃，你要下厨？"

"可以啊，看你想吃什么？"

十分钟后，配套厨房里传来一点椰子鸡的香味。

那味道从最开始的浅淡到一点点浓郁起来，直往陈空鼻子里钻，勾得他心里像有一个小人似的，最后实在没按捺住，从床上慢慢挪了起来。

配套厨房这边，齐司月盛了一碗鸡汤出来，就听到门被推开的声音。

齐司月握勺的动作顿了一下，"你怎么起来了？"

"太香了，过来看看。"陈空一瘸一拐地走了进来，齐司月放下手里的碗去扶他。

"你慢点。"

"没事，真没那么金贵。"陈空说是这样说，还是任由齐司月把他扶了进来，看着柜台上放着的那碗色泽诱人的鸡汤。

陈空没忍住偏了下头，眼睛亮了一下。

齐司月挑了下眉，抬起下巴："尝尝。"

陈空自己拿了个勺，捧着碗喝了起来。

"好喝吗？"齐司月问他。

"好喝。"陈空点头，又舀了一口汤，"你这厨艺跟谁学的，还挺厉害。"

"网上自己看视频，做得多了也就会了。"

"平时都自己做饭？"

"小时候做得多一点，现在没有了，都是点外卖。"

这话让陈空更好奇了。

是什么样的情况下才会在小时候自己做饭？自己一个人住吗？

陈空想着又抬头望了眼齐司月，她此刻正低着头将汤盛进瓷汤碗，柔软的发质扎成小丸子头，脸上的五官精致，反差感太大。

陈空喝着碗里的鸡汤，缓缓将汤碗放了下来，看她："能问个问题吗？"

"什么？"

"你……平时一个人住？"

齐司月点点头："嗯。"

"留守儿童啊？"陈空又靠她更近了点。

齐司月盛汤的动作顿了下，抬起头看他："差不多吧。"

"看起来不像。"

"那你觉得我像什么？"

陈空酝酿着，说出两个字："公主。"

齐司月眼睛眨了下："陈老板今天嘴抹蜜了？"

"我说真的。"陈空又喝起汤，"真像公主。"

两人将盛出来的汤端在外面的桌子上，凑在一起吃起了晚饭，鸡肉被齐司月处理得恰到好处，骨头很少。

陈空喝着汤，齐司月吃饭的时候倒是不怎么说话，骨子里的教养在这时便体现出来。

陈空眯了下眼。

他自己也觉得奇怪。从小到大，他的名字其实和他本人很贴切。表面上看着很随和亲切，身边的朋友很多，但真正交好的也就是车闻他们。

陈空在朋友里其实很多时候算主心骨，称他一句"陈老板"也不是全无道理。

他做事情出主意都游刃有余，可越是这样的人，骨子里越是孤寂。能让他真正上心的事情，很少。

陈空也是第一次，对一个人这么有探究欲。

就好像对方身上真有什么线牵着，非要勾着他过去看一看似的。

收拾完餐具，已经是八点钟左右的光景，室友还是没回来，陈空确定室友应该是不会来了。他看着齐司月背上她之前那个看起来什么也装不了的精致手包，圆润的白珍珠链条从锁骨旁边放下来，反射出病房顶上的白光。

"回去了？"

"嗯，晚上有个局，得去应酬一下。"

陈空："酒局？"

齐司月摇摇头，手放在珍珠链子上敲了敲，语气温淡："差不多，但应该不会喝酒。"

"一个人？"

"我哥也去，你认识的。"齐司月又调整了一下链带，"齐铭，你们还打过球，他是我表哥。"

"知道。"陈空将她送出病房，一瘸一拐地走到门边，齐司月走出门去，陈空倚着病房门，清了下嗓，"明天还来吗？"

"看情况吧，你想我来？"

这话其实放到哪里都挺暧昧的，但偏偏经她嘴里说出来，味道又挺正经。

陈空暗暗顶了下舌腔。

陈空和车闻虽然从小一起长大，但生活的环境却又很是不同，他是军人家庭出身，也算是大院子弟，只是后来他爸妈离婚，陈空两边谁也没选，最后跟从商的舅舅一起来了奉城。

从小的经历背景造就了陈空这种不好糊弄的性格，舅舅在商场上周旋，久而久之，陈空跟着看的人多了，见识积累到一定的层面，眼界自然放得更高。

说句不夸张的话，从小到大，喜欢他的女孩子有很多，其中也不乏有些漂亮女生，但陈空就是没那个意思。

他觉得这种事情，还是得靠缘分的。但若真是让他说出个衡量标准来，他也列不出来。

漂亮是肯定要漂亮的，但漂亮到什么程度，到底是何种的漂亮，陈空也说不出来。

视线落在眼前这张脸上。

陈空眼睫轻轻颤了下，理智告诉他，齐司月这是在冲他扔钩子了，他只要往上一咬，指不定会被拐进什么坑里。

但理智终究没绷住，眼前的鱼饵太诱人了。

"鸡汤挺好喝的。"

陈空咬钩了，但又给彼此留了点余地，没把话说太满。齐司月听懂他的意思，笑着弯了下唇。

"可以啊，那我明天早点过来。"齐司月那抹标准的明艳笑容出现在她脸上，陈空眼睫又颤了下，将手肘上挂着的外套递给她，点了下头。

"你哥过来了吗？"

"应该快了，看定位要到楼下了。"

"外套拿着，晚上冷，回去的时候注意安全。"

"走了。"

齐司月下了楼，齐铭已经到了，就把车停在医院门口。齐司月穿过一段马路上车，坐进后排，将车窗半降下来。

奉城晚上的温度的确有些低，齐铭从后视镜里看见她把窗户降下来又在吹风，刚想提醒她两句，余光瞥见齐司月身上披着的外套，话又收了回来。

齐铭有口难言，想了想，还是不放心地问了句："好上了？"

"还没呢。"齐司月回得漫不经心，视线依旧落在窗外。

听出她语气里的平淡，齐铭也咂了咂嘴，知道每次家宴，妹妹的兴致都不怎么高。

他也知道她不想见那些人，但没办法，血缘的关系是无法改变的，不管再怎么讨厌，有些人，还是难以避开。

齐铭看一眼她身上的外套："那衣服呢，怎么回事？"

"陈空拿给我的，可能是晚上太冷了吧。"齐司月撩了一把头发别在耳后。

这态度太过模棱两可，齐铭有些拿不准她的意思："这一次，准备谈几个月？"

"几个月？"齐司月语调扬了一下，正好这时路虎转弯，拐进另一条支路，齐司月看见那道熟悉的路牌，眼眸向下敛了一下。再开口时，语调明显冷了两分，"在你眼里，我什么时候这么长情了？顶多半个月吧。"

齐铭唇角一哂，看来还是没上心啊。

他还以为陈空那样的，能让她回头是岸呢。

齐铭摇摇头，将车开进华越公馆。这是奉城市中心最为有名的富人区，欧式别墅建筑群坐落其间。

齐铭泊车入库。他和齐司月一起乘入户电梯上到一楼的露天平层，守在门外的侍者见到他们，微笑着请他们入内。

齐铭今天穿了一身正装，老爷子大寿，宴会厅里衣香鬓影，齐铭一眼望见人群中与人交际的齐远音，转头拐了下齐司月的胳膊："过去打个招呼？"

齐司月没应，举着一杯香槟浅抿一口："你去。"说完便转头往楼上走了。

齐铭见状无奈摇了下头，也知道她的脾气，便不多劝，自己走过去和齐远音打了招呼。

齐司月上到二楼，她不喜欢这样的宴会，一切的奢华都建立在虚伪的交际之下，令人本能地想要去排斥。

齐家从她妈到老爷子，齐司月没一个喜欢的，但偏偏，血缘的关系不是人能决定的。

齐司月站在二楼的阳台向下望，楼下形形色色的人从眼前走过，齐司月思绪放空，脑子里不知在想什么，肩膀就被人拍了一下："司月。"

齐司月回头，见是她妈齐远音，没什么表情地抿了下唇。

"过来了怎么也不说一声。"齐远音也望了眼楼下，看样子是在找什么人，在看见一个穿着白色西装梳背头的男人时，唇角勾了一下，"跟我下去，跟你林叔叔打个招呼。"

"不必了，我还有事。"齐司月放下手里的高脚杯，也不理会女人脸上此刻是什么表情，径自往楼下走了。

不承想下楼梯的时候，正与走过来的男人碰上面，齐远音也从后面追过来，齐司月脚步没停。

男人的话没说完她就走了出去："小月，怎么才来就……"

"齐司月，你给我站住！"

她直接出了门。

齐司月在外面拦了辆车，回了平水南巷，开车的司机有些疑惑，路上透过后视镜望了她好几眼，还是搞不太明白。

怎么在鼎鼎大名的富人区拉的客，终点站会是平水南巷，那可是奉城有一段年头的老小区了。早在十几年前，奉城城区规划建设的时候就已经搬迁，现在里面的居民多是当年不愿迁出的居民，当然也没剩下几户，最近这几年在传，再过一段时间平水南巷便要彻底拆了，那里要建新的铁路。

消息真假暂时不得而知，但出租车师傅人好，见齐司月把目的地定在平水南巷，以为她是新来奉城的游客，忍不住好心提醒："小姑娘，来奉城旅游的吗？"

齐司月抬眼看他。

司机师傅继续说："这个平水南巷是老小区，好多年前就搬迁了，现在那边基本没什么人，你要去什么地方，跟叔说，是不是导航定位给错了。"

"不用了，没定错，那边是我小时候住的地方，今天想过去看看。"

"这样啊，是叔误会了。"司机师傅说着又踩油门一脚，"去那边看看也好啊，指不定什么时候就拆了，现在的发展太快了，好多地方都不是从前的样子了……"

"嗯。"齐司月点点头。

是啊。

平水南巷都快拆了，她爸也七年没回来了。

　　齐司月在平水南巷下车，司机师傅走前还反复打量了周遭一眼，好在这边虽然旧，路灯还是亮着的，也没见到有什么别的人。

　　司机师傅叮嘱了齐司月两句注意安全，这才开着车走了。

　　齐司月在路灯底下站了会儿，仰头望了一眼路灯，从巷子口走了进去。

　　好久没来了，从父亲出国加入援非建设那天起，齐司月就没再回过平水南巷。

　　好在这里的变化不算太大，她凭着记忆，走进小时候住过的那栋楼。十岁以前，平水南巷的记忆都是鲜活的，她和齐远音的关系也没有这么差。

　　"爸爸。"

　　齐司月上楼，对着眼前这扇没有打开的门，轻轻喊了一声。

　　从开始记事的时候，齐司月就一直跟着父亲在生活，并不是说当时她单亲，只是父亲韩淮与母亲齐远音之间阶级跨越太大。一个是齐盛地产的千金，一个是才大学毕业没有背景的桥梁工程师。

　　彼此之间的交集源于大学时代的美好邂逅。

　　情窦初开的少年少女凑到一起，因为一场英语辩论赛相识，又在日渐相处中互生情愫。

　　在一个美好的夏日的午后，一段感情的展开，青涩却又懵懂地试探，一段美好的记忆的铸成，直至毕业，他们遇上了对方家庭的阻碍。

　　齐老爷子自然不可能同意，怎么会愿意把从小宠到大的掌上明珠嫁给一个一穷二白的男生。韩淮一没背景二没人脉，更不愿放弃自己所学加入齐盛集团。

　　韩淮不愿意走那样的路，他不想失去自由选择的权利。

　　老爷子见他如此，自然也不会把人交给他。

　　韩淮对此沉默接受，已经想好了该怎么和齐远音提分手，抵不过年轻的女孩子感性，在某些阶段对爱情的向往胜过其他，忽略掉现实向的因素。

人都会有某些理智占不了上风的冲动时刻。年轻的时候，或多或少都想做为爱冲锋的勇士，至于结果如何，在冲动上头的时候，谁会去管呢？

齐远音当时就是这样的状态。

她认准了韩淮，也以为自己这辈子只想和这一个男人在一起，其他的，换谁都不行。

当她放弃一切不管不顾的时候，家里人也是阻止不了的，老爷子也同样无可奈何，扬言要和她断绝关系。

齐远音也没回头，放弃以前的生活，决绝地和韩淮住在了一起。

来了平水南巷，生活虽然不至于太穷困，但也是最平常的，属于普通人的柴米油盐。

齐远音本来以为，她可以适应得很好的。

可她到底还是忘了，现实生活不是拍电视剧。当生活的量度从奢侈品皮包上钻石的克拉数转变为买菜时零钱的分角时，那些巨大的反差感才会显现出来。

普通人的生活，谈不上多好但也算不上太坏。前提是她从一开始就很普通，没有体会过另一个世界的繁华。

常言有道，由俭入奢易，由奢入俭难。

齐远音经过两年光阴的洗礼，终究还是放弃了。

她不喜欢过这样的生活，她想重新回到爸爸的身边，做回那个备受宠爱的掌上明珠，那个不管年龄几何，都可以无忧无虑的小公主。

这份她义无反顾选择的爱情，是她所有经历中最大的苦楚。

齐远音选择离开。

这两年里，她和韩淮的感情其实没有出现太大的分歧，只是因为平淡。韩淮人很好，性格还是同以前一样，对她也很好，他们两个人应该都没有变过，只是一开始就太不一样。

这个道理，齐远音在两年的生活中才慢慢领会出来。

韩淮在很积极地追求自己喜欢的东西，他是一名优秀的桥梁建筑师，曾参与设计过几个工程项目，却也正是如此，他留给家庭的时间并不算多。

尤其是齐司月刚出生的那段时间，韩淮因为工作项目在沿海，工期长且工作强度高，不能来回往返，齐远音怀孕的那段时间基本上是由韩淮母亲在照顾。

婆媳之间的相处难免会有摩擦，齐远音的生活习惯与婆婆相去太远，虽然不至于闹得太严重，但怀孕期间孕妇的情绪本来就容易波动，加之好几次和韩淮打电话，撞上他在工作无法接通。

委屈无处诉说，久而久之，这些情绪便慢慢积压在了心里，在生下齐司月后彻底爆发出来，那之后两人有过许多次争吵。

韩淮因为工作，在齐远音生产的时候没有及时赶回来，长时间积压的怒火便如导火索一般彻底引燃，齐远音提出离婚。

老爷子因为只有这一个女儿，在看到齐远音吃了这么多苦后，果断把她接了回去，那时候尚未满月的齐司月也被带了回去。

只是当时齐远音状态不好，因为产后抑郁在接受心理治疗，而齐司月则被专业育儿师照顾在老宅别墅，这样的状态大概持续了半年多，齐远音病情好转，基本恢复后才回到老宅。

但她还是不能和女儿见面，齐远音见到女儿就会想起之前孕期的画面，不利于病情恢复，老爷子下令不让两人见面。

齐司月就这样被外人照顾到了一周岁，韩淮工程结束上门找过来，被老爷子拦在门外，后来不知道韩淮是怎么和老爷子说的，终于进来和女儿见了一面。

当时的画面距今已经太远，但回忆起来仍旧深刻。

小小的玉团子被照顾得冰雪可爱，见到韩淮的第一眼就咯咯地笑起来。

那是一个父亲被深深触动的一眼。

韩淮要争取齐司月的抚养权，但在老爷子这里，他和齐盛集团的官司打下来，结果自然没那么顺利。

虽然两边都有抚养孩子的能力，但齐家能给到的优越生活是韩淮这辈子都达不到的高度，他还有周期紧密的工作，更是不能保证给到孩子一个合适的成长环境。

最后法院认定之下，将抚养权判给了齐远音。

韩淮不想放弃，沿海的工程结束以后，他便申请调回了奉城，恰逢那年奉城的跨江大桥项目开始筹备，韩淮也得到了常驻奉城的机会，关系迎来破冰。

韩淮的工作较之从前宽松许多，他一有空就来老宅晃悠，陪着老爷子下棋说话。说句实在话，老爷子对韩淮本人倒是挑不出什么毛病，一切的考量也只是建立在韩淮自己的选择上，如果他当初真的选择了入职齐盛集团，后面的事大抵会是完全不同的走向。

老爷子自然愿意把齐远音交给他，老一辈人某些观念死板僵化，信奉男人在外面顶天立地，而女人，只要照顾好家庭就行，好好做她们的小公主就好了。

谁知到底是计划赶不上变化，从小宠到大的女儿也会有离经叛道的一天，老爷子叹了声气，儿孙自有儿孙的命。

对于韩淮，老爷子并不想过问太多，他知道他过来是为了齐司月的抚养权，这点他不会让步。齐远音在外面吃过的苦已经够了，老爷子不会允许外孙女再步这个后尘。

韩淮自然也明白自己拿不到齐司月的抚养权，但作为父亲，在女儿以往的成长中，已经缺席的韩淮不想自己回到奉城还是这样。

没有抚养权，他也有探视权。

好在老爷子对他前来探视倒是不怎么排斥。

齐远音也同他见了一面，两人之后不知道说了些什么，韩淮来的次数比以前还多了一些。

遇见老爷子了，就陪他下下棋，然后去陪女儿骑小马，如果还能碰到齐远音，两人也会一起坐下来聊聊天，很平和的一种状态。

后来齐司月上了幼儿园，齐远音便同韩淮约定，同意周末那两天把齐司月送到平水南巷。

那是难得的一段温馨时光，在齐司月的记忆里都很鲜活。

韩淮做的椰子鸡很好喝，父女俩都喜欢美食，有空就会凑在厨房一起捣鼓，小小的齐司月在这方面展露出了不同的天赋，从小做的东西就好吃。

齐远音来平水南巷接她回去的时候，偶尔还会留下来吃一顿饭。

齐司月会把她和韩淮一起炖的汤盛出来推给妈妈，齐远音也会在那时露出一个浅浅的笑。

齐司月虽然不懂自己为什么和别的小朋友不一样，爸爸妈妈不住在一起，但每个周末一家人一起吃饭也是很幸福的时光。

虽然这样的机会比较少。

要是爸爸妈妈能住在一起就好了，不管是平水南巷还是老宅别墅，只要是他们一家人在一起，就很好。

只可惜，小司月的愿望，最终还是实现不了。

十三岁那年，齐司月考上奉城一中，学校实行了一个月的封闭军训，齐司月也没想到，自那以后，家里就变了天。

她从学校回来的那天，正好是周末，惯例该是去平水南巷的那天，家里的司机却一直没动静。

她一直等到下午，才实在没忍住去问齐远音，给她的回应却是："不去了，以后也不用去了。"

韩淮走了。

他回奉城待了十二年，一直没再参与省外的大型建筑项目，就留在奉城本地，参与桥梁设计与修护，直到这次上面的文件发下来。

国际组织的援非项目，韩淮去查了很多这方面的资料，了解到一些非洲落后国家的基础建设情况，再三权衡之下加入了援非建设项目工程组，坐上了飞往国外的航班。

韩淮走得突然。事先没和齐司月透露一点消息，等她再赶去平水南巷的时候，屋子里已经没有人了。

爸爸走了。

走之前什么也没给她留下。

就像很小很小的时候，他突然回来的那天，齐司月也没想到那个从外面走进来的陌生男人是她的父亲。

从某些程度上来说，齐司月感觉自己被抛弃了。

过往成长的经历中，虽然她只会在周末的时候才被送回平水南巷，但细算下来，她其实和韩淮的相处时间更多。

在老宅的时候，齐远音更多时间是在忙自己的事情，她自从产后抑郁治愈以后，似乎想通了许多事情。

对韩淮的感情不似从前深刻，似乎比以前放开了许多，开始彻底享受自己的生活，两人之间的羁绊渐渐只有一个她作为联系。

更大一点的时候，齐司月也曾抱过希望，期待两人复婚，可有些东西并不是说回去就能回去的，这和覆水难收是一个道理。

有些人，散了就是散了。

齐远音对韩淮去援非倒是不太意外，说起来她与韩淮之间有太多需要磨合的地方。

韩淮本身的性格并没有太大的问题，但他更注重实现自己的理想，家人或爱情也许是重要的，但在自己的理想面前，这些都是需要为之让步的东西。

齐远音想，自己或许从一开始就走错了。

浪费了几年的时间在平水南巷，更大的错误或许是，在那些年里，同意把齐司月也送回去。

韩淮这个人，太过自我。

对你好的时候，他可以是很温柔的丈夫，很亲和的父亲，可一旦涉及他自己想要追寻的事情时，又可以毫不顾忌地将你抛之脑后。

一个为了理想自以为很伟大的人。

齐远音轻嗤一声，她的目光淡淡地落在齐司月身上。说来惭愧，身为母亲，两人之间很多时候都很陌生。

齐远音不愿意面对齐司月，因为她的存在总能让齐远音想起过去的种种。

这恰恰是她最不想回忆的。

齐远音是第一次当母亲，但她并不愿接受自己这样的身份，因此亏欠齐司月的，只能在物质上去弥补了。

韩淮在这方面倒是比她称职得多，至少在平水南巷的时候给到了齐司月父亲应有的温暖，在情感上生产羁绊。可也正是因为这层羁绊，在韩淮毫无预兆突然离开的时候，带来的伤害也是倾覆性的。

或许齐司月是个父母缘分很浅的人。

在这场被当成皮球踢来踢去的过程中，她更喜欢蜷缩起来，把情绪留给自己慢慢消化。

好在齐远音对她也不是全无关心，察觉到她在韩淮离开以后状态不对，便带着她去看了心理医生。

在对方的疏导下，齐司月状态还算稳定，慢慢也习惯了韩淮的离开，再没回过平水南巷。后来上了高中，齐司月变得比以前活泼许多，齐铭他们搬过来后，齐司月身边的朋友多了一些，她也渐渐融入进去。

齐远音更是不管她，她已经准备和林氏科技的太子爷结婚，老爷子准备进军新的方向。

齐远音现在的生活很潇洒，她享受和不同情人约会的感觉，也有一点影响到齐司月。

只要双方都情愿，那么谈恋爱将会是一件很简单的事情。

齐远音还告诫她，最好是找看起来好掌控的男孩子，感情里要有自己的节奏。

不要太投入，以免受伤。

齐司月不知道自己听进去了几分，不过倒也遇见过一些优秀的人。

印象深刻的一个，是之前在集训的时候认识的。齐司月以前是艺术生，学表演，倒也没有什么别的原因，纯粹因为她外形漂亮，形体老师说她可以去试试。

齐司月就转了艺术生。

她的高中生活尚算精彩，稳扎稳打到了集训结束，正式解散的那天，集训队凑在一起吃了个晚饭，晚上交好的朋友们又一起去唱了歌，玩到很晚才出来，下楼的时候临近半夜。

奉城晚上的温度很低，同行的男生给了齐司月自己的外套，被在楼下等着的韩淮撞见了全程。

男人很严厉地叫了她名字，问她在干什么。

语气严肃，看她的眼神还透着失望。

齐司月愣住了。

韩淮总是这样，不知道什么时候来，也不知道什么时候走。

那天晚上韩淮对她的说教，齐司月到现在都还记得，责怪齐远音没有把她教好，由着她在外面和人鬼混，不分青红皂白就给她和同学扣上帽子。

说现在的小月令他很失望，再这样下去不知道该如何收场。

他一定要拿回她的抚养权。

齐司月听到这里，将身上的外套还给了男同学，示意对方离开，然后抬眸说："不用你管。"

韩淮气得面色铁青，抬起手臂颤抖着就要打她。

齐司月也没躲，仰着脸等那一掌落下来。

最后韩淮还是没打她，拉着她的手臂要带她走。齐司月甩开了，头也不回地跑去了别的地方。

她穿过一道红绿灯，在路灯底下跑出去很远，她也不知道自己要去哪儿，但脚下的步子却一点也不想停下来。

她情愿刚才没有见过韩淮，这样就可以装作不知道他回来过，湖面仍然是平静的。

她不想自己的生活再被别人影响了。

突然地来，又突然地走，从来没有人在乎过她的感受。

齐司月就这么想着，一口气跑出去很远很远。

远到她自己都不知道到了什么地方，好像是跑入了一处看起来很旧的老小区，看起来和平水南巷有点像，却又不是。

齐司月终于慢慢停了下来，她抚着胸口喘了会儿气，脚步慢慢地走着，这里的光线很暗。

齐司月四处看了看，在想哪里能出去，谁知道一个转身，碰见一个穿黑色衣服的男人。

对方看起来二十来岁，刚从对面的网吧里走出来。

齐司月离远了些，继续在这老旧的小区里寻找出去的路。

直到感觉身后的脚步越来越近，最前面的那盏路灯也忽闪了两下黑掉了，齐司月才从心里生出一点异样的感觉。

之前网吧门口的男人一直在跟着她。

齐司月抿了下唇，她不动声色地加快了步子，发现那道身影也提了速。

她确认了男人是在跟着她。

齐司月脚下的步子没有乱，她又假装不经意地抬头四处看了两圈，发现左手不远处有一盏路灯，再出去就到外面的人行道，靠近马路。

她不再犹豫，冲那边飞奔过去，跑出了运动会接力的极速，暂时把男人甩在了后面。不承想马上要到人行道的时候，对方追上来从后面拉住她，男人捂着她的嘴将她拖了回去。

齐司月呜咽着，手脚并用地挣扎起来，用力狠狠咬了对方一口，在男人身上乱踢。

这举动刺激得对方发了狠，齐司月脸上被男人狠狠打了一巴掌，她感觉耳朵都好像鸣了一声，蒙着脑子没什么反应地倒下来。

齐司月特别害怕，内心被极大的恐惧所包围。

她想开口叫人，可是周遭一个人也没有，她听见男人解皮带的声音。齐司月爬起来又想跑，没跑两步被拽着脚踝拉回去。

她的手磕在地上划破皮肤，在地上摸到一块砖头，粗糙的水泥硌得她手疼。

本能的害怕让齐司月想不了那么多，在男人又一次扑过来的时候，她用力把砖头拍了上去。

只听夜色里一声闷响，对方便在她眼前倒了下去。

齐司月颤抖着指尖，摸到男人脑袋上湿漉漉的血，崩溃地往后退开，用尽最大的理智掏出手机报警，然后和男人一起被带回了警局。

审讯的女警察见她受了很大的惊吓，并没有忙着问她什么，先是给她倒了一杯水，安抚她的情绪，然后才慢慢地和她聊起天。

齐司月力道不算太重，只是把男人拍晕了。齐远音和韩淮接到电话赶过来，他们神情严肃，齐家自然不会将这件事情轻易地揭过去，后续便是走诉讼流程，把男人以刑事罪名送进监狱。

处理完这件最要紧的事，两人看见齐司月的状态，齐远音忍不住把背着的包向韩淮砸过去，同韩淮争吵起来。

后来发生的事，齐司月就不太记得了。

她忘记自己是怎么回到老宅的。

不知道是韩淮突然回来，还是晚上遇见了那件不好的事情，齐司月只感觉精神有些恍惚。

抑郁的倾向比从前任何时候都要严重，创伤后应激障碍，每晚都会重复当年的噩梦，让她有严重的精神痛苦和生理应激反应。

齐司月几乎吃不下任何东西，有时候药都会吐出来。

她这样的状态齐远音自然不放心她再去上学，给她办了休学，齐司月前前后后换过许多心理医生，老爷子也不准韩淮再出现在老宅。

齐司月被送去了国外的私人疗养院，在那里遇见了一名化学研究教授，两人成为病友。

经过一年缓慢安静的调养时光，齐司月治愈出院，在疗养院想通了很多事情，也对化学产生了浓厚的兴趣。

复学以后，齐司月转回了文化生，这一年开始认真地备考。在此之前，韩淮又约她见了一面，齐远音不放心，跟着她一起去。

齐司月倒觉得没什么，她现在已经能够坦然面对韩淮了。

血缘的羁绊或许也在那一年中慢慢解开了吧，现在的韩淮，于她而言，就是一个无关紧要的陌生人罢了。

所以，见不见面又有什么关系？

许是她的态度太明显，韩淮也感觉到了她的冷淡，清了下嗓子还准备再说些什么，齐司月却已经没有耐心再听他继续说下去。

和齐远音出门以后，齐司月便直接打车回了学校。

韩淮说自己明年就要调回来了，以后的工作地点应该就固定在北城，待遇很好，问她要不要毕业以后考虑和他一起去北城。

齐司月果断说不。

她以后要做个酷小孩。

不，这样的说法或许不太准确，她以后，要成为闪闪发光的大人。

自由如风，无畏去爱。

永远有自己的节奏，也不会被糟糕的羁绊扰乱节奏。

平水南巷，齐司月站在过道里，看着眼前这道紧闭的门，释怀地勾了下唇。感谢韩淮与齐远音赐予她生命，但伤害相抵，两不亏欠。

陈空的腿伤恢复得很快，住院的最后一天，齐司月还是来医院给他做了一顿饭，她手艺生疏了好久，如今有机会重新下厨，齐司月倒还觉得挺开心的。

两人将面前的餐具收拾干净，一起去洗碗。

陈空将袖子挽起来到手肘，洗碗的动作熟练。

齐司月站在旁边，听陈空问她："出去一起吃个饭？"

"干吗？你还没吃饱啊？"听出她语气里的惊讶，陈空洗碗的动作顿了下，笑着弯了下腰，袖子顺势往下落了一截。

齐司月重新走过来帮他挽上去，桃粉色的美甲刮在他小臂上有些痒。

陈空清了下嗓："不是，我是说出去请你吃个饭，毕竟承蒙公主照顾这么久。"

"吃饭就不用了，去外面还不如自己做，不过你要真是想酬谢呢。"她抱臂看着他说，"能不能满足我一个愿望？"

"什么？你让我去天上给你摘星星？"

"可以吗？"

"你觉得呢？"陈空看她，眼神略微有些认真。

齐司月没太注意，继续说："行了，不跟你贫了，说认真的，能不能给我织条围巾？"

"你说什么？"陈空怀疑自己听错了，"不是，你这比刚刚说的还难好吗？你觉得我看起来像会织围巾的样子？"

"这不是在征求你的意见吗？就一句话，能满足吗？不行我可找别人了！"

"找谁？"他下意识接了一句。

齐司月稍弯了下唇："就别人呗，你还没说能不能行呢。"

"为什么要围巾？"

"这不是快入冬了嘛，提前准备一条。"

"织丑了也围？"

"围啊。"

室友觉得最近奇怪的事情真是越来越多了。

先是陈空打球赛崴了个脚，就住了三天的院，且一回来就开始织围巾，模样还挺认真，光是教程每天都要在寝室里研究好多个。

室友觉得这事太玄乎了，忍不住同周边的人提问，还是同寝室有对象的兄弟告诉他，陈空八成是要谈恋爱了。

室友也觉得像。

不仅是周围的人，就连远在屏幕另一端的朋友们，也察觉到了陈老板的异样。

朋友们一起视频的时候，孙浅眼尖注意到了陈空寝室桌子一角露出来的半个毛线球，忍不住凑近了些问："陈老板，你那桌子上放的啥啊？毛线吗？你养猫了？"

"没有啊。"陈空也转头看了看，这才发现自己织毛线的工具露了出来，他不自在地摸了下头，用胳膊肘把毛线球推出屏幕，"你看错了吧，我这里没有什么毛线球。"

"不可能，我刚才绝对看见了，还是灰色的。你老实交代，到底在干什么，不会是在学网上织什么冬天的第一条围巾吧？"

"我闲的吗？我没事织那玩意儿干什么，织一条给自己戴还不如上网买呢。"

孙浅："那你说我刚才看见的是什么？不是毛线？"

陈空："不是，你看花眼了。"

陈空隔着屏幕与朋友们对视三秒，面对一双双戏谑的眼神，终究还是败下阵来："行了行了，我说，是在织围巾行了吧。"

孙浅："给谁织的啊？"

楼茗："真的假的？"

吴倾予："你找到女朋友了？"

郭柠："看不出来。"

车闻："是挺意外的。"

一时间屏幕里的声音七嘴八舌，陈空都不知道该回答哪一个，索性一五一十地全交代了，末了还不忘问她们："你们说她是什么意思啊？该不会是在吊着我吧？"

"我觉得有可能，要不你让乐妍帮你问问。"

李乐妍点点头："可以啊。"

陈空忙摆手："不用不用，那多没意思。"

陈空挂了视频，又继续织他那条围巾，只是没想到，这时手机屏幕又闪了下。本来陈空没打算看，就抬眸往那边扫了一眼，继续低下头去盘线，谁知盘到一半动作停下来，赶紧去看手机。

一条论坛帖，关于齐司月的。

齐司月今天做完家教回来还挺早，回到寝室洗了个澡，本来准备去床上躺会儿，刚吹完头发，收到室友发在群里的消息。

林梦今天部门联谊，聚完餐后组织去了酒吧玩。林梦和室友都是第一次去，因为是大一新生，对酒吧实在陌生。

室友在手机上向齐司月求助，齐司月便换了衣服过去。

　　林梦她们对这方面没什么经验，可不要喝多了回不来。

　　齐司月火急火燎地赶过去，也没注意到出门的时候在校门口银杏树下徘徊的陈空，直接拦了辆出租走了。

　　陈空见状愣了一下，感觉到她动作有些急，便也跟着拦了辆在后面的出租。

　　到了酒吧，齐司月进去的时候，找到在角落里喝得半醉的林梦，和室友一起扶着她准备把人带走，不想半路杀出一个膀粗腰圆的男人，拦了她们的路。

　　对方说话不好听。

　　齐司月也不知道为什么，可能是最近出门没看皇历，老是能碰见这样的事。

　　她眉心不耐烦地皱了下，不准备和对方废话，当即和室友架着林梦就要继续往外走，被那人伸手拦住。

　　对方一只胳膊凑上来。

　　齐司月没躲开，刚要发作，陈空就从后面把人提着衣领拽走了。

　　后面也不知道是怎么处理的，陈空出来的时候，嘴角擦破了，大概还是吃了点亏，但应该问题不大。

　　齐司月让室友把林梦送回去后，去药店买了碘伏给他清理伤口，路灯下，两人在长椅上坐着。

　　陈空看着她近在眼前密如鸦羽的睫毛，唇角的位置被她用棉签按着，他也不知在想什么，今晚的情绪好像波动得格外厉害，终于在她再一次凑过来时，陈空往前压了过去。

　　一个突然的吻，将一段故事拉开了序幕。

独家番外

来日方长，有缘再见

【一】老照片

奉城一中八十周年校庆的时候，楼茗他们作为优秀校友回了学校。

在庆典上，孙浅作为代表发表了讲话。她现在有一定的知名度，也算为一中的招生做了一点宣传。

讲话完毕，校长上去做了最后的总结发言，操场尽头的白鸽放飞展翅，楼茗他们从操场离开。

教学楼里的学生已经放假了。

时间一晃过去了很久，他们再回到高三（9）班的教室，恍如隔世。

时隔多年，一中的校区扩建了许多，他们当初待过的这栋教学楼，墙壁外面已经长满了爬山虎，阳光透过玻璃照进来，走廊上晕出浅浅的光圈。

推开那扇已经泛了铁锈的门，魏宜念眸光闪烁着，和孙浅互相对望一眼。

他们走进去，坐回曾经上课的位置，吴倾予在门口拍起照片："朋友们，看镜头！"

拍完照，楼茗又在教室里走动起来。这里的变化并没有太大，只是教室里的课桌堆叠起来，因为久未使用的缘故，上面沾了些灰尘。贴在墙后的奖状已经成了泛黄的纸张，仔细看，依稀还能窥见一点黑色的字迹，但已经辨认不出具体的细节。

楼茗叹一声气，到底还是变了许多。

"你们过来看！"

楼茗正在心里感叹着，便听郭柠在后门边的位置叫了他们一声，走过去一看，才发现某张堆叠起来的桌膛里放了一张照片，是当年他们篮球赛获奖的大合照。

他们穿着一中的蓝白校服。

楼茗找到自己的位置，和车闻一起愣住。

是当时在对视的他们。

事隔经年，时空交汇。

你好啊，十六七岁的小朋友。

【二】暮桃

车暮从小便知道，他喜欢隔壁平炀叔叔家里的妹妹——平桃。

不只是他，哥哥车朝，好兄弟陈栩、彭让，好朋友李思黎、沈栀也都知道，所以总在玩过家家的时候，让车暮扮演新郎的角色，平桃扮演新娘。

这算是车暮最喜欢玩的游戏了。

只可惜更多的时候，陈栩喜欢带着他们打户外竞技类游戏，车暮实现心愿的机会不多。

于是他就想，要是能快点长大就好了。

一个粉笔头从讲台上飞下来，正中车暮的脑门。

语文老师在上面喊道："车暮，想什么呢？"

"对不起老师，我刚才走神了。"车暮非常自觉地站起来向老师道歉。

因为他平时上课都很认真，在班里的成绩也很好，老师便没怎么为难车暮，只提醒了他两句："坐下吧，认真听讲，下次再被我抓到可要出去罚站的。"

"好的，谢谢老师。"

车暮坐下来，这会儿倒是收敛思绪认真听讲了。

他现在上初三了。

上洲第三中学刚放完国庆假期，本来今天他应该和平桃一起来学校的，可是旁边的位置已经空了。

车暮揪着书角敛了下唇，平桃出国了。

说出来其实有些神奇，小学毕业的那个暑假，妈妈和姨姨们带他们出去旅游。

在陌生国度的街头，平桃被星探递了名片，本来郭柠和平炀对此并没有太在意，抵不过那天收到的名片有好几张。

家里的小姑娘那段时间正好迷上了舞蹈，报班跟着学了一段时间的舞，借着这样的契机，平桃软磨硬泡，加入了星发掘练习室，郭柠和平炀一整个暑假都陪她待在那里。

经过多方证实和亲历考察，确认对方的确是正规的传媒公司，叫星月传媒。而小姑娘也很争气，在两个月的考核期中脱颖而出，达到了星月传媒的签约标准。

就在当晚，郭柠和平炀分别和平桃聊了许久，问了她关于自己的想法和规划。

如果她确定要走这条路，她和普通小朋友日后的生活会完全不一样，有很多苦在前头等着她去吃，也会有许多不确定的伤害埋下了种子。

当然，更多的可能是，奋力辛苦的背后，连舞台都上不了。

但平桃还是说，她想去试试。

大人们尊重她的选择，她和星月传媒签了约。

星月传媒当时的项目是与国外某公司合作，打造优质偶像练习生成团出道。

平桃外形条件优越，而且喜欢跳舞。只是当时星月的筛选还在进行中，平桃是第一个签下来的练习生，为了等后面通过海选的成员，也因为这其中不确定的因素太多，郭柠还是先给平桃报名了三中，让她先去上一段时间的学，看后面公司怎么安排。

倒是没想到，星月那边的动作也很快，在国庆期间便找齐了五十个练习生，送去国外培养，最后选四个人成团出道。

时长三年。

平桃现在十五岁。

在确定平桃去了国外以后，车暮在学校压抑一星期的眼泪，终于在回家时看到对面闭着的防盗门后，落了下来。

平桃真的走了。

楼茗回到家还有些不清楚状况，看着小儿子眼角红红的，她问哥哥车朝："弟弟在学校怎么了？"

车朝也摇摇头，有些茫然："不知道，可能是想平桃妹妹了吧。"

不愧是双胞胎，有的时候还是能猜出一些对方的想法的。

"是吗？"楼茗将儿子拉起来，看着他的眼睛问，"想平桃妹妹了？"

车暮轻轻点了下头："妈妈，平桃什么时候回来？"

"嗯……"楼茗思索着到底该怎么说，其实平桃出国签约公司这件事，郭柠和她们提过，楼茗倒没有太多意见，只是觉得这条路可能会很辛苦，也问过他们有没有和小姑娘讲清其中的利弊。

郭柠说这些都已经沟通过了，最后的选择是平桃自己做的决定。

这便没什么好说的了。

只是选择那样的路，辛苦是必然的。

那边的训练会很严格，每天的时间会安排得很紧密，会很长一段时间没有手机。

什么时候回来……

这个楼茗真的说不准。

于是她问了小儿子这样一个问题——

"你觉得平桃跳舞好看吗？"

车暮不知道她为什么说这个，但他在脑海里回忆了一下，平桃在的时候，她去舞蹈室跳舞都是车家兄弟俩陪她去的。车暮还记得自己第一次在舞蹈室窗外看平桃跳芭蕾舞的样子，她看上去很优雅，就像一只白天鹅。

于是，他点头："好看。"

楼茗温柔地摸摸他的脑袋："那就对啦，有朝一日，平桃也会出现在电视机里，她会是最闪耀的一颗星星，去往更大的舞台，将她跳舞的样子展现给全世界的人看。那是平桃的梦想，我们当然要支持啦。"

"那我什么时候可以见到她？"

楼茗说："等她变得足够优秀的时候。"

车暮默默地攥起拳头，心想，那么他也要变得优秀，足以匹配上他的那颗星星。

Desire 成团出道一周年巡演站门票开售

清晨，一条高位热搜挂在微博上。

车暮收了手机，随行的生活助理递给他一杯美式，车暮接过来说了句谢谢，检查了下手里的摄影机。

每次工作之前，他都会有事先喝咖啡提神的习惯。设备已经检查过了，今天的主要工作是拍三月刊的春季封面，要对接的便是他刚才在热搜上翻到的当今人气女团——Desire.

Desire 成团当日发布出道预告，同月出道舞台演绎首支单曲《SY》，以发行专辑销量第三的成绩高热出道，成团一年，创下的战绩斐然。

她们拿下了国民运动品牌生活系列代言，参加音乐盛典获最佳新人组合奖，音乐盛典年度舞蹈大奖。出道一周年造型公开，启动亚巡见面会，奉城是亚巡第一站，人气居高不下。

Desire 一共由四名成员组成，平桃在其中年龄最小，是团内的舞蹈担当。

这次的春季封面拍摄，团队也提前和她们沟通过，知道是圈内有名的摄影师车暮给她们拍摄的时候，成员们还有些惊讶。

一来是因为车暮的摄影技术在圈内广受好评，基本上每次拍摄的图片都很出圈；二是他性格随和好相处，合作起来没有太大的压力，而且还听说，他本人长得很帅。

本来在他们这个圈子里，最不缺的就是长得好看的人，但被以前合作过的团队都这么夸，成员们也难免有些好奇，期待见到这位摄影师的庐山真面目。

只有平桃在一旁站着，没有加入讨论。

距离她和车暮上一次见面，已经是很久以前的事了。

化妆间的门被推开，对接的工作人员过来叫她们："几位老师现在可以过去了。"

"好的。"成员们礼貌地应声，被工作人员带着往摄影棚走。

进去的时候，棚内的景已经布置好了，车暮正在窗边同工作人员沟通，背影十分挺拔。

成员见状，拐了一下平桃的胳膊："桃子，是窗边的那位老师吗？背影还蛮好看的。"

成员的声音很小，平桃先是点了点头，看着那个背影却觉得有些恍惚。

是他吧……

正想着，车暮也在这时转了过来，视线往她们这边随意一瞥，不经意与平桃对视一眼。

两人都愣了一下。

车暮先反应过来，笑着勾了下唇："你们好，我是车暮。"

"老师好，我是Desire李……"

成员们依次做完介绍，平桃最后一个走过去，和他握手的时候，见车暮的唇弯得更甚。

不同于和其他人那般浅淡地点头，车暮凑在她耳边说了一句——

"好久不见，桃桃。"

后记

正式开始写这篇文的那天，是在群里和朋友们聊天。

最初的契机，应该是源于"久阳"。

她是我的高中同学，因为一些事情和文中有了相同的遭遇。最开始知道这个消息的时候，我一直难以相信，和朋友们都觉得不可思议……后来确认以后，心里难受了很久。但因为以前上学的时候，彼此之间没有太多的交集，久而久之便渐渐忘记了这件事情。直到后来，好友无意间去翻了"久阳"的空间留言，看到了很多让我触动很深的话，其中有一句是："只要有人还记得你，你就一直会在这里。"

原话我记不太清了，大致是这样的意思，于是就有了写这样一本书的冲动。

人的记忆是有期限的，但文字不会，我想写一本能记录我学生时代记忆的书，于是便有了《同学录》。

没想到最后会得到出版的机会，很荣幸也很开心，在这过程中，也遇见了许多意想不到的惊喜。写到这里，我已经没有太多的话，只希望看到这里的朋友们，都能在现实里收获真诚的朋友。

青春是一场有终点的旅行，人手一本同学录的时代已经过去，但真正有意义的人和事情，还会陪你走很长的路。

只希望夏天快乐，来日方长，有缘再会。